AF237369

Brigitte Sandberg

Stimmen

Kurzgeschichten 2018

Bibliografische Information der Deutschen
Nationalbibliothek: Die Deutsche Nationalbibliothek
verzeichnet diese Publikation in der Deutschen
Nationalbibliografie; detaillierte bibliografische
Daten sind im Internet über dnb.dnb.de abrufbar.

© 2019 Brigitte Sandberg

Ölgemälde von Brigitte Sandberg

Herstellung: BoD – Books on Demand Norderstedt

ISBN: 9783752885880

Inhalt

Ein Mann

Ein Mann sitzt in der dunkelsten Ecke eines Cafés. Wie versteckt lebt er dort in der fast finsteren Ecke, hineingesogen in den niedrigen, bequemen Sessel, der noch hart genug ist, um aufstehen zu können. Aber das braucht er vorerst nicht, denn er ist ja gerade gekommen, eingetreten in das Café und hat sich einen dunklen Kaffee bestellt, einen doppelten Espresso. Die Tasse, in die der Espresso hineinfloss, ist weiß. Keramikweiß. Eine dunkelbraune oder schwarze wäre ihm lieber gewesen.

Seine Hand zitterte ein wenig, als er die Treppen in den ersten Stock hochstieg, die dunkelste Ecke des Cafés befindet sich im ersten Stock. In diesem Raum gibt es viel Platz, die Hälfte ist mit großen Holztischen bestückt, an denen sich gut arbeiten lässt, weshalb sich hier viele Studenten und Studentinnen einfinden, ihre Unterlagen auspacken und auch ihren Proviant, wie die Chinesin, die zwei Thermoskannen mit heißem Wasser bei sich hat, damit sie hier 6 Stunden am Stück arbeiten kann. Die andere Hälfte des Raumes ist den Freizeitleuten gewidmet, die sich in den Sesseln lümmeln können. Es ist eine Ordnung im Raum, die alle intuitiv begreifen und sich dementsprechend verhalten.

Der Mann hat die gemütliche Variante gewählt, in der auch sein Versteck „begraben" liegt. Lockeren Schrittes geht er auf seine dunkle Ecke zu, in der er sich verkriechen kann, nachdem seine zitternde Hand, das zeugt von einem gewissen Alter, die Espressotasse abgestellt hat. Das wäre geschafft. Keine leichte Aufgabe am frühen Morgen, froh ist er über alles, was er noch schafft, obwohl er kein Alter zu haben scheint, jedenfalls nicht in der dunklen Ecke und ansonsten ist er eine unauffällige Erscheinung, so dass er sich von niemandem gewürdigt weiß.

Es liegen etliche Bücher in seiner Nähe auf dem Kamin, der nur so tut, als sei er einer und dicht an seiner Ecke verortet ist. Ein Buch jedoch nimmt er nicht zur Hand, die Bücher würden auch gar nicht seinen Interessen entsprechen, die eingeschlummert scheinen. Sein Blick streift flüchtig „Chamade" von Francoise Sagan, das sagt ihm nichts, schwach erinnert er sich an ihren Bestseller „Bonjour Tristesse". Aber doch ist seine Neugierde nicht soweit eingeschlummert, als dass er nicht zu dem Lexikon greifen würde, das ebenfalls auf dem Bücherhaufen liegt, um nachzusehen, was „Chamade" bedeutet. Er liest, dass „Chamade" ein „Trommelwirbel" ist, „der eine Niederlage bekannt gibt". Der Mann zuckt unmerklich mit den Schultern, legt das Lexikon zurück und nimmt seine schläfrige Position im Dunkeln ein. Er findet, dass er ein unangreifbarer Lügner ist und zuckt bei diesem Gedanken erneut kurz mit den Schultern zusammen, ohne dass er es bemerkt hätte, andere schon gar nicht. Um ihn herum hat es sich bevölkert, aber sein Nebentisch, halb im Schatten halb im Licht, ist noch frei. Als wenn die Leute ihn unbewusst freilassen würden, damit sie, die Frau in einem weißen Kostüm, ihn einnehmen könnte. Das Weiß wird beschattet, denn grelles Licht gibt es hier nicht. Tatsächlich tritt sie bald ein und nimmt, während sie ihm lächelnd zunickt, Platz. Das lange, blonde, glatte Haar ist auffällig. Es scheint ihm seidig weich, obwohl er es nicht berührt hat. Der Pony liegt sanft auf ihrer hellen Stirn. Die Haarfarbe und ihre Gesichtsfarbe unterscheiden sich kaum. Der weiße Rock ist eng und endet über dem Knie. Er fragt sich, ob frau das heute noch trägt. Nur flüchtig streift ihn dieser Gedanke. Er sieht ihre schönen, langen Beine und vergräbt sich noch tiefer ins Nichts. Als sie ihn verlässt, schenkt sie ihm abermals ein Lächeln. Das war ein kurzer Besuch, aber ein Espresso ist mitunter schnell getrunken.

„Purgatoire" dachte er und sah gleichzeitig den Buchdeckel eines französischen Taschenbuchs vor sich, in der Erinnerung blauhaltig, „Fegefeuer" von Sofi Oksanen, eine schlimme Geschichte.

Er war mit ihr auf der Nordseeinsel St. Peter Ording. Dort blieb sie an einem Zeitungsstand stehen und starrte auf den Mann, der auf der Titelseite einer Zeitung abgebildet war. Seitdem war die Zeitung mit dem Phantombild immer in ihrer Handtasche.

In seiner dunklen Ecke im Café erscheint sie ihm am nächsten Tag erneut lächelnd und kopfnickend.

Sie wurde schwanger, studierte aber weiter, selbst im neunten Monat fuhr sie noch in die Hochschule. Wenn er abends nach Hause kam, war er sehr abgemagert, müde von dem Leerlauf der Zeit auf der Arbeit, die stupide war.

Die kleine Tochter sah ihn entgeistert an, wenn er seinen Hut an den Nagel hängte und lächelnd auf sie zugehen wollte, aber abrupt stehen blieb, denn er fürchtete sich vor ihrem Gesicht, vor ihren ihn strafenden Augen

Das kleine Mädchen ging niemals auf ihn zu, erwartete ihn aber schon am Eingang, starrte ihn an, wenn die Tür aufging und er eintrat.

Er betrat sein Café immer in demselben seidenhaft dünnen, anthrazitfarbenen Anzug. Haare konnte man auf seinem Kopf nicht mehr erspähen, weshalb er vielleicht seinen Kopf senkte, in sich ging, in sich einkehrte und fast aufschreckte, als er sie bemerkte, die sich wieder an den Nebentisch gesellte und ihm ein Lächeln wie eine Offerte schenkte.

Zu Hause lief das kleine Mädchen nun vor ihm weg, sobald es ihn erblickte, wenn er eingetreten war.

In die Caféhausecke im Dunkeln hatte er sich kaum gesetzt, als sie auch schon die Treppe heraufkam und sich schneller als sonst, wie ihm schien, niederließ. Allem Anschein nach hatte sie ihren Espresso vergessen. Hatte sie ihm überhaupt zugenickt wie üblich?

Zu Hause passierte es jetzt, dass, wenn seine Frau ihn an der Haustür empfangen wollte, das Mädchen sich wie schützend vor sie stellte und vor ihm ausspuckte. Ihre Augen blickten wie die einer Furie, sie schickten ihn aus dem Haus. Er verließ es nichts sagend für immer. Die Mutter hielt erschrocken ihre Tochter fest und sah auf das Phantombild, welches die Tochter in der Hand hielt.

In der Schmuddelecke seines dark Cafés, war er tief eingesunken, seine Hand zitterte noch, nachdem er seine Espressotasse abgestellt hatte. Fast wünschte er, sie käme nicht, um sein Leid zu überprüfen. Doch sie kam unbeschwert wirkend mit einer zusammen gerollten Zeitung wedelnd in der einen Hand und ihrem Espresso in der anderen

Hand. Auf den Tisch abgelegt, entrollte sich die Zeitung. Er sah das Phantombild und schloss die Augen, am besten für immer, er wollte sie nicht mehr öffnen. Aber dann stieß jemand unverhofft an seinen Tisch. Es war die Servicekraft, die gerne den letzten Gast nach draußen geleiten wollte. Sie sagte trocken: „Sie haben geschlafen! Jetzt ist Schluss. Ich habe auch meinen Feierabend!". Draußen rieb er sich die Augen und wurde auf einmal wach.

Sein Auge fiel auf eine einzelne, voll entfaltete Rose, die auf einem hohen Granitstein lag, der in Wirklichkeit ein rechteckiger Stromkasten war. Er nahm die Rose an sich und stellte sie zu Hause in eine leere, bauchige Flasche, die er zuvor mit Wasser gefüllt hatte.

Am nächsten Tag nahm er die Rose mit ins Café. Als sie kam, fiel ihr die Rose sofort ins Auge, jetzt wurde ihr Lächeln ganz offen. Er schenkte sie ihr. Sie verließen zusammen das Café, um zu ihr nach Hause zu fahren. Sie stellte die Flasche mit der Rose auf den Tisch und zog ihre Bluse aus, denn ihr war warm. Ihm war es auch warm, deshalb zog er seinerseits sein Hemd aus, währenddessen er ihren wohlgeformten, kleinen Busen ansah. Es blieb nicht so, sie zogen sich ganz aus und liebten sich.

In der Ecke zusammen gekauert, fühlte er in der Tasche den Schlüssel, den sie ihm gegeben hatte und den er oft benutzt hatte, indessen sich ihr Liebesritual rasant veränderte.

Es war gerade wieder so weit gekommen, dass sie ihre Oberkörper entblößt hatten und er ihre schöne, runde Brust in Augenschein nahm, als er völlig kopflos ein naheliegendes Messer griff und ihr zwischen den Brüsten den Leib aufschlitzte. Sie fiel zu Boden. Aus einer langen, tiefen Wunde blutete sie, was in ihm die Glut entfachte und er wie besessen sein Glied herausholte, es in sie hineinstach, solange bis er aufgab, denn er konnte aus einem unerfindlichen Grund nicht zum Höhepunkt kommen. Vielleicht hatte er doch am Rande seines Wahnsinns wahrgenommen, dass er sie getötet hatte, das wollte er nicht, aber die letzten ihrer warmen Atemzüge wollte er in ihrem warmen Fleisch sein.

Er riss sich hoch, zog sich an und verließ die Wohnung ohne sie noch ein einziges Mal eines Blickes zu würdigen.

Als er einsaß, bekam er eines Tages Besuch. Sie war also doch nicht tot? Aber warum saß er dann ein? War er nicht wegen Mordes verurteilt worden? Vor ihm nahm ihre Tochter Platz. Mit ihren eiskalten Augen, sagte sie ihm: „Wenn du rauskommst, bringe ich dich um!"

Darauf wartete er nun. In der dunklen Ecke seines Cafés. Als sie jedoch nicht kam, seit Tagen nicht kam, seine blonde Frau, die ihm zulächelte, stand er auf, verließ das Café. An der Drehtür hatte er kurz das Gefühl, ihrer Tochter zu begegnen, die ihn nun gefunden hatte und ihn töten wollte. Aber er wandte sich nicht um, obwohl ihn das Klacken der Absätze hinter ihm auf dem Asphalt verrückt machte, und er sich am liebsten die Ohren zugehalten hätte. Er ging unbeirrt auf den Bahnhof zu, wo er eine Fahrkarte für St. Peter Ording kaufte, ohne Sinn und Zweck wie er glaubte, setzte sich in den Zug und zog das Buch „chamade" aus der Tasche, das er gedankenlos eingesteckt hatte. Er lehnte sich zurück und schloss die Augen. Er hörte in seinem Kopf die klackenden, hackenden Absätze. War sie ihm bis in den Zug gefolgt? Vorsichtshalber zog er die Gardinen seines Abteils zu und atmete tief durch.

Schon nach den ersten zehn gelesenen Seiten legte er das Buch, das ihn langweilte, wieder weg, und zog ein anderes aus der Tasche, das er zwar bewusst eingesteckt hatte, aber von dem er auch nicht wusste, was ihn erwartete.

Als es klopfte, die Tür aufgezogen wurde, schreckte er hoch. Es war nur der Schaffner, der seine Fahrkarte sehen wollte. Er wünschte ihm nach der Kontrolle „Gute Fahrt" und schloss die Tür. Der Mann seufzte und zog abermals die Gardinen zu.

Das Drecksauto

An und für sich war doch gar nichts dabei. Es gab nicht selten verdreckte Autos. Aber sie starrte unentwegt auf die Stelle, an der der Dreck hoch gespritzt war und wie verkrustet auf dem schwarzen Blech haftete. War es denn überhaupt schwarz, es sah nach Anthrazit aus. Das konnte aber von dem Dreck stammen, der sich, abgesehen von den harten, getrockneten Spuren, wie feiner, grauer Staub auf das Auto gelegt hatte. Insbesondere auf den linken Vorderflügel. Das ganze Auto nahm sie gar nicht sonderlich in Augenschein, weil sie der Kotflügel so faszinierte. Der Dreck, der dort so manifest geworden war. Sie nahm auch wahr, dass der Kotflügel eine nach innen eingedrückte Beule hatte.

Sie schaute sich um, überschaute die Wüste, die menschenleere Umgebung, flaches Land. Keine SpaziergängerInnen. Sie selbst hatte niemanden getroffen, auch gar nicht daran gedacht, jemandem zu begegnen. Sie war einfach gegangen und gegangen, immer vorwärts gegangen, bis sie auf das liegengebliebene Auto stieß, dass ihr wie ein

Wrack vorkam, überwuchert von Dreck, den Spuren einer rasanten Spritztour.

Sie verspürte keine Lust weiterzugehen, sondern Rast zu halten. Auf dem sanften Hügel erspähte sie ein Café-Restaurant.

Just bevor sie auf das Café zusteuern wollte, kamen ihr drei Leute entgegen, drei Männer, so schien es, nein, es waren zwei Männer und eine blonde Frau. Sie fragten sie, ob sie wisse, wo es nach "Orino" gehe? Nein, das wusste sie nicht. „Nie gehört!", sagte sie. „Nie gehört?" „Nie gehört!"

Sie löste sich von der Gruppe, um die sanfte Anhöhe hochzugehen. Dann öffnete sie die Gaststättentür. Sie staunte, es gab keinen einzigen Gast, nur den Kellner, der sie stumm ansah.

Sie setzte sich an einen Tisch am Fenster, bestellte eine Schokolade. Auf einem der benachbarten Tische stand eine geöffnete, verknautschte Handtasche. Merkwürdig, was die Menschen alles stehen und liegen ließen.

Sie fragte den Kellner im weißen Kellner Dress, der mit der Schokolade an ihren Tisch trat, ob er wüsste, was mit dem Auto los sei. Der Kellner folgte ihrem Blick nach draußen und sagte: "Nein, ich habe keine Ahnung. Das Auto steht schon längere Zeit dort." „Und die Tasche?" Sie zeigte auf die Tasche. „Die Tasche auch", sagte er. Beide sahen jetzt aus dem Fenster, wo die drei Menschen um das Auto herumgingen, hineinspähten und nach ratlosem Herumstehen auf das Café zukamen. Der Kellner ging zu dem Tisch mit der Tasche, nahm sie und stellte sie auf den Tresen.

Die drei Personen traten ein und fragten sie, ob sie sich zu ihr setzen dürften. Ja natürlich. „Und", fragte sie, „haben sie bei ihrer Inspektion eine Leiche entdeckt?" „Nein", sagte einer der Männer. „Alles ganz harmlos. Keine Spuren", sagte die Frau. „immer noch nicht". Was sie damit meinte, blieb offen. Die beiden Männer wussten es wahrscheinlich, sonst hätten sie wohl nachgehakt. Sie selbst tat es auch nicht.

Sie bestellten und fragten den Kellner, ob er wüsste, wo es nach Orino gehe. „Orino? Kenne ich nicht", sagte er. Was es denn dort Besonderes gäbe? Oh, es gäbe dort schöne Gebäude, Museen, Gärten, eine Oper, Theater und so fort, eine schöne Stadt eben. Der Ober zuckte mit den Schultern und ging, um die Bestellung fertig zu machen.

Seltsam, dass niemand den Ort kannte. „Vielleicht er", sagte sie und wies auf einen Gast hin, der auch eingetreten war und an seiner Kamera rumfummelte, während er sie und die drei in Augenschein nahm. Sie glaubte, dass es ein Spanner sei, denn er fotografierte ganz offensichtlich ihre Beine.

Die blonde Frau ging zu ihm und fragte ihn, ob er wisse, wo es nach „Orino" gehe. Er betrachtete die Frau von den Beinen aufwärts bis zu ihren schönen, blauen, freundlichen Augen. Er schüttelte den Kopf und lächelte. „Aber ich würde gern ein Foto von dir machen, du bist ein kleines, hübsches Ding!" Die Frau drehte sich entrüstet um und kehrte an den Tisch zurück. „Sie haben recht gehabt", sagte sie, „ein unverschämter Spanner."

Sie berichtete von der offenen, vergessenen Handtasche. Alle blickten sich nun zu dem Tresen um, auf dem die Handtasche unverändert stand und auf seine Besitzerin wartete.

Sie fand auf einmal, dass die blonde Frau mit dem lockigen Bubikopf doch eher wie ein Mädchen aussah, ein sehr junges Mädchen sogar, ohne Zweifel sah sie nun das 12-jährige, dunkelhaarige Mädchen. Es trug Zöpfe, schwarze, geflochtene Zöpfe. Sie lächelte ein wenig, blieb stumm. Sie schob ihr ihre Schokolade hin. Das Mädchen leerte das Glas in einem Zug.

Das Mädchen kam ihr jetzt noch kleiner vor, sie hatte das untrügliche Gefühl, dass sie es schon gesehen hatte. Sogar ihr Name fiel ihr ein. „Klein", ja das war ihr Name.

Sie fragte sich, ob das Mädchen schon tot sei oder erst noch in einem Konzentrationslager getötet würde.

Das Mädchen war eine Roma.

Einer der beiden Männer sagte auf einmal: „Wir suchen ihren Mörder in Orino!" „Orino ist voll von ehemaligen Nazis!" „Aber das ist doch aussichtslos! sagte sie, „Tausende sind umgekommen, Millionen."

„Was wollen Sie damit sagen? Dass wir nicht nach dem Mörder des Mädchens suchen sollen?"

„Nein, nur, dass es aussichtlos ist, sie verstecken sich überall unter anderem Namen."

Plötzlich schauten alle aus dem Fenster, denn ein betagter Mann schüttete einen Eimer Wasser gegen den verdreckten Kotflügel, nicht nur einen und begann zu säubern.

Ihre Köpfe drehten sich, denn eine ältere Frau, die hereingerauscht kam, nahm die Tasche vom Tresen und ging wieder hinaus, woraufhin sich ihre Köpfe wieder nach draußen wendeten. Die Frau stellte die Tasche ins Auto. Dann wusch sie gemeinsam mit ihrem Mann das Auto rein, bis aller Dreck so gut als möglich abgewaschen war.

Die drei standen abrupt auf und gingen ohne Verabschiedung schnell zur Tür und auf das Auto zu. Sie öffnete das Fenster, um zu hören, was sich zutrug. Einer fragte das Ehepaar: „Kennen sie Orino?" „Aber sicher, da fahren wir jetzt hin! Wollen Sie mit?" Alle drei nickten eifrig und stiegen ein, das Mädchen lachte und schien sogar zu sprechen. Es war die Freude, dass es weiterging und das Ziel in greifbare Nähe gerückt war.

Als der Motor aufheulte und das Auto eine Staubwolke hinterließ, kehrten ihre Augen in das Innere des Cafés zurück. Zwischen ihren Fingern hielt sie einen alten Zeitungsausschnitt mit der Fotografie des Mädchens, den die Frau vergaß oder absichtlich liegen ließ, sie las:

„Suleja Klein. Sie wurde im März 1943 in das sogenannte „Zigeunerlager" in Ausschwitz deportiert. Dort erlitt sie nach der Vergewaltigung durch einen Kapo eine Totgeburt. Vor der „Liquidierung des Zigeunerlagers" kam das junge Mädchen1944 ins Hamburger Außenlager Sasel des KZ Neuengamme. Dort starb sie am 4. Mai 1945 18-jährig an Entkräftung durch Zwangsarbeit - einen Tag nach der Befreiung Hamburgs durch britische Truppen".

Plötzlich hörte sie die Stimme des Kellners neben sich: „Und wenn sie nun in das Auto des Mörders eingestiegen sind?" „Das finden sie doch niemals heraus", sagte sie. „Wer weiß", sagte der Kellner, denn er wollte die Hoffnung nicht aufgeben, war doch auch seine Familie getötet worden.

Hellen

Sie fragte Hellen, die ihr gegenüber saß, warum sie Gesichter in den Bäumen sähe?

„Ich sehe überall Gesichter, nicht nur in den Bäumen, auch auf dem Gehweg oder in deinem Gesicht."

„In meinem Gesicht!?".

„Ja, ich sehe Ilona in deinem Gesicht." „Ilona?".

„Ja, Ilona, das war eine von zwei Schulfreundinnen. Sie war klein und zierlich, hatte ein madonnenhaftes Gesicht, das lächelte, sobald sie in Kontakt trat. Ein vorgeblich immerwährendes Lächeln strahlte das Gegenüber an, umgeben von weichen, zartrosa Lippen und haselnussbraunen, dunklen Augen. Natürlich eine gescheitelte Frisur, das gehörte zur Madonna, glattes, schulterlanges Haar für die Schule zusammengebunden. Ein adrettes, schwarz-weiß kariertes Kleid mit weißem Kragen umfing ihren schmalen Körper, der manchmal wie ein Grashalm wirkte, wie durch den Wind etwas nach vorne gebogen. Sie hatte einen durch seine markanten Gesichtszüge sehr männlich wirkenden, etwas älteren Partner. Ob er wirklich männlich war, sei dahingestellt, denn die markanten Züge lagen auf etwas Weichem. Sicherlich wusste er, was er wollte, war aber deswegen noch lange kein Macho. Seinetwegen stürzte sie sich aus dem Fenster, eines Nachts, als er nach einer Feier im Schlafzimmer ihren BH nicht öffnen wollte. Sie hatte Glück, dass sie ihr Genick nicht gebrochen hatte, es dauerte dennoch Monate, bis sie genesen war. Der ungeöffnete BH war der Stein des Anstoßes, aber eigentlich ging es darum, dass sie kaum noch miteinander sprachen und sie sich durch die fehlende Ansprache nicht mehr gewürdigt fühlte, sogar vernachlässigt. Nun, der Fenstersprung rettete die Beziehung nicht.

Vor diesem schönen Mann hatte sie einen, der seriös wirkte, aber es nicht war. Er betrog sie, die Madonna der Schule. Da sie es nicht wusste, blieben sie lange zusammen, die ganze Schulzeit über.

Ihre dritte, langjährige Partnerschaft erfuhr einen Knacks, als es in ihrer Beziehung eine Flaute gab, wieder hatte sich die Sprachlosigkeit eingeschlichen, die sie von früher kannte. In diese Eheflaute drängte sich eine seiner Kolleginnen, die immer auf ihn warten wollte. Sie war erheblich jünger und bot sich ihm verführerisch an. Ilona schlug eine Paartherapie vor, denn noch war ihr Partner nicht auf die Kollegin eingegangen, sondern im Gegenteil, er hatte Ilona davon erzählt.

Die Paartherapie war erfolgreich. Sie sagte: „Wir reden wieder mehr miteinander." Das war, als hätten sie damit eine Brücke gebaut, auf der sie von einem zum anderen gelangen konnten, eine Brücke aus Sprache. Die jüngere Frau, die ihn begehrte, blieb seine Kollegin, trat aber in den Hintergrund, denn es gelang, die Arbeit anders zu organisieren und unterschiedliche Projekte zu bearbeiten. Dennoch blieb sie dabei, dass sie immer auf ihn warten wollte. Es war wie eine Drohung, die wie ein Damoklesschwert über ihnen hing.

Ich weiß nicht mehr, wann Ilonas Mutter stürzte. Es war ein Todessturz. Denn sie erholte sich nicht wie ihre Tochter. Sie war auch anders gestürzt. Auf der Bahnhofstreppe. Sie wollte ihre Tochter besuchen, die in einer anderen Stadt lebte, zum Studieren in eine Universitätsstadt gegangen war, die Mutter verlassen musste, vielleicht wollte. Aber das war eigentlich ein Ding der Unmöglichkeit, denn die beiden waren sehr eng miteinander verbunden, liebten sich auf ihre Weise. Ilonas Vater war im Krieg gefallen, ein Architekt, soweit ich mich erinnere. Ihre Mutter war in gewisser Weise auch eine Architektin, sie schneiderte. Als Flüchtlinge bekamen sie eine schöne, geräumige Wohnung zugewiesen, die in einer gut situierten, grünen Gegend lag, in der sie täglich mit ihrem Hund spazieren gingen. Ich erinnere mich, dass Ilona oft sagte, dass sie keine Zeit hätte, denn sie müsse noch mit der Mutti und dem Hund spazieren gehen. Ich bewunderte Ilonas Pflichtgefühle gegenüber ihrer einsamen, allein gebliebenen, nur für sie lebenden und für sie schneidernden und sorgenden Mutter. Sie war keine neue Partnerschaft eingegangen, vielleicht hatte sich keine Gelegenheit geboten, sie war eine sehr freundliche, aber doch an ihrer Einsamkeit und ihrem Schicksal leidende, kleine, rundliche Frau. Bis auf einen Untermieter, der die nackte 9 jährige Ilona auf dem Bett streichelte, - aber nur das, sagte sie und sie habe es als angenehm empfunden - wenn die Mutter nicht im Haus war, wie sie mir einmal erzählte, erinnere ich mich nur noch an ein Plakat, das den Schauspieler Tony Curtis zeigte, den die Mutter sehr mochte. Das Plakat hing in der Küche, wo Ilona jeden Tag einen von der Mutter frisch gepressten Möhrensaft trank, wenn sie aus der Schule heim kam zur Mutti. Ilona schätzte die Fürsorge ihrer Mutter und verließ sie nicht. Ihren Freund akzeptierte und tolerierte die Mutter, sie nutzten das Dachzimmer für ihre Intimitäten. Zum Studium allerdings gab es eine Trennung. Das muss für die Mutter sehr schwer gewesen sein und hat möglicherweise zum Sturz auf der Bahnhofstreppe bei ihrem Antrittsbesuch bei ihrer Tochter in der fremden Stadt beigetragen, von dem sie sich nicht erholte, sondern ihren Verletzungen erlag

Ich erinnere mich an das Wohnzimmer von Ilona und ihrer Mutter, insbesondere an die kleine, dunkle Ecke, in der der Plattenspieler stand. Ich war zu Besuch. Ilona hatte die Beatles aufgelegt. Ich kauerte auf dem Boden neben dem Plattenspielerschrank, den Kopf auf den Knien der herangezogenen Bcinc abgclcgt und die Kniee mit den Armen umfassend. Ich lauschte dem song „things we said today"".

"You say you will love me
If I have to go
You'll be thinking of me
Somehow I will know

Someday when I'm lonely
Wishing you weren't so far away
Then I will remember
The things we sad today

You say you'll be mine, girl
Till the end of time
These days such a kind girl
Seems so hard to find

Someday when we`re dreaming
Deep in love, not a lot to say

Then we will remember
The things we said today
Me I'm just the lucky kind
Love to hear you say that love is luck
And, though we may be blind
Love is here to stay
And that's enough
To make you mine, girl
Be the only one
Love me all the time, girl
We'll go on and on..."

Hellen begann plötzlich zu schluchzen. Sie hatte den Song, den sie auswendig kannte, leise gesungen. „Auch er, den ich liebte, liebte Ilona. Nicht mich, sondern Ilona, die Freundin seines Freundes!"

Hellen geht unter die Dusche und wäscht und wäscht sich. Immer von neuem beginnt sie ihren Körper zu schrubben, ihn abzuseifen, das hört gar nicht mehr auf, bis sie in der Duschwanne umfällt, wo sie später von einem Pfleger gefunden wird, der sie zu ihrem Bett bringt.
Er öffnet weit das Fenster. Sie hört ein wunderbares Vogelkonzert, wohl Hunderte von Vögeln mögen daran beteiligt sein. Sie steht auf. Während sie zum Fenster geht, sieht sie sich im Spiegel. Sie verharrt einen Moment: Eine alte Frau

mit langen, weißen Haaren. Das ist verletzend. Sie schiebt das Spiegelbild weg wie einen Vorhang, stattdessen sieht sie sich mit Mitte zwanzig im Wohnzimmer der Mutter ihres damaligen Freundes, der sie dort fotografierte. Sie trug eine weiße Jeans und einen orange-weißen Rollkragenpullover aus Baumwolle. Sie wendet sich vom Spiegel ab und geht ans Fenster, krallt sich plötzlich am Fenstersims fest und zieht sich dann literweise Sperma aus dem Mund. Er war enttäuscht, dass sie nur einen Orgasmus hatte, manchmal zwei und drei, während doch ihre Vorgängerin 9 hintereinander gehabt hätte.

Der kühle Wind holt sie zurück, sie schließt das Fenster, die Vögel schweigen, sitzen still im Baum, doch einmal noch öffnet sie abrupt das Fenster, der Vogelschwarm erbebt sich in diesem Moment aus dem Baum und zieht stumm am Himmel an ihr vorüber. Nachdem sie ihm lange nachgeblickt hat, schließt sie das Fenster, zieht sich an und tritt vor den Spiegel, trägt apfelgrünen, silbrigen Lidschatten auf. Ihre Hände fahren in ihre dunklen, lockigen Haare, um ihnen nochmals einen guten Sitz zu verpassen. Ein bisschen Rouge auf die Wangen, zuletzt dreht sie den Lippenstift auf und zieht ihn über ihre Unterlippe, dann über ihre Oberlippe, ein tiefroter Ton, der ihr gut zu Gesicht steht, zu ihren Hennarot gefärbten Haaren passt und zu ihrem grünen Pullover. Sie legt die Utensilien zurück in die Kosmetiktasche. Ihr Spiegelbild anlächelnd und mit französischem Akzent sagt sie: „Versteh einer die deutsche Sprache!" „Les oiseaux par contre je les comprends toujours et partout». Die Vögel hingegen verstehe ich immer und überall. Sie holt noch einmal ihren Lippenstift hervor und malt einen Vogel auf den Spiegel.

Bevor sie die Tür öffnet, die Klinke schon in der Hand, blickt sie sich noch einmal um, prüft, ob alles aufgeräumt ist und sie nichts vergessen hat. Sie nickt, will die Klinke runterdrücken, da fährt es ihr blitzartig durch den Sinn, sie ruft: „Auf Wiedersehen, mein Liebling!" Sie kehrt zurück zum Spiegel, wischt den Vogel fort und drückt ihre mit Lippenstift bemalten Lippen zum Kussmund geformt auf den Spiegel.

Das Motorrad

Er fuhr ein bisschen mit dem Motorrad herum, nur so, aus Zeitvertreib, stadtauswärts. Wenig Verkehr, eigentlich gar keiner, er hatte viele Seitenstraßen benutzt, die ihn in diese Einöde führten. Er hielt an, ein staubiges Feld umgab ihn. Ausgerechnet hier hielt er an, wo nichts wuchs, kein Baum, kein Strauch, kein Gras. Harte, rissige Erde weit und breit. In der Ferne sah er einen Wald. Darauf ging er nun zu. Er ließ sein Motorrad stehen, denn er war genug gefahren und wollte sich jetzt die Beine vertreten. Er hatte ein gutes Stück zu gehen, bevor er in den Wald eintrat. Er staunte nicht schlecht, als er einen Fluss entdeckte, der hier mitten im Wald still dahinfloss. Er näherte sich, stieg die Böschung hinab und sah auf das schwarz glänzende Wasser, auf dem hier und da durch die Baumkronen hindurch etwas Licht fiel. Er ging nicht ganz hinunter, hielt sich an einem Baumstamm fest, denn die Böschung war recht steil. Da kam plötzlich ein Boot vorbei, es kam von rechts, in der Mitte saß eine weiß gekleidete Frau in einem luftigen, einfachen Gewand. Sie hielt auf seiner Höhe und blickte ihn lächelnd an ohne ihren Mund dabei zu öffnen, es war ein zartes Lächeln. Da er sie zwar erblickt hatte, sich aber nicht rührte, setzte sie ihre Paddel wieder in Bewegung, und das Boot fuhr weiter.

Als sie zurückkam, stand er immer noch da, weshalb sie abermals anhielt, jedoch weiterfuhr, als er ihr Lächeln nicht erwiderte.

Er ging die Böschung ganz hinunter, er sah den Holzsteg, den er jetzt betrat. Er ging bis ans vordere Ende, als ihn eine aufkommende, starke Windböe ins Wasser stieß. Der Aufprall drang bis an ihre Ohren, die gerade dabei war, in der Ferne ins Licht zu fahren. Sie machte kehrt, fuhr zurück, denn etwas musste sich zugetragen haben. Da sah sie ihn, der im Wasser zappelte, weil er nicht schwimmen konnte. Sie fuhr dicht an ihn heran und zog ihn ins Boot herein. Sie steuerte das Boot bis zu einem Häuschen, das etwas versteckt hinter der hier dicht bewaldeten Böschung lag. Sie hatte keine Kleidung, die sie ihm zum Wechseln anbieten konnte, nur ihr Bett, auf das er sich legte, um eine Weile zu ruhen. Sie legte sich neben ihn und teilte mit ihm die Ruhe.

Bald schon sagte er: „Ich möchte nach Hause!" Sie nickte. Sie erhoben sich, bestiegen das Boot und kamen nach einer geraumen Weile am Steg an. Sie half ihm beim Ausstieg, damit er sein Gleichgewicht nicht verlöre und sah ihm nach. Oben auf der Böschung angekommen, drehte er sich noch einmal um. Sie war noch nicht losgefahren. Sie lächelte und winkte. Er tat es ihr gleich und ging aus dem Wald fort.

Es war ihm sehr froh ums Herz, als er sein Motorrad in der Ferne sah. Angekommen, schwang er sich auf den Sitz und ließ den Motor an. Er drehte eine Kurve, die viel Staub aufwirbelte und fuhr davon.

Soweit war er gar nicht weg gewesen, stellte er fest, als er sein Motorrad vor dem Haus zum Stehen brachte. Als er eintrat, zog Essensduft in seine Nase. „Da bist du ja endlich!", rief seine Frau, „Beeil dich, das Essen wird sonst kalt!"

Das Kostüm der Schwester

Sie zog und zerrte. Sie müsste doch da hineinpassen. Das ging doch gar nicht anders. Sie konnte nicht glauben, dass die Ärmel der Kostümjacke nicht lang genug waren, sondern zu kurz, viel zu kurz sogar. Das sah unmöglich aus und konnte unmöglich sein, denn ihre Schwester war doch um einige Jahre älter als sie, die immer die Kleine gewesen war. Das Kostüm war wunderschön, deshalb wollte sie es ja anziehen, ein rosa und weißer Faden miteinander verwoben, vermittelten Lebendigkeit. Sie, die Kleine, steckte jedoch darinnen wie in einer Zwangsjacke, denn es spannte auch um ihre Brust herum, obwohl sie doch viel zarter war als ihre Schwester, die eine stabile Statur hatte, die nichts so schnell umwerfen konnte im Gegensatz zu ihr, der Kleinen.

Bei ihr sah das Kostüm aus wie ein Leibchen, ein weißes, dünnes Leibchen. Aber doch nicht so klein, dass es nur über einen Puppenoberkörper passen würde. Hinten war es geöffnet, nur oben am Hals ließ es sich mit einem Band, das einer dünnen Kordel glich, zubinden. Warum hatte sie nur ein Leibchen an und kein Höschen? Das Leibchen war wohl wichtiger als das Höschen. Niemand fand etwas dabei, ihre Muschi zu sehen, es wurde sogar darüber gelacht, als sie auf der Fotografie zu sehen war, die jemand aufgenommen hatte. Niemand störte die Kamera, die sich freimütig bewegte, um sie herumtänzelte, Kreise um sie zog, bis ihre Muschi in Großaufnahme zu sehen war, die der Onkel später im eigenen Fotolabor entwickelte und herumzeigte. Ja, das war zum Lachen, sagten sie.

Sie, das Mädchen, sagte gar nichts. Die Muschi kam ihr fremd vor, denn sie konnte auch von irgendjemandem sein, da es eine Großaufnahme war, die nur die Muschi zeigte. Sie verstand nicht, warum der Onkel sich die Aufnahmen an die Wand heftete, sie schüttelte den Kopf. Der Onkel zog sie an den Zöpfen. „Aua!", rief sie, das Mädchen, „Lass das!" „Kleine Zicke!", entgegnete er gereizt. „Stell dich nicht so an!" Er zeigte auf die Bilder an der Wand und sagte: „Schau, ich kenne dich schon von klein auf! Da warst du noch ein Baby, so klein wie eine Puppe!" „Aber jetzt bin ich groß!" erwiderte sie, das Mädchen. „Das hat nichts zu bedeuten!", sagte der Onkel, „deine Muschi ist immer noch dieselbe!". „Das kann nicht sein!" sagte sie, das Mädchen „ich bin größer geworden!" „Stell dich nicht so an!", sagte er, „Zeig sie mir! Ich werde es dir beweisen!" „Nein!", sagte sie, „Ich will nicht! Ich will hier raus!" „Nein!", sagte er, der die Tür abgeschlossen hatte, „erst zeigst du mir deine Muschi!" Er ging auf sie zu. „Nein!" rief sie. Aber er packte sie und warf sie aufs Bett. „Nein! Bitte nicht!", bettelte sie, „bitte nicht!" Aber er hörte gar nicht mehr auf sie, sondern brummelte in seinen Bart: „Göre!" und riss dabei ihr Kleidchen herunter. „Halt den Mund!" herrschte er sie an, als sie aufschrie und griff das Kissen, das er ihr auf den Mund presste, während er sein Glied in sie hineinstieß, abermals und abermals, bis er genug hatte, weil er gekommen war. Er wälzte sich von ihr, dem Mädchen, runter, das nur noch schwach atmete.

Sie zupfte an dem Kostümrock mal auf der einen, mal auf der anderen Seite, aber er saß bei ihr nicht so wie bei ihrer Schwester. Das war ihr ein Rätsel. Sie war zwar die kleine Schwester, doch war sie in der Pubertät hoch aufgeschossen, überragte ihre Schwester um einen Kopf, dennoch war der Rock bei ihr, der Bohnenstange, wie sie genannt wurde, um sie lächerlich zu machen, viel länger und enger als bei der Schwester, die fraulich rund aufgegangen war wie eine wohlriechende Blüte, denn sie war Kosmetikerin geworden. Altmodisch wirkte sie in dem Kostüm, das bei ihr wie ein Dress aussah. Sie konnte das nicht nachvollziehen, es sei denn, jemand hatte ihr fälschlicherweise das strenge Kostüm ihrer Mutter hingelegt, aber auch das war nicht so lang gewesen, sondern ihrer Mutter nur bis zu den Knien gegangen. In der Taille enger, das stimmte, aber kaum zu glauben, dass es sie einschnürte wie ein Korsett, denn ihre Mutter war wie auch ihre Schwester viel umfangreicher in der Taille. Und der Hut war überhaupt nicht typisch. Sie fühlte sich sehr fremd, wie wenn sie ausstaffiert worden wäre. Samt dieser wackeligen Absatzschuhe, die bei ihrer Größe aussahen wie Flussschiffe. Mit der Übung käme der Erfolg, wurde ihr suggeriert, die Füße würden kleiner, sowie ihre Brust größer und formschöner, wenn sie in die BH-Körbchen Taschentücher stopfe, was ihre Mutter empfahl und mit einem Lachen kommentierte, dabei stolz auf ihren eigenen, üppigen Busen hinweisend. Wieder zupfte sie an dem Rock herum, trat von einem Stöckelschuh auf den anderen, einmal müsste es doch klappen, auch wenn es die ganze Zeit nicht geklappt hatte. Was sie zudem irritierte, war, dass das Kostüm ihrer Schwester, das ihr an ihrer Schwester rosa und licht erschienen war, an ihr wie ein dunkler Lappen herunterhing, sie viel älter erscheinen ließ, als sie in Wirklichkeit war, in Wirklichkeit war sie doch jünger als ihre Schwester, aber jetzt kam sie sich uralt vor, steinalt. Das war gemein und konnte nicht stimmen. Vielleicht war etwas mit ihren Augen. Vielleicht brauchte sie eine stärkere Brille - das auch noch. Weder ihre Schwester noch ihre Mutter brauchten eine Brille, aber warum denn war das Kostüm so dunkel? Es war so dunkel, dass sie noch nicht einmal die Farbe genauer bestimmen konnte. Es mochte dunkelbraun sein, dunkelgrau, dunkelblau, dunkelgrün, es war nicht klar zu kriegen, genauso wie sie sich selbst nicht mehr klar sah. Sie musste also doch eine stärkere Brille haben.

Was war mit ihrem Gesicht los? Warum reagierte ihr Gesicht nicht so auf die Schminke wie sie es bei ihrer Schwester tat? Sie hatte doch extra die Produkte gekauft, die auch ihre Schwester benutzte, vom Eyeliner über den Lippenstift, den Puder, den Lidschatten, dem Make up und allem, was dazu gehörte. Sie wollte endlich einmal strahlend aussehen wie ihre Schwester. Was hatte sie beim Auftragen des Make ups falsch gemacht? Sorgfältig zupfte sie die Augenbrauen und zog sie nach. Der Lidschatten war gelungen, da konnte niemand etwas anderes behaupten und auch der Strich, den sie rund ums Auge gezogen hatte, war tadellos, aber dennoch begannen ihre Augen nicht zu funkeln und zu strahlen, wie es bei ihrer Schwester der Fall war, im Gegenteil, sie wirkten erloschen. Die Augen ihrer Schwester funkelten sogar, wenn sie sich abgeschminkt hatte, sie funkelten dann immer noch wie Sterne in der Nacht. Sie seufzte und dachte, dass sie ja auch erst noch den Lippenstift auftragen müsste, dann erschiene ihr Gesicht in einem anderen Licht. Doch das war nicht der Fall und ihre Betrübnis wuchs. „Ich muss ja auch lächeln!", sagte sie sich, „nur dann kann ich strahlen!" Mutlos nahm sie wahr, wie sie sich im Versuch zu lächeln, verkrampfte. „Ja, so geht das ja auch nicht!", sprach sie zu sich, als wenn ihr Vater zu ihr spräche, der ihre Schwester immer wie seine Prinzessin bewundert hatte und zu ihr sagte: „Du musst es machen wie deine Schwester, die beim Lächeln den Mund öffnet und ihre strahlend weißen Zähne zeigt!" Also tat sie es ihr gleich und öffnete für ein Lächeln den Mund, doch weh und ach, da war sie, ihre Zahnlücke, groß wie ein Zahn selbst in der Mitte der oberen Zahnreihe. Sie stampfte mit dem Fuß auf. Wusste sie es doch! Nicht umsonst tat sie nie ihren Mund auf, nicht in der Schule, nicht zu Hause, um diese blöde Zahnlücke versteckt zu halten, mit der sie sich endgültig lächerlich machte! Wütend schlug sie mit der Faust in ihr Spiegelbild, um ihre Zahnlücke zu treffen und zu bestrafen.

Jetzt war sie wieder da, die schwarz gekleidete Frau, die ihr so unbekannt vorkam. Wer war sie, wo kam sie her? Ihre Schwester hatte nie schwarz getragen, nicht ein einziges schwarzes Kleidungsstück besaß sie, weder einen schwarzen Pullover, noch eine schwarze Bluse oder Hose oder gar schwarze Schuhe. Sie sah diese tief schwarz gekleidete Person von hinten, als wenn sie zu einem Begräbnis ging. Tatsächlich schlug sie den Weg zum Friedhof ein, hielt vor einem Grab, auf dem noch viele Kränze und frische Blumensträuße lagen, so dass anzunehmen war, dass das Begräbnis noch nicht lange zurück lag. An dem Grabstein war ein gerahmtes Foto aufgestellt, das bleiben würde, bis die Kränze und Blumen verblüht waren.
Die schwarz gekleidete Person, die ungelenk in ihrem Gang und ihren Bewegungen wirkte, als sie einen rosa und einen weißen Rosenstrauß ablegte, geriet ins laute Schluchzen. Es war zu befürchten, dass sie umfiel, aber dann fing sie sich wieder und trat einen Schritt zurück, wohl um ihrer Schwester ihren Abschied anzukündigen. Deutlich war jetzt die aufgestellte Fotografie zu erkennen, sie zeigte

ihre Schwester in dem hellen Kostüm, dessen Stoff aus weißem und rosa Faden gewebt war. Ihr strahlendes Lächeln sprengte den Rahmen, in dem die Fotografie steckte, es war, als würde sich der ganze Friedhof erhellen und sich an dem schönen Gesicht ergötzen. Sie sah, dass die schwarz gekleidete Frau mit einem weißen Papiertaschentuch ihre tränenden Augen trocknete. Das Letzte, was sie tat, war, dass sie sich überwand und einen Ruck gab, ihre Schwester anlächelte und dabei ihre Zahnlücke zeigte. Es war ihr, als würde ihre Schwester ihr als Antwort auf ihren Mut zuzwinkern und sagen: „Gut gemacht, Marleen!"

Verhungern

Er hielt ihren Kopf zwischen seinen Händen, senkte seine Stirn auf ihre, lächelte liebevoll und sagte: „Es war doch nur Spaß!", dabei presste er seine Hände stärker an die Seiten ihres Kopfes. „Aua!", rief sie, „du tust mir weh!" „Pah!" sagte er und presste ihren Kopf noch stärker zusammen. Sie hielt den Atem an, seine Hände wurden zu Schraubstöcken, die immer mehr anzogen.

Warum hatte er die Hunde verhungern lassen? In einen Käfig gesperrt und verhungern lassen? Er sagte ihr, es sei nur Spaß gewesen. Er wolle die Macht fühlen, die er über sie habe, sich mächtig fühlen, sich über ihr Leben und ihren Tod ermächtigen, deshalb habe er sie sterben lassen, um dieses Gefühl der Ohnmacht zu erleben, die die wütenden Hunde überkommen sei. Ihre Abhängigkeit von ihm habe ihm Spaß bereitet, dass sie auf Leben und Tod von ihm abhängig waren. Das blähe das Selbstbewusstsein auf. Das wäre Input für sein Ego. Sie schüttelte den Kopf. „Hattest du denn gar kein Mitleid?" „Nein", sagte er, „einer muss doch immer klein beigeben, nachgeben, sich anpassen, das Spiel mitspielen und manchmal endet es mit einer Niederlage, einer tödlichen." „Du bist grausam!", sagte sie und wendete sich zum Gehen. Aber da fasste er sie an den Schultern und drehte sie mit einem brutalen Ruck zu sich um, ehe sie sich's versah, hatte er ihren Kopf in seine Hände genommen und zusammengepresst.

Sie erinnerte sich an ein ähnliches Gefühl des Ausgeliefertseins, obwohl es doch anders war. Ein Macht-Ohnmachtsgefälle gab es aber auch. Es war die im Haus viel beschäftigte Großmutter, die sie zu ihrer Entlastung einfach in den Besenschrank einsperrte, da passte sie als kleines, dreijähriges Ding hinein. „Wehe, du gibst einen Mucks von dir! Dann bleibst du noch länger eingeschlossen!" Es dauerte eine Ewigkeit, bis sich der Schlüssel umdrehte und sie sofort unter den Tisch kroch, um nicht bei nächster Gelegenheit wieder gepackt zu werden und ab in den dunklen Besenschrank. Sie hatte gar nichts verbrochen, aber sie war im Weg, sie war immer im Weg, dieser arbeitenden Frau immer im Weg, lief ihr vor die Füße, was nicht sein sollte. „Aus dem Weg!" Ihren Eltern brauchte sie davon gar nichts erzählen, denn ihnen war sie auch immer im Weg, weshalb sie vollstes Verständnis für die Großmutter hatten, die sich zu helfen wusste und sie aus dem Weg räumte, rabiat anfasste und wegschloss.

Überhaupt erinnerte sie sich, dass sie immer in einer Art Versteck lebte, zum Beispiel sah sie sich unter den Sitzflächen eines Zuges. Die Erwachsenen dachten, sie spiele Versteck, da sich Kinder ja gerne Höhlen bauten, um ungestört zu sein, um in ihrer eigenen Welt aufzuleben. Die Erwachsenen meinten, dass sie es doch ein bisschen übertreibe, da sie sich niemals zu ihnen auf den Hochsitz setzte, im Grunde waren sie aber froh, dass sich das Kind von selbst unsichtbar machte, sonst hätten sie doch nachhelfen müssen, wenn sie genervt waren und hätten es wie einen Hund unter die Sitzbank gescheucht. Aber so konnten sie den Schein wahren. Sie hatten eben ein liebes Kind, das wusste, was sich gehörte und was nicht.

Zuweilen legte sie sich auch unter stillstehende Eisenbahnwaggons und robbte sich vorwärts. Doch da bezog sie Schimpfe, denn ihre Kleidung wurde dreckig und musste gewaschen werden, es zog sogar Ohrfeigen nach sich. Aber was machte das schon.

Blitzschnell kamen diese Erinnerungen, um den Schmerz zu tilgen, den sie im Schraubstock des Mannes empfand, aber dann riss jemand sie fort, kam ihr zur Hilfe, die Tür war aufgegangen und herein stürmte die famose Yping, die mit der deutschen Sprache Schwierigkeiten hatte, sie mischte Deutsch, Englisch, Chinesisch und Gebärden. Sie riss sie aus den Klauen ihres Folterers, ließ dabei einen Schwall chinesischer Rede aus sich herausfließen und verpasste dem perplexen Gewalttäter einen Kinnhaken, auch das konnte sie. Sie war eine junge, kräftige Frau, die darunter litt, dass sie nicht so dünn war wie alle anderen Chinesinnen. Sie war der Meinung, die Chinesen wollten dünne Chinesinnen, damit sie das

Gefühl hätten, die chinesischen Frauen bräuchten ihren Schutz. Sie aber war der Meinung, sie könne sich selbst beschützen, Wie im Taumel ging sie an Ypings Seite mit ins Café, in dem sie sich kennen gelernt hatten. Sie musste jedoch immer an das „Verhungern" denken, das sie wahrhaft erschütterte. Wie konnte jemand ein Tier oder einen Menschen mutwillig verhungern lassen, um sich selbst dadurch besser zu fühlen, größer, mächtiger, vielleicht sogar wie ein eingebildeter Gott, von dem alles abhängig war?

Sie wusste aus der Pädagogik, dass es Eltern gab, die ihre Kinder mit Essensentzug bestraften und auch mit Freiheitsberaubung. Alle sahen die Fernsehbilder von Millionen hungernden Kindern. Warum änderte sich nichts?

Es fiel ihr der eigene Vater ein, der vom Hunger im Krieg redete. Er sprach drohend, wenn er sagte: „Ihr wisst ja gar nicht, wie gut ihr es habt, ihr wisst ja gar nicht, was Hunger ist!" Er hatte im Krieg Hunger gelitten, sie verstand das nicht, denn ihre Eltern tischten immer reichlich zu essen auf. Sie hatte nie Hunger leiden müsse. Es entwickelte sich aber eine Angst in ihr, dass es passieren könnte, dass der Teller leer blieb, deshalb aß sie jedes Mal mehr als nötig, wie ein „Scheunendrescher", der ein großes Maul hatte, so sagte der Vater, der einmal Landwirt gewesen war.

Der Vater war für sie eine Bedrohung geworden, denn er redete oftmals vom furchtbaren Hunger im Krieg, den er hauptsächlich in Russland erlebte. Und nun hatte ihr Freund absichtlich seine beiden Hunde eingeschlossen und verhungern lassen in einem dunklen Verschlag, aus dem sie nicht ausbrechen konnten.

Neben ihr ging die wütende Yping, die jetzt Chinesisch sprach, aber plötzlich war da mitten unter ihren chinesischen Wörtern, das Wort „Sadist!". Sie spuckte es geradezu aus. Ja, das war er, ihr Freund war ein Sadist, ihr Exfreund, denn sie würde nie mehr mit ihm befreundet sein wollen. Die kräftige Yping hatte sie beschützt, sogar gerettet.

Der Tote

Sie bewegte das Wasser fast gedankenlos mit der Hand, spülte es langsam hin und her. Es war so sanft und weich. Es war dunkel, nicht transparent, wie es ja auch hätte sein können. Auf dem obersten Punkt der Wellen wich die Dunkelheit zurück und machte einer Helligkeit Platz, die aber immer noch im dunklen Bereich. Obwohl es schön anzusehen war, zog sich ihr Herz krampfartig zusammen. Nein, es war nicht schön, es war traurig, sehr traurig. Traurigkeit konnte auch schön sein, wenn sie nicht gefährlich war. Konnte denn Traurigkeit gefährlich sein? Oh ja!

Sie wollte schon längst unterwegs sein, sich von diesem Ort gelöst haben, aber das Wasser zog sie magisch an, wie wenn eine Hand sie nach unten zöge, sie meinte, sie zu spüren. Als sie ihre Hand zurückziehen wollte, war es ganz deutlich, dass sie eine andere Hand in Händen hielt. Verunsichert zog sie diese Hand, die immer schwerer zu werden schien, heraus aus dem Wasser. Aus der Hand wurde ein Arm, aus dem Arm ein ganzer Körper. Schwer zog sie an ihm, bis er im Sand lag. Er sah ganz und gar mitgenommen aus, schon lange musste er im Meer gelegen haben. Hineingegangen oder hineingeworfen. Sie schleifte ihn über den leeren Strand zur Anhöhe unter einen Baum. Die Anhöhe war locker bewaldet, das hatte sie immer schon als angenehm empfunden. Gleich dahinter lag ein einzelnes Haus, Einzelhäuser waren hier verstreut zu sehen. Dieses Haus kannte sie von früher, denn eine ehemalige Arbeitskollegin hatte ihre Arbeitsstelle aufgegeben, weil sie hier einheiratete. Sie hatte einen gut situierten Herrn getroffen, der ihr den Hof machte, sie heiratete ihn kurzerhand und zog in dieses komfortable Haus, in dem sie sie wohl dreimal besucht hatte, dann war der Kontakt eingeschlafen. Zwischen den kahlen Bäumen sah sie ein durch warmes Licht erleuchtetes Fenster, dahinter bewegte sich ein Mensch in gekrümmter Haltung, der mit seinem Handy zu telefonieren schien. Das musste der Mann ihrer Kollegin sein. Mein Gott, war der früh auf, aber sie war es ja auch. Sie konzentrierte sich eine Zeitlang auf diesen Schatten im gelben Licht, der etwas vornüber gebeugt hin und herlief, während er in sein Handy sprach. Sollte sie dorthin laufen, klingeln, um Hilfe bitten? Was denn für eine Hilfe? Sie hatte doch selbst ein Handy und konnte die Polizei verständigen. Jedoch wollte sie den Moment hinauszögern, noch an der Seite des Toten verweilen, denn trotz seiner Entstelltheit kam er ihr bekannt vor, wenn nicht gar vertraut.

Es lag schon ein paar Jahre zurück, als sie ihre Arbeit verlor, ihr Arbeitsplatz war überflüssig geworden, das hieß, sie selbst. Tief gekränkt, griff sie zur Flasche, aber das war kein Zustand, denn sie war das Arbeiten gewöhnt, vermisste es. Deshalb besorgte sie sich einen Job an der Theaterkasse, und morgens räumte sie in einem Drogeriemarkt Waren ein. Damit überbrückte sie eine schwere Zeit und vermied eine Abhängigkeit vom Arbeitslosengeld, das sie gar nicht erst beantragte, was ihr von anderen Arbeitslosen angekreidet wurde. Glücklicherweise fand sie bald eine dauerhafte Anstellung in einem Familienbetrieb, der noch nicht durchmodernisiert war, wenngleich schon auf EDV umgestellt. Wahrscheinlich würde sie auch diese Arbeit in einigen Jahren verlieren, aber sie würde wieder eine Lösung finden, da war sie sich sicher, denn nebenbei wollte sie sich weiter qualifizieren. Zu jenem Zeitpunkt lernte sie den arbeitslosen Ulf kennen, der weniger gut mit seiner Arbeitslosigkeit umgehen konnte als sie. Aus eigener Erfahrung verstand sie sein Gekränktsein, plötzlich überflüssig zu sein, nicht mehr gebraucht zu werden, gehen zu müssen. Sie hatten sich im Park kennen gelernt, an einem sonnigen Tag, an dem viele große und kleine Menschen unterwegs waren. Sie hatte festgestellt, dass er im Park seine Tage verbrachte, sogar dort duschte, denn es gab neben der öffentlichen Toilette eine öffentliche Dusche. Wie viele Arbeitslose suchte er Zuflucht im Alkohol. Sie kannte die Hoffnungslosigkeit und nahm ihn kurz entschlossen bei sich auf, denn sie stellte sich vor, dass er ebenso tatkräftig wie sie seine Geschicke in die Hand nehmen würde. Die Nähe führte dazu, dass sie ein Liebespaar wurden. Ob es indessen Liebe war, ließ sie dahingestellt. In der Folge hatten sich ihre Vorstellungen, dass er schnell in ein Arbeitsleben zurückfinden würde, nicht bewahrheitet, stattdessen verbrachte er seine Tage mit einer Weinflasche am Strand. In der ersten Zeit begleitete sie ihn sogar, wenn sie frei hatte, sie verlor aber schnell die Lust an diesem benebelnden Zeitvertreib, und vernünftig sprechen konnte sie schon seit längerem nicht mehr mit ihm, da er ständig berauscht war, was dazu führte, dass sie ihn nicht mehr ernst nehmen konnte und sich daher von ihm zurückzog. Sie hatte das Gefühl, dass sie nichts mehr für ihn tun konnte, denn er kehrte auch immer seltener bei ihr ein, bis dass er eines Tages ganz wegblieb. Sie machte sich nicht auf die Suche nach ihm, denn ihre Beziehung war vorbei, das würde auch er registriert haben. Eine Last war von ihr genommen, auch das Gefühl, versagt zu haben, denn sie war mit ihrem Hilfsangebot gescheitert. Gott sei Dank war sie in der Zeit, in der sie miteinander geschlafen hatten, nicht schwanger geworden.

Dieser Tote erinnerte sie an Ulf. Als wenn sie geradezu an diesen Ort gerufen worden wäre. Nachdem er verschwunden war, traf sie ein paar Monate später die Arbeitskollegin wieder, die dort drüben in dem Haus mit ihrem Gatten gewohnt hatte. Sie erzählte ihr, dass sie sich inzwischen getrennt hätte und wieder in der Stadt wohne. Es war ein großer Zufall, dass sie sich begegneten, auch das passierte im Stadtpark, dem Tummelplatz für alle bei schönem Wetter, denn er hatte für alle etwas zu bieten, viele Spielplätze, Grünflächen, Bänke und Springbrunnen. Besonders die Springbrunnen waren ein Magnet und zogen vor allem auch die Touristen an, die ihre Pfennige hineinwarfen und einen Wunsch äußerten. An einem der Brunnen traf sie ihre frühere Arbeitskollegin, die eben einen Wunsch getan hatte. Sie wünschte sich einen Mann wieder zu treffen, mit dem sie in einer ménage à trois gelebt hatte, bis sie ihren Ehemann verließ, nachdem es zu immer mehr Streitigkeiten zwischen ihnen kam, natürlich dann auch zwischen ihm und dem neuen Mitbewohner, der bei ihrem Mann, der Architekt war und selbständig tätig, eine Beschäftigung gefunden hatte. Zunächst belebte er ihre Ehe, aber dann kam ihr Mann dahinter, dass sie mit dem Fremden eine Beziehung eingegangen war. Sie wären wirklich heiß aufeinander gewesen. Wie Ausgehungerte hätten sie sich aufeinander gestürzt. Sie liebten sich leidenschaftlich, eines Tages erwischte ihr Mann sie. Als ihre Arbeitskollegin das erzählte, fröstelte es sie. Erst recht, als sie hinzufügte, dass sie ihn am Strand aufgegabelt hätte, in der Nähe ihres Hauses hätte er rumgegammelt, sich ständig besoffen und kein vernünftiges Wort geredet. Sie habe ihn dann regelmäßig auf seinem Platz besucht, dadurch habe er sich beruhigt, seinen Alkoholkonsum gemäßigt und sei wieder redetauglich geworden bis hin, dass sie es wagte, ihn mit ins Haus zu nehmen und ihn ihrem Mann vorzustellen. Der war über den Gast amüsiert, denn seine Scherze gefielen ihm, wurde doch zwischen ihm und ihr ein durchweg gepflegter Ton angeschlagen. „Wie ich dir schon sagte", erzählte sie, „stellte mein Mann ihn in seinem Büro an, und es kam zu einer ersten Hochzeit für uns drei, in der wir sogar gemeinsame Ausflüge machten, gemeinsam verreisten und so fort, aber dann wurde es immer brenzliger, denn wir vermochten unsere Liebe füreinander nicht mehr vor meinem Mann zu verbergen. Es kam der Abend, an dem sich die Dinge überschlugen. Sie stritten meinetwegen. Ulf, mein Geliebter - und meiner, dachte sie frierend - sagte zu meinem Mann, dass er mich gar nicht lieben würde, sondern nur jemanden bräuchte, der mit ihm in diesem schönen, alten Haus lebte, damit er als älterer Mensch hier nicht alleine sein Dasein fristen müsste. Er sei ja nicht in der Lage, sich von diesem schönen Haus zu trennen, das seiner Mutter gehört hatte, und er wollte unbedingt eine Frau, die keine eigenen Wünsche und Ziele verfolgen würde, sondern die einfach nur bei ihm sei, für ihn da sei, für dieses Haus. Ob er sich jemals gefragt hätte, ob ich glücklich wäre? Da bekam er den ersten

Faustschlag ins Gesicht. Mein Mann schleuderte gemeine Wörter aus sich heraus, beschimpfte ihn als Hundskerl, als Dreckskerl, als Schmarotzer und so fort. Ein Faustschlag gab den anderen bis ich schließlich dazwischen ging. Sie ließen voneinander ab, Ulf lief aus dem Haus. Mein Mann lief ihm hinterher. Ich sah, wie sie am Strand ihren Kampf weiter ausfochten. Müde kehrte ich beiden den Rücken. Was hatte Ulf gesagt? Er hatte gesagt, dass mein Mann mich nicht lieben würde, aber hatte er gesagt, dass er, Ulf, mich lieben würde? Nein, das hatte er nicht. Vielleicht sagte er es ihm am Strand, wo sie weiter miteinander kämpften. Ich sank ermattet in den Sessel, als hätte ich innerlich mitgekämpft. Als mein Mann zurückkam, sagte er, Ulf sei fortgelaufen, mein Geliebter sei ein Feigling. Ich wollte sofort hinterherlaufen, aber dann besann ich mich und beschloss, Nägel mit Köpfen zu machen. Ich sagte zu meinem Mann, dass ich ihn verlassen würde. Mit diesen Worten ließ ich ihn stehen, ging die Treppen hinauf in unser Schlafzimmer, um ein paar Sachen einzupacken. Ich hörte wie er mir nachkam. Er griff meine Handgelenke und wollte mit mir Klartext reden. Dass ich gar nicht in der Lage wäre, alleine zu leben und für mich zu sorgen. Das hätte ich längst verlernt. Ich solle nicht so kopflos handeln. Er würde mich brauchen und ich ihn. Ich versuchte verzweifelt, mich loszumachen, bis es mir gelang und ich die Treppen hinunterlief, hinaus, hinunter zum Strand. Er lief mir hinterher, schrie dabei ständig meinen Namen. Am Meeressaum kriegte er mich zu fassen. Wieder bat ich ihn, mich loszulassen. Dieses Mal sagte ich ihm, dass ich ihn nie geliebt hätte, sondern dass ich ihm das gewesen sei, was er sich von mir erwartet hätte. Er hätte ja gar keine Liebe von mir erwartet, sondern ein geregeltes Leben, ein geregeltes Zusammenleben, eine Ordnung im Haus und im Leben, unantastbar. Das wäre seine Befriedigung gewesen, abgesehen von seinem Geld. Jetzt traf auch mich ein Faustschlag. Ich rang mit ihm. Wir rutschten auf dem nassen Sand aus, die Wellen spülten den Sand unter unseren Füßen hinweg, unser Gerangel ging weiter, obwohl wir nun schon im Wasser lagen. Im Gegensatz zu ihm war ich eine gute Schwimmerin und schwamm hinaus. Er tat es mir gleich, aber seine Kräfte erschöpften sich schnell, denn er war nicht mehr der Jüngste und vor allem, er war nicht trainiert. Das war bei mir anders, deshalb hielt ich länger durch, so lange, bis ich ihn nicht mehr sah. Er war von der Wasseroberfläche verschwunden. Da schwamm ich zurück. Ging ins Haus und packte meine Sachen. In der Stadt fand ich dann sehr schnell Arbeit. Aber Ulf habe ich bislang nicht wiedergefunden".

An dieses sie aufwühlende Gespräch am Brunnen erinnerte sie sich jetzt wieder glasklar. Sie waren ohne Verabredung auseinander gegangen, denn sie verband keine gemeinsame Arbeit mehr wie damals, und eine Freundschaft hatte sich zwischen ihnen nicht entwickelt. Außerdem hatte ihre Erzählung sie nicht unberührt gelassen, obwohl sie ja mit Ulf nicht durch eine Leidenschaft verbunden gewesen war, aber es kränkte sie doch, dass diese Frau es geschafft hatte, was sie nicht vermochte, nämlich dass aus Ulf wieder ein Mensch geworden war. Sie sah aber auch, dass die Arbeitskollegin ihm aufgrund ihrer komfortablen Verhältnisse mehr hatte bieten können als sie oder aber ihre Liebe hatte seine Wandlung in Gang gesetzt. Jedenfalls war sie froh, dass Ulf sich gefangen hatte.

Sie blickte auf den Toten an ihrer Seite. Dann war das vielleicht gar nicht Ulf, sondern der Ehemann ihrer Arbeitskollegin?! Vom Toten wanderte ihr Blick zu dem Haus, wo immer noch der männliche Schatten im gelben Licht mit seinem Handy hin- und herwanderte. Und wer war dann das?

Vielleicht hatte ihre Arbeitskollegin Ulf inzwischen wiedergefunden, und sie hatten beide das alte Haus bezogen? War das möglich? Oder sie war in der Stadt immer noch auf der Suche, während Ulf damals in das verlassene Haus zurückgekehrt war.

Vielleicht arbeitete er sogar als Architekt, denn der Mann ihrer Arbeitskollegin hatte ihn ja mit den Arbeiten eines Architekten vertraut gemacht. Sollte sie doch zum Haus gehen und klingeln? Was würde passieren, wenn sie Ulf anträfe? Was, wenn sie den Ehemann anträfe? Sie schüttelte den Kopf, es konnte alles und vieles möglich sein. Aber was sollte sie jetzt machen? Den Toten, der so verunstaltet war, dass sie ihn nicht mit Sicherheit identifizieren konnte, liegen lassen oder hinaufgehen und klingeln? Vielleicht war er damals vom Ehemann ermordet worden und gar nicht weggelaufen, wie dieser erzählt hatte? Vielleicht wohnten schon ganz fremde Leute in dem Haus? Die Polizei rufen? Sie konnte nicht ewig hier sitzen bleiben neben einer Leiche, die sogar eine wildfremde sein konnte. Nachdem sie mit ihren langen Überlegungen ihre Entscheidung hinausgezögert hatte, ergriff sie ihr Handy und wählte die Nummer der Polizei.

Das Bild der alten Frau

Sie blieb lange vor dem Bild stehen, es war ein großes Bild, sogar sehr groß zu nennen. Öl, dunkel. Nur in der Mitte wurde etwas sichtbar. Da das Bild so groß war, wurden BesucherInnen es schon von weitem gewahr. Es war eine Frau, die in der Mitte prangte. „Prangte" passte hier gar nicht. Sie war daselbst und sie selbst ein heller Punkt in der tiefen Dunkelheit der Umgebung. Ein dunkles, glänzendes Öl umgab die Figur, die eine alte Frau war. Auf dem Bettrand sitzend, blickte sie die ZuschauerInnen des Bildes an. Das Bett war alles, was ihr am Ende des Lebens zur Verfügung stand. Äußerlich. Es war auch ein Nachttopf an das Bett gestellt. Die alte Frau hielt sich am Bettrand fest. Sie saß etwas gekrümmt, ein wenig nach vorne gebeugt. Sie war abgemagert. Es war, als würden ihre Augen eine Entschuldigung aussprechen. „Entschuldigung, dass ich so aussehe wie ich aussehe. Alt. Entschuldigung. Entschuldigung, dass ich noch da bin, hier in der Mitte des Bildes. Ich weiß nicht, warum ich ins Museum gehängt wurde.

Das hat bestimmt nichts mit mir zu tun, sondern mit der Malerei des Künstlers, die gewürdigt werden soll, auch die Stadt ist stolz auf das Können dieses Künstlers. Das Bild zieht Touristen an, lockt sie in die Stadt und spült Geld in die leeren Kassen. Ich bin nur sein Objekt, der Künstler hat mich gefragt, ob ich Modell sitzen könnte. Warum sollte ich ihm das abschlagen? Es war ja auch nicht abzusehen, dass ihm das Bild gelingen würde. So sehr, dass ich nun in der Öffentlichkeit bin. Entblößt, aber ich fühle mich nicht entblößt, eher im Gegenteil, eher, als hätte er mir durch seine Malerei eine Kleidung verliehen, eine, die über dem wenigen, was ich anhabe, liegt. Vielleicht bin ich sogar durch seine Malerei unsichtbar geworden, obwohl die meisten wohl das Gegenteil annehmen und meinen, sie kennen mich jetzt."

Plötzlich erhob sich die alte Frau von ihrem Bett und verwandelte sich in eine junge Frau, die einen seidenen Unterrock in einer unauffälligen Farbe trug, der ihr bis zur Mitte ihrer Oberschenkel reichte. Sie ging ein paar Schritte bis zur Veranda, zog die Vorhänge auf und öffnete weit die Tür. „Was für ein wunderbarer Tag!" rief sie und drehte sich zu ihrem geliebten Mann, der noch im Bett lag, um. Er lächelte sie an und streckte ihr seinen Arm entgegen. Strahlend ging sie zu ihm und ergriff seinen Arm, der sie sofort zu sich herunterzog und ein Jauchzen und Toben nach sich zog, wie es frisch Verliebte vermögen. Jedoch waren sie nicht frisch verliebt, sondern schon zehn Jahre verheiratet und für ein verlängertes Wochenende in die Berge gefahren, um ihren 10. Hochzeitstag zu feiern. Sie frönten dem Liebesrausch im Bett nicht zu lange, denn sie wollten eine mehrstündige Wanderung unternehmen und oben in einer Hütte nächtigen.

Unterwegs machten sie sich ein Vergnügen daraus, ihre zehn Jahre Revue passieren zu lassen. Des langen Weges hinauf sagten sie ein um das andere Mal: „Weißt du noch.....!" und vergegenwärtigten sich viele Höhe- und Tiefpunkte ihres gemeinsamen Lebens, vergaßen dabei die Landschaft, die sie umgab, die ihnen Geborgenheit schenkte und die sie unbewusst in sich aufnahmen. In der Hütte angekommen stärkten sie sich. Während er einen kleinen Schlummer halten wollte, zog es sie nochmal hinaus zu einem Spaziergang, der sie nicht weit fortführen sollte. Es war nur das bezaubernde Licht der Abenddämmerung, in das sie zum Abschluss eines schönen Tages für ein halbes Stündchen eintauchen wollte.

Er wunderte sich, dass sie nicht zurückkam. Er war erwacht und sah, dass er zwei Stunden geschlafen hatte. Schnell war er auf den Beinen und zog sich etwas über. Sie würde sicherlich in der Nähe Rast gemacht haben, auf einer Bank sitzend den Sternenhimmel betrachten, vielleicht sogar eingeschlafen sein. Er ärgerte sich, dass er seiner Müdigkeit nach dem Aufstieg nachgegeben hatte, statt mit ihr unter dem wunderbaren Abendhimmel noch einen kleinen Spaziergang zu machen. Er irrte herum, denn er wusste nicht, welchen Weg sie eingeschlagen hatte. Er entschied sich, nur die befestigten Wege zu gehen, denn das würde sie wohl auch so entschieden haben. Er bemerkte, dass er in der Eile weder seine Taschenlampe eingesteckt hatte, die jetzt nützlich wäre, noch sein Handy, wenngleich er nicht an einen Notfall denken mochte.

Aber dann war es doch ein Notfall, denn er hörte ihre Rufe, sie rief um Hilfe. Sie war abgerutscht. Er fand sie in einer Felsspalte, die sich gar nicht mal weit unten befand, aber ihren Fuß, den sie jetzt nicht mehr bewegen konnte, eingezwängt hatte. Wahrscheinlich war sie nur wenig daneben getreten und vermutlich war sie auch ohne Taschenlampe losgegangen, hatte häufiger zu den Sternen geschaut als auf den Weg. Erst einmal beruhigte er sie, sagte, dass er langsam und vorsichtig vorgehen würde. Es war nicht ungefährlich für ihn, der aufpassen musste, nicht auch abzurutschen. Aber nach einem schwierigen Manöver gelang es ihm schließlich, ihren Fuß zu befreien und sie hochzuziehen. Kaum jedoch stand sie auf ihren Füßen, war es an ihm abzurutschen, denn sie waren am Rand stehen geblieben, im Eifer des Gefechts hatte er sein Gleichgewicht verloren und stürzte rücklings in die Tiefe. Das war ein schmerzhafter Fall, der ganz bis nach unten führte. Sie lief zurück zur Hütte, wählte auf ihrem Handy den Notruf und begann danach den Abstieg. Unten angekommen war die Bergungsaktion in vollem Gange. Die Reanimation hatte jedoch keinen Erfolg. Geschockt brachte sie kein Wort heraus, sie war untröstlich und wurde ins Krankenhaus gebracht. Als sie nach einem langen Schlaf, durch Beruhigungsmittel erzeugt, erwachte, war ihr dunkles Haar vollkommen weiß geworden. Sie sah sich im Spiegel wie eine Fremde. Reden konnte sie erst nach einigen Tagen. Natürlich wurde die Kripo eingeschaltet, denn es musste ausgeschlossen werden, dass es sich um eine Gewalttat gehandelt hatte.

Es kam die Beerdigung in kleinem Kreis, auf der sie ein helles Kostüm trug. Mit ihren weiß gewordenen Haaren und dem hellen Kostüm wirkte sie wie das Pendant zu einer ihre unbekannte Frau, die ganz in schwarz gekleidet war. Ihre Kopfbedeckung bestand aus einer schwarzen

Kappe, von der ein schwarzer Schleier mit kleinen schwarzen Knoten herunterfiel und ihr Gesicht bedeckte. An ihrer Seite stand ein junges Mädchen von vielleicht fünfzehn Jahren. War das seine Exfrau mit Tochter? Seine erste Ehe hatte einige Jahre gehalten. Sie wusste auch von einer Tochter, mit der er sich ab und an traf, diese aber nie mit zu ihnen brachte, dass wollte ihre Mutter nicht. Zu seiner Exfrau hatte er, soweit er berichtete, nur Kontakt, wenn es um die Belange der Tochter ging. Wie hatten sie von seinem Tod erfahren? Es konnte nur so sein, dass sie die Zeitungsanzeige gelesen hatten. Beileid wünschten sie ihr nicht, aber sie schütteten eine Schaufel Erde ins Grab. Genauso gut hätte sie ihnen, insbesondere der Tochter, ihr Beileid ausdrücken können, dazu kam es nicht, und sie war froh darüber, dass es zu keinem weiteren Kontakt mit ihnen kam. Auch zu den Eltern, die anwesend waren, hatte er keinen engen Kontakt gepflegt, dafür umso mehr mit seinen Sportsfreunden, von denen einige ihre Fassungslosigkeit nicht verbergen konnten. Sie selbst hatte schon beide Eltern verloren, erfuhr aber Unterstützung durch zwei Freundinnen. Der Pfarrer hielt eine kurze Rede, anschließend wurde meditative Klaviermusik von Joep Beving gespielt, die er zuletzt gerne gehört hatte.

Wie würde sie zu Hause weiterleben können? Ihre Tage nach derselben Maßgabe leben? Verreisen?

Sie war nicht in der Lage, irgendetwas zu verändern. Immer wieder suchte sie sein Zimmer auf, aber ging unverrichteter Dinge wieder hinaus. Eines Tages meinte sie, ihn dicht vor sich zu spüren, ihr ganzer Körper wurde von seinem erwärmt. Sie sah, wie sie in diesen Momenten früher die Arme um ihn schlang und er sie fest an sich drückte. Wie sehr vermisste sie ihn! Ein anderes Mal ging sie auf seinen Schreibtisch zu, an dem sie ihn sitzen sah wie früher. Sie strich ihm durch seine schwarzen Haare, woraufhin er zu ihr aufblickte und seinen Schreibstift aus der Hand legte. Er nahm sie auf seine Arme, den rechten Arm unter ihre Kniekehlen, den linken um ihren Rücken gelegt, so trug er sie zum Canapé, wo sie sich ausgelassen liebten. Ein anderes Mal stand sie vor dem Spiegel, der über dem Kamin hing. Obwohl sie sich mit den weißen Haaren ganz fremd vorkam, hatte er, hinter sie tretend, keine Scheu, sie zu umfassen und langsam die Achselträger ihres Kleides herunterzuschieben...O, es gab viele Vereinigungen in seinem Arbeitszimmer, mehr als in ihrem. Sie schlug die Hände vors Gesicht.

So konnte es nicht weitergehen. Sie musste hier ausziehen. Sie konnte nicht ausschließlich in diesem Zimmer sein, um seine Anwesenheit nicht zu entbehren. Für eine Weile schloss sie sein Zimmer ab, ging nach draußen, wenn es sie wieder zu ihm ins Zimmer zog. Aber auch das war keine Lösung. Sie schloss das Zimmer wieder auf, setzte sich an seinen Schreibtisch und blätterte in dem letzten Lyrikband, den er geschrieben hatte, sie las:

In der Nacht blickten dich gelbe Sterne an
Hunderte warteten auf ihren Abtransport
Meine Freundin trug ihren Lieblingspullover,
den gelben,
in dem der aufgenähte Stern
nicht auffiel

Meine Freundin blickte zu den Sternen
am Himmel,
sie leuchteten, sie strahlten
behüteten sie aber nicht
waren nur Zeugen
des Unmöglichen
des Unsagbaren

Immer wieder versuchte er, das Trauma in Worte zu fassen. Vielleicht hoffte er sogar auf erlösende Worte, die begreiflich machten. Aber es war nicht begreiflich zu machen.

Am nächsten Tag begann sie mit der Umgestaltung seines Zimmers, sie verrückte den Schreibtisch von der Mitte an den Rand, so dass die Mitte frei blieb. Sie nahm auch alle seine Kleidungsstücke bis auf einzelne aus den Schränken heraus. Sie öffnete die Flügeltür, die sein und ihr Zimmer, das zugleich das Wohnzimmer war, verbunden hatte. Jetzt konnte sie von einem ins andere Zimmer gehen. In ihrem Zimmer verrückte sie ebenfalls ihren Schreibtisch. Aber dann kam es noch ganz anders. Sie platzierte ihren Schreibtisch in sein Zimmer, da dieses viel heller war und eine Verandatür hatte. Sie liebte den Durchzug, die wogenden, hellen Gardinen. Vor ihrem Schreibtisch stellte sie ihre Staffelei auf. Ihr ehemaliges Zimmer behielt sie den redaktionellen Sitzungen vor, öffnete es wieder für ihre BesucherInnen. Ihr schien, als hätte sie sich eingefangen, wäre wieder sie selbst geworden, nur ihr Haar, das blieb weiß.

Die Frau ging auf das Bett zu und wurde in diesem Moment wieder die alte Frau in der Mitte des Ölbildes, die um Verzeihung bittet, dass sie so aussieht wie sie aussieht, abgemagert, die am Ende ihres Lebens angekommen, äußerlich nur noch ihr Bett und den Nachttopf zur Verfügung hat, alles andere um sie herum ist erloschen.

Der Traum

Weil sie sich einsam fühlte, ging sie in die Kirche, denn sie hoffte, dort Gott zu begegnen, der ihre innere Leere ausfüllen sollte. Diese hatte sich immens ausgebreitet, so dass sie keinen anderen Rat wusste, als zu Gott zu beten, der es schaffen sollte, Freude in ihr Leben zu bringen. Die Leere besetzte den ganzen Raum, während sie nur noch die äußeren Mauern repräsentierte und für die Außenwelt eine Fassade aufsetzte. Sie war an den Rand geflüchtet, um nicht selbst in der Mitte etwas darbieten, vielleicht sogar verteidigen zu müssen, unabhängig davon, dass sie sich im Unklaren darüber war, wer sie eigentlich im Inneren war. Sie identifizierte sich mit ihrer Fassade und begnügte sich bequemlichkeitshalber damit. Ihre Verzweiflung führte sie jedoch nicht darauf zurück, sondern auf die ominöse Leere, die sie als ein existentielles Problem ansah, das nur Gott richten konnte. Ob Gott ihr helfen könnte, wollte, die Zeit dafür hätte, das bezweifelte sie indessen, denn er hatte doch bestimmt seine eigenen Sorgen, so wie es in der Welt bestellt war. Krieg, Gewalt und Not überall. Wie konnte sie daher hoffen, dass er einer unzufriedenen, aber ihr Auskommen habenden Frau - ja dazu noch einer Frau - seine Aufmerksamkeit, gar Zuwendung schenken würde?

Plötzlich schreckte das Geschrei eines Kindes sie in ihrer Gedankenverlorenheit auf. Offenbar war ihr Mann ihr nach kurzer Zeit gefolgt, denn er stand jetzt neben der Bank, auf die sie sich in aller Herrgottsfrühe, in der sie noch die einzige Besucherin war, gesetzt hatte. Das schreiende Kind wand sich in seinen Armen, sein Kopf fiel nach hinten, seine aufgerissenen Augen sahen sie kopfüber hilfesuchend und klagend an. Sie selbst war wie versteinert, auf die Attacke nicht vorbereitet, sie befand sich immer noch in ihrer inneren Welt. Sie wollte doch zu Gott sprechen und nicht zu ihrem schreienden Kind und ihrem ungeduldigen Mann. Wieso erdreistete er sich, ihr nachzugehen? Konnte er nicht einmal die Geduld aufbringen und auf das Kind, das doch kein Baby mehr war, aufpassen? Ihre Konzentration war dahin, sie sah ihn wütend an.

Er lächelte hilflos und übergab ihr das Kind, das immer noch schrie, jedoch in ihren Armen sofort aufhörte und einschlief.

In der Nähe des Altars öffnete sich eine Lichtquelle, zu der sie sich hingezogen fühlte, weshalb sie aufstand und nach einigen Schritten in das Licht eintrat, desgleichen tat der Mann. Es war, als verschmolzen sie in diesem Licht zu einer Familie, zu einer Einheit, die sie im Grunde nicht waren, denn sie waren zerstritten. Das Kind, gut, es schlief, es hatte seine Ruhe gefunden.

Zu Hause legte sie das schlafende Kind ins Bett. Er trat zu ihr, umarmte sie von hinten. Sie sagte zu ihm, er solle das lassen und schob seine Arme weg.

Er fragte sich, was sie nur gegen ihn habe, er war sich keiner Schuld bewusst, schwieg jedoch, denn er wollte nicht hören, was sie zu sagen gehabt hätte.

Die Koffer wurden gepackt, da die Reise gebucht war, sie würde kitten, so sagte er sich, was auseinander gegangen war.

Die Reise vollzog sich mit dem Zug, mit dem Auto, mit der Fähre, mit dem Bus, zu Fuß. Es war ein entfernt gelegener Ort.

Als er sich ihr abermals näherte und seine Arme um ihre Schultern legte, sagte sie: „Lass das! Du gehst mir auf die Nerven damit! Was soll das?! Geh endlich zu deiner Frau und tausche nicht dauernd die Plätze!" Mit diesen Worten schob sie seine Arme und ihn von sich weg. Nicht nur das. Sie fügte hinzu: „Du ekelst mich an! Du mietest einen Ferienbungalow direkt neben dem deiner Frau und hast es noch nicht einmal nötig, das vorab mit mir zu besprechen!" Er sagte: „Du hättest doch sowieso nicht zugestimmt!" „Ach, und dann machst du es einfach?!" entgegnete sie. „Ich habe an die Kinder gedacht, die sind doch Freundinnen!" Bei diesen Worten ging er wieder mit ausgestreckten Armen auf sie zu. „Fass mich nicht an!", rief sie „Nie mehr! Du widerst mich an!"

Sie sagte der kleinen Tochter, dass sie sich entscheiden müsse, ob sie mit ihr abreisen oder ob sie bei ihm bleiben wolle. Das kleine Mädchen kam in Bedrängnis, entschied sich schließlich für den Urlaub.

Sie reiste alleine zurück. Nach langen Reisestrapazen ließ sie sich auf ihr Bett fallen. Es war ihr, als hätte sie keine Gefühle mehr, weder positive noch negative. Aber jetzt könnte sie wenigstens abermals in die Kirche gehen und hoffen, dass sie ungestört bliebe.

In der Kirche fand sie dieses Mal große Ruhe, sogar schlummerte sie ein wenig ein, denn sie sah ein weißes Pferd, das sich aufbäumte, immer höher sprang, das konnte nur ein Schlummerbild sein und nicht tatsächlich so sein. Sie träumte also. Das Pferd verschwand nicht, es sprang immer wieder hoch und wieherte.

Jemand rüttelte an ihrer Schulter, weil die Kirche geschlossen werden sollte. Sie sah auf die Uhr und stellte fest, dass sie hier über eine Stunde vor sich hingedämmert hatte. Sie stand sofort auf und verließ die Kirche. Aber war sie nun schlauer? In der Kirche war ihr ein Traum beschert worden. Aber was konnte sie damit anfangen? Hätte sie den Traum nicht überall haben können, dort, wo sie gerade einschlummerte? Warum hatte sie nicht gebetet, sondern war halbwegs eingeschlafen? Ihre Beziehung zu Gott schien ihr nicht gegeben. Sie hatte nicht das Gefühl, dass sie ihn getroffen hatte, dort, wo es hieß, man träfe ihn gemeinhin. Sie war nicht gläubig genug. Suchte sie denn den Glauben? Suchte sie denn Gott oder war es ihr nur um sie selbst gegangen? Und was hieß es, Gott zu suchen? Hieß das nicht, den anderen zu suchen? Sie begab sich auf den Rückweg.

Sie hatte keinen besonderen Bezug zu Pferden. Allerdings kam sie von einem Bauernhof. Ihre Eltern waren Bauern und hatten Ackergäule, jedoch auch Zuchtpferde, die sie verkauften. Aber sie war klein, als das der Fall war. Zu klein, um jemals auf einem Pferd gesessen zu haben. Nachdem alles verloren war, hatte sie sich entwurzelt gefühlt. Sie hatte sich nie von dem Schock erholt, sondern sich nur angepasst an die neuen Gegebenheiten, ihr war aber alles fremd geblieben.

Als es soweit war und ihre Tochter vor der Tür stand, flogen sie sich in die Arme. Nachdem das Mädchen auserzählt hatte, sagte sie: „Ich habe da vielleicht auch noch etwas für dich! Was hältst du davon, wenn wir im nächsten Urlaub auf einen Reiterhof fahren? Du könntest reiten lernen und ich gleich dazu?!" Ihre Tochter sah sie ungläubig an und rief: „Das ist ja toll, Mama!" Sie stand auf und umarmte ihre Mutter stürmisch. Diese hatte für einen kurzen Moment das Gefühl, das Pferd sprang an ihr hoch. Schnell verscheuchte sie das absurde Bild.

Das Mädchen aus dem Osten

Die Jungen stürmten aus der Klasse. Es legte sich purer Sonnenschein auf sie. Sie lachten aus vollem Herzen, denn es war Sommer, die Sonne beglückte sie, und sie hatten frei bekommen. Es wurde „hitzefrei" genannt. Wenn das der Fall war, hatten alle Schüler der Schule zur selben Zeit hitzefrei, sprangen johlend auf und rannten hinaus, so schnell sie konnten. Jeder wollte von der Freiheit profitieren, von der Befreiung der Schulpflicht, die ihre Anwesenheit in der Schule erforderte, das Absitzen von Stunden bedeutete, in denen nur die wenigsten etwas lernten. Sie waren müde, langweilten sich, begriffen nicht, was die LehrerInnen von ihnen wollten, was sie sagten und vorexerzierten. Sie brachten sich recht und schlecht durch die Schulzeit, in der manche sogar mehrmals sitzen blieben, in einer unteren Klassenstufe den Stoff nochmals durchkauen mussten, was vielfach misslang. Andere bestachen, taten so als ob oder sie waren wirklich brave, angepasste Schüler.

Aber er, der als erster heraus sprang in die Freiheit, war ein Sonnenschein, immer an vorderster Front, ohne Probleme nahm er alle Hürden, ein Überflieger, er hatte sogar eine Klasse übersprungen.

Dass er das Mädchen anlächelte, das ihm begegnete, nahm nicht Wunder, denn es handelte sich um eine reine Jungenschule, auf der er glänzte, seine Abschlüsse mit Bravour hinlegte.
Von dem Mädchen wusste er nichts. Es war auf einmal da, spielte im Garten, an dem er vorbeikam, eingezäunt, aber es war nur ein Maschendrahtzaun, so dass er sie gut sehen konnte. Es lohnt sich, mal andere Wege zu gehen, sagte er bei sich, denn normalerweise ging er diesen verschwiegenen Weg

nicht entlang. Aber heute wollte er bummeln und ließ sich in der Gegend herumtreiben. Er hatte ja zwei Stunden Vorsprung, zwei Stunden hitzefrei bekommen. Er blieb stehen und machte sich durch ein Räuspern bemerkbar. Das Mädchen, das gerade in den mit Kreide aufgemalten großen, viereckigen Kästchen herumsprang, nachdem es vorher eine Münze hineingeworfen hatte, hielt inne, blickte auf. „Was ist los?!" fragte sie in seine Richtung. „Kannst du nicht rauskommen zum Spielen?", antwortete er. „Aber ich spiele doch!", sagte sie. „Ich meine, ob du Lust hast, mit mir zu spielen?" „Was willst du denn mit mir spielen?" fragte sie. „Was du willst!" „Dann komm doch rein und hüpf mit mir!" „Ehrlich gesagt. finde ich das ein bisschen langweilig!" „Langweilig? Aber du bewegst dich doch, es macht Spaß, auf einem Bein zu hüpfen." Der Junge kratzte sich hinter seinem Ohr, er war verlegen. Merkwürdig, dachte er, dass ich da nicht hineinwill. Das Mädchen bemerkte sein Zögern und sagte: „Ist nicht schlimm, wenn du dazu keine Lust hast, muss ja nicht jedem gefallen. Was schlägst du denn vor?" „Wir könnten Kanu fahren." „Gute Idee", sagte sie, „aber ich muss es erst noch lernen." „Das kann ich dir beibringen." So kam es zu einer Verabredung.

Zu Hause erzählte er von seiner neuen Bekanntschaft. „Ach du je", sagte seine Mutter,

„die sind aus dem Osten. Mit denen redet doch niemand." „Was ist daran schlimm, aus dem Osten zu sein?" „Da gibt es Barrieren", sagte die Mutter, „wir hier, die Ortsansässigen, sind eben Westler, da gehören die nicht dazu. Die kommen aus dem Osten." „Ja und was ist nun so schlimm dran, dass mit denen nicht geredet wird?" „Ja weißt du, das hat alles seinen Grund. Die sind anders aufgewachsen. Hinter einer Mauer. Die durften nicht raus und vereisen. Durften nur machen und sagen, was die Regierungspartei vorgab und erlaubte. Sie wurden mehr oder weniger alle bespitzelt, hatten keine Chance anders zu sein, etwas dagegen zu sagen, dann gab es sofort eine Bestrafung. Die Kinder durften dann nicht studieren und so, wenn einer abhauen wollte, wurde der an der Mauer sogar erschossen, falls er erwischt wurde, und der Familie wurde das Leben schwer gemacht. Die Religion haben sie auch abgeschafft, die Konfirmation wurde durch die „Jugendweihe" ersetzt, die Menschen sollten nicht an einen Gott glauben, sondern an die Partei. Dann war der ganze Staat ja auch noch abhängig vom noch weiter entfernt liegenden Osten, nämlich Russland, das hing auch mit der russischen Besatzungszone nach dem Krieg zusammen, als Deutschland in Zonen aufgeteilt wurde. Die Russen, so wurde gesagt, haben die meisten deutschen Frauen vergewaltigt als Rache für den Krieg, mit dem die Deutschen Russland überzogen. Das sind alles verwickelte Geschichten, da bleibt immer was hängen, deswegen redet kaum jemand mit denen aus dem Osten. Ich kann und will dir auch nichts vorschreiben. Ich sag's nur, damit du Bescheid weißt, auf wen du dich einlässt. Vielleicht trägt das Mädchen unbewusst alles das in sich. Bestimmt aber fühlt sie sich stigmatisiert, denn warum spielt sie da so alleine vor sich hin, wie du erzählt hast?!" Der Junge wurde nachdenklich und fragte: "Und warum redest du nicht mit ihnen?" „Hab ich doch gar nicht gesagt, sondern nur allgemein gesprochen. Was mich angeht, würde ich mit ihnen oder dem Mädchen sprechen, aber die isolieren sich ja von selbst. Hast du ja gesehen, sie war nicht außerhalb des Zauns, sondern innerhalb!" „Ich hab mit ihr eine Verabredung getroffen", sagte er jetzt stolz. „Warum nicht, du musst nur auf abfällige Bemerkungen von anderen gefasst sein, die anders denken als wir und die die Leute aus dem Osten meiden." „Ja ja", sagte der Junge und umarmte seine Mutter, „ich pass schon auf und werde entsprechend antworten." „Ja natürlich".

Der Junge und das Mädchen befreundeten sich. Sie fuhren oft Kanu und unternahmen noch vieles andere zusammen. Ihre Freundschaft wurde im Laufe der Jahre enger, so dass sie sich verloben wollten. Der inzwischen junge Mann kaufte ein Geschenk für seine Freundin, das er ihr am Verlobungstag überreichte. Sie war sehr berührt und hängte sich die weißen Perlenohrringe in ihre Ohren, damit er sehen konnte, wie schön sein Geschenk war. An jedem Ohr hingen zwei schneeweiße Perlen, die übereinander angeordnet waren. Zu seinem Leidwesen jedoch legte sie am Tagesende die Ohrringe wieder zurück, sie verschwanden vor seinen Augen in der Dunkelheit des Etuis. Sie beabsichtigte nicht, sie täglich zu tragen wie er es sich vorgestellt hatte, denn er wollte sie tagtäglich durch die schneeweißen Perlenohrringe verschönt sehen. Er bat sie indessen, zu bestimmten Feierlichkeiten die weißen Perlenohrringe zu tragen. Dann öffnete sie das Etui, holte sie heraus, steckte einen nach dem anderen in ihre Ohren und strahlte ihn an. Das musste er zugeben, ihr strahlendes Lächeln war mehr Wert, als die Ohrringe. Sie sind ein schönes Beiwerk, dachte er bei sich, welches jedoch niemals ihr strahlendes Lächeln ersetzen könnte. Sie wusste es von Anfang an, dachte er, das Mädchen aus dem Osten ist klüger als ich.

March for our lives

Der leere Stuhl. Ein leeres Sofa. Der Mann, ein junger Mann mit blonder Perücke, darunter sind seine schwarzen Haare zu sehen. Er setzt sich zunächst auf den leeren, nackten Holzstuhl, steht aber sogleich wieder auf und pflanzt sich in das dick gepolsterte Ledersofa in dunkler Farbe. Angedunkelt sind auch die eingerahmten Fotos an der Wand gegenüber dem Sofa. Der junge Mann, der jetzt seinen nackten, hellen Arm auf die Rückenlehne des Sofas ablegt, wobei er seine Finger für Momente, die sich wiederholen, in das Lederpolster einkrallt, blickt zu den Bildern. Natürlich. Denn es ist anzunehmen, dass er sich extra deswegen in das Sofa eingelassen hat, um sie genauer anschauen zu können. Allerdings ist es verwunderlich, dass er eine Sonnenbrille hervorgeholt hat, die er sich jetzt aufsetzt, sie ist blau leuchtend. Unangenehm für Leute, wenn sie ihm gegenüberstehen oder ihm begegnen. Es hat den Anschein, dass er immer hier in diesem Sessel sitzt, in den er gewechselt ist, die Haare seiner Perücke an die Kopflehne des Sessels, der wie für ihn maßgeschneidert scheint, abgegeben. Der

Sessel steht neben dem Sofa, so dass sich der Blick auf die Bilder ein klein wenig verschiebt. Jedoch kehrt er wieder zurück in das Sofa, das ihn gefangen hält, in dem seine jetzt erreichte Bequemlichkeit ihn dazu bewegt, seine Sonnenbrille wieder abzunehmen und auf den Tisch zu platzieren. Er entnimmt einer Medikamentenschachtel eine Tablette. Wahrscheinlich ein Nahrungs-Ergänzungsmittel, denn wenn er Vegetarier oder Veganer sein sollte, braucht er B12. Oder wenn er in dem sonnenarmen Norddeutschland leben sollte, braucht er D3 und gegen die Grippeanfälligkeit Vitamin C mit Zink und Selen. Das sollte ihm reichen, er kann sich nicht gegen alles schützen. Was kommt, das kommt und was nicht kommen will, das kommt nicht, das sagte bestimmt schon seine Mutter. Er widmet sich der Betrachtung der Bilder, wobei unklar bleibt, ob er wahrnimmt, was er sieht oder ob er hindurchsieht und etwas völlig anderes sieht, sie nur als Fixpunkt braucht, als Ort, der ihm alle anderen Bilder zeigt, an denen er viel mehr interessiert ist, die ihm etwas sagen, weil er darin selbst eine Rolle gespielt hat.

Ein anderer junger Mann mit Getränken in der Hand geht auf ihn zu. Er stellt seine Sachen auf den Tisch ab und wird in dem Moment des sich Setzens unsichtbar. Der andere lacht ihn an. Von der Seite ist jetzt deutlich seine gebogene Nase zu sehen, die herabfallen könnte, so schwer wirkt sie in dem sensiblen Gesicht. Er freut sich. Er hat Gesellschaft, aber er sieht ihn nicht, kann ihn nicht mehr sehen, nur das Geschenk, das er ihm gemacht hat, den Kaffee in der weißen Tasse. Er rührt den Zucker um, berauscht sich am Getränk, als wenn es etwas Besonderes wäre wie etwa ein Tokajer. Er beginnt mit seinem unsichtbaren Gegenüber zu sprechen. Als dieser den Kaffeebecher zurückbringt, tritt er wieder in Erscheinung. Er trägt ein kariertes Hemd, schwarz-weiße Karos, vielleicht zweimal zwei Zentimeter groß. Er lächelt, stellt seine leere Tasse in die Ablage und geht die Treppen hinunter. Der andere hört das Geräusch, lächelt in sich hinein. Er trägt jetzt wieder die Perücke, die er kurz abgenommen hatte, vielleicht hatte er eine Druckstelle gespürt, seine eigenen schwarzen Haare wurden für diesen Moment sichtbar, die nun wieder unter der blonden Perücke verschwunden sind, jedoch hat er sie so aufgesetzt, dass der Ansatz der schwarzen Haare gut sichtbar bleibt wie es zurzeit Mode ist. Er rührt mit seinem Teelöffel den Kaffee um, denn der andere hat nur seinen eigenen Kaffeebecher weggetragen. Vielleicht war er nur zufällig sein Nachbar geworden, jemand, der wie er in das braune Sofa, das an braune Soße und nazibraune

Uniformen erinnert, für die kurze Zeit eines Kaffeegenusses eingesunken ist. Er scheint zufrieden. Er hat sich unterhalten, wenn auch nur dreißig Minuten, aber dreißig Minuten können unter Umständen sehr viel sein, sogar zu viel, zu bedeutsam, bis hin, dass es in dieser Zeit zu tragischen Unfällen kommen kann. Das beunruhigt ihn ein bisschen. Was hatte der andere noch gesagt. Er lässt die Sätze des anderen Revue passieren. Er möchte ihm gern glauben schenken, denn er hatte das Gefühl, dass er ihn mochte. Aber Glauben und Wissen sind zwei unterschiedliche Paar Schuhe. Sollte er weggehen, noch bevor er auf die Bilder geschaut hat, sie wirklich betrachtet, wahrgenommen hat, was sich auf ihnen abspielt. Der andere hatte ihm zufolge Bedeutenden gesagt, aber war unsichtbar geblieben. Das war nicht vertrauenswürdig. Er sollte ihm nachstellen, um mehr zu erfahren. Aber "Lass fahren dahin, sie haben's kein Gewinn", denn nur Gott kann Gewissheit bringen, die Gewissheit des Todes, aber das ist sowieso eine Gewissheit. War der andere etwa tot, schon tot, nur eine Erscheinung? Darauf deutet hin, dass er unsichtbar blieb, aber er hat dennoch gesprochen. Vielleicht war er noch nicht ganz tot. Er ist ja zurück ins Leben gegangen, als er wegging wurde er wieder augenscheinlich. Ach, wie so trügerisch ist alles. Er setzt sich seine blaue

Brille auf. Scheint sie nur für die, die ihm begegnen blau oder sieht er alle und alles in blau getaucht? Es ist nicht auszumachen, ob er hoffnungslos ist, er denkt darüber nicht nach, ob er noch Hoffnung hat oder nicht. Eine Bestrahlungsphase in Süddeutschland stand an. Die erste vor fast einem Jahr mit 21 Sitzungen hatte er überstanden, aber es muss noch ein Rest bestrahlt werden. Die Krebszellen sind unfassbar, können sich unsichtbar machen trotz aller Radiographien und MRTs. Sie sind wie die Menschen, die sich plötzlich unsichtbar machen, die nicht mehr gehört noch gesehen werden. Trotzdem sind sie noch in einem wirksam und können unter Umständen noch später, noch nach langer Zeit, großen Schaden anrichten.

Vom anderen Tisch kommt anhaltendes Gelächter, ein Ehepaar mit zwei erwachsenen Kindern. Der Koloss von Mann sitzt ihm im Rücken, der Frau hängt die schwarz umrandete Brille auf der Nasenspitze. Der junge, irritierte Mann überlegt, ob er sich umwenden soll oder nicht, ob er sich Gewissheit verschaffen soll oder nicht. Aber was für eine Gewissheit? Was will er denn wissen und nicht sagen? Lass sie doch für sich sein, sich innerhalb ihrer Gruppe amüsieren.

Er setzt sich Kopfhörer auf. So entgeht er dem immer wieder einsetzenden Lachen. Der Andere kommt zurück, jedoch ohne Getränke, einfach so, er lässt sich neben ihm ins Sofa fallen, als er fällt, ist er unsichtbar geworden. Der schon dort Sitzende rückt ein wenig zur Seite und schaut ihn an. Sie sprechen miteinander, aber fühlen sich offenbar durch die Familie gestört, denn nun blicken beide in ihre Richtung, der Unsichtbare wie der Sichtbare. Der Sichtbare hält den Blick nicht aus, muss ihn sofort wieder von der Familie abwenden, weil sie ihn, seine Augen verletzen. Die Familie verstummt ihrerseits und während der Unsichtbare aufsteht, die Treppen hinuntergeht - offenbar sucht er die Toiletten auf - und wieder zurückkehrt, hat sich die Familie aus dem Staub gemacht. Sie hat alles Geschirr in Windeseile abgeräumt. Auf dem schönen Holztisch steht nur noch der Zuckerpott mit braunem Rohrzucker.

Der Unsichtbare setzt sich wieder zu dem Sichtbaren, jetzt haben sie sich schon aneinander gewöhnt, jedenfalls in dem Maße, in dem das für die kurze Zeit möglich ist. Eine dritte Person kommt hinzu. Sie setzt sich auf den Stuhl. Lächelt die beiden an, die sie zu kennen scheinen, vielleicht sind sie sogar verabredet. Sie trägt einen weiten, grünen Rock, in dem sie sich sehr wohl zu fühlen scheint, denn sie breitet ihn wie einen Fächer aus. Ihr langes Haar hat sie in eine Tolle eingeschlagen, die von einem Ohr über den Nacken zu dem anderen Ohr läuft. In den auf dem Kopf zurückgekämmten Haaren steckt ein weißer Blütenkranz aus Plastikblumen. Die Männer sind geniert. Sie sagen ihr, dass es um die Bilder gehe. Da der Stuhl inzwischen ihnen gegenübersteht, sieht sie die Bilder nicht. Würde sie den Stuhl wieder neben das Sofa stellen, wären sie nicht direkt in ihrem Blickfeld. Also machen die beiden Männer Platz und nehmen sie in ihre Mitte. Jeder von ihnen streicht den grünen Stoff ihres Rockes auf dem Oberschenkel, neben dem er sitzt, glatt.

Alle Gesichter richten sich jetzt auf die Bilder. Manchmal streckt sich ein Arm vor, als würde er auf etwas Bestimmtes in einem Bild hinweisen wollen. Es scheinen Erinnerungsfotos zu sein. Aber nicht nur ihrer eigenen Kindheit, sondern vor allem die ihrer Eltern und Großeltern. Die drei sehen eine Frau in Soldatenuniform, ihren Mann in Arbeiterkleidung. Auf dem anderen Bild ist es genau andersherum, er trägt die Soldatenkleidung, sie die Arbeitskleidung, an ihrer Hand zappelt ein Baby, dessen Unterleib in Windeln eingepackt ist. Die fleischigen Beinchen, Ärmchen und der Oberkörper sind nackt. Das Baby ist vielleicht ein Jahr alt und torkelt vorwärts. Auf dem dritten Bild hat die Mutter ihn, es sieht so aus, als wäre es ein Junge, losgelassen. Er fällt nach wenigen Schritten um, sitzt auf der Erde in seiner Scheiße, denn die Betrachter halten sich die Nase zu, als wenn sie den

Gestank riechen würden. Das Mädchen weist auf den Sichtbaren, als wenn er derjenige wäre, der seine Hosen vollgeschissen hatte. Auf dem nächsten Bild sehen sie eine Soldatin, die auf dem Boden liegt, mit ihrem Gewehr auf den Zuschauer zielt. Ihr Gesicht ist mit Erde beschmiert. Sie scheint von ihrer Mission nicht wirklich überzeugt zu sein, eher scheint es ihr leid zu tun, diese Rolle zu spielen. Hinter ihr sind Rauch und Ruinen zu sehen, nichts ist intakt. Alles, was geblieben ist, ist die verdreckte Soldatenuniform und das Gewehr. Eine andere Frau trägt ein zerrissenes Kleid, das an ihrem mageren Körper herunterhängt. Ein nacktes, wie sie Hunger leidendes Kind, hält sich an ihrer Hand fest. Die Frau mit dem grünen Rock steht auf und geht zu dem Bild. Sie sagt etwas, um dann sogleich ihren Platz zwischen den Männern wieder einzunehmen. Es laufen Tränen über ihr Gesicht. Als sie sitzt, wischt jeder Mann das tränende Auge auf seiner Seite ab. Auf dem nächsten Bild scheinen sie die Schüsse zu hören, die reihenweise die Menschen töten, denn alle drei halten sich die Ohren zu. Die Schüsse hören gar nicht auf, der Leichenberg wird immer höher, er nimmt das ganze Format des Bildes ein. Die drei krümmen sich und schluchzen, denn es handelt sich wohl um ihre Eltern und deren Eltern, das ist anzunehmen, weil der Unsichtbare aufgestanden ist und in den

Leichenberg gezeigt hat. Aber er zeigt auch auf einen, der schießt. Nicht nur auf einen, denn auf dem nächsten Bild sind sie alle in ihren Uniformen zu sehen, wie sie ihre Waffen halten und schießen. Der Ermordete und der Täter könnten einer Familie entstammen. Die junge Frau mit dem grünen Rock ist ohnmächtig geworden, sie hat sicherlich jemanden erkannt. Die Männer versuchen mit nassen Taschentüchern, ihr Gesicht zu beleben.

In diesem Moment steht ein Mann auf, der sich unbemerkt an den Tisch, den die Familie verließ, gesetzt hatte. Er trägt ein Tshirt, auf dem steht in großen Buchstaben „March for our lives". Der Mann ist blind, er hat das Tshirt in den USA bestellt, wo am 24. März der „Marsch für unser Leben" gegen Waffengewalt stattfand. Er setzt sich auf den leeren Stuhl und sagt: „Ich kann nicht sehen, aber hören. Ich habe mehrere dieser Tshirts bei mir. Wollt ihr?" Die drei wollten. Als sie das Lokal zusammen mit dem Blinden verließen, trugen sie alle das weiße Tshirt mit der schwarzen Aufschrift „March for our lives", sie waren zu viert schon eine kleine Demonstration, als sie durch die Straßen gingen und von anderen angesprochen wurden, die auch das Tshirt gegen Waffengewalt tragen wollten.

Der gekrümmte Rücken

Ein gekrümmter Rücken, eine Wölbung. Nur ein klein wenig Haaransatz am nach vorne fallendem Kopf war sichtbar. Keine Arme, keine Beine, nur der tief gebeugte, vollkommen gekrümmte Rücken, der mit einem weißen T-Shirt bekleidet war. Ein dünner Stoff, luftig. Eine Sie vielleicht, die schrieb oder vielleicht malte oder mit einer Näharbeit beschäftigt war, mit einer Bastelei, auch ein Er kam in Frage, der auf sein Handy blickte, sich vielleicht einen Film ansah. Natürlich machten auch Frauen das, nur stellte sich bei einem Mann nicht so schnell die Idee von Näharbeiten ein, obwohl es viele Schneider gab. Männer wie Frauen saßen da mit gekrümmten Rücken und schrieben eine sms, verschickten Fotos, schrieben Emails.

Aber dann kam eine Frau mit schwarzen, lockigen Haaren fröhlich herein und schlang ihre Arme um seinen Hals, liebevoll legte sie dabei ihren Kopf in seinen Nacken. Sie wollte kuscheln, ihn begeistern, mitziehen in ihre Träume von Zärtlichkeit. Jedoch rührte sich der Rücken, auf dem sie mit ihrem Oberkörper lag, nicht von der Stelle. Als wenn er taub wäre gegenüber jedem Gefühl, auch kalt fühlte er sich an. Wohin war seine Wärme entglitten? Ein erstarrter Rücken so lebendig wie ein Felsbrocken, der nur unsichtbar in Bewegung ist.

Sie zog sich enttäuscht zurück, brachte das Kind zu Bett, das ihn auch nicht hatte rühren können, aus der Fassung bringen. Es tanzte vor seinem tief gesenkten Haupt herum, machte Faxen, aber gab schnell auf, denn er spielte nicht mit. Da ließ es seine Ärmchen sinken und wendete sich an die Mutter mit enttäuschter Miene. „Komm! „sagte diese, „es ist Zeit, ins Bett zu gehen. Du kannst dir eine Geschichte wünschen, die ich dir vorlesen werde." „Au ja!", rief das kleine Mädchen und verschwand in ihrem Kinderzimmer.

Als die Tochter ihre Nachtruhe gefunden hatte, ging sie in die Küche und erledigte mechanisch ein paar Hausarbeiten. Zurückgehen ins Wohnzimmer, wo er auf dem Boden hockte, mochte sie nicht, denn sie wollte nicht wieder von seinem Rücken abgestoßen werden. Was sollte sie machen? Eine Freundin anrufen? Das hätte keinen Zweck, sie würde sie doch nur überzeugen wollen, zu dem gekrümmten Rücken zurück zu gehen. Die Glotze anstellen, sich von ihr berieseln und benebeln lassen? Nein, dazu hatte sie auch überhaupt keine Lust. Vielleicht eine Runde joggen, sich bewegen, ja, das war's, das würde sie erleichtern, lockern.

Wie immer, wenn sie joggte, steckte sie ihren Ausweis ein, ihr Handy, Geld. Es war ein schöner Abend, mild, sie war froh, dass sie sich so entschieden hatte. Aber der Rücken verfolgte sie. Sie überlegte, wie sie den Abstand zu ihm, der sie enttäuscht hatte, vergrößern könnte. Doch wenn sie es sich vorstellte, war da kein Abstand, vielleicht müsste sie eine entlegenere Stadt anvisieren, dann würde sie die Enttäuschung, vielleicht loslassen. Doch auch wenn sie sich das allerentfernteste Ziel vorstellte, schien es ihr, als würde ihre Enttäuschung mitreisen. Das war deprimierend. Sie würde nicht zum Bahnhof laufen, sondern zur Flussuferpromenade. Es wurde mehr als schummrig, sogar dunkel, in ihrem Inneren wie im Äußeren. Heimlaufen gab es jetzt für sie nicht mehr. Da wartete die Depression auf sie. Der ablehnende Rücken war deprimierend, bis aufs äußerste verletzte er sie. Sie konnte sich genauso gut im See ertränken. Hatte sie das nicht schon immer gewollt, seitdem er sich schleichend von ihr abgewandt hatte? Hatte sie dieses Vorhaben nicht genauso verfolgt wie dieser entsetzlich abweisende Rücken? Das Kind, ja das Kind, es hatte sie immer davon abgehalten. Um das Kind würde er sich kümmern. Ganz gewiss. Deshalb nicht, deshalb musste sie nicht am Leben bleiben.

Sie wurde langsamer, hörte auf zu joggen, sie ging ruhigen Schrittes und zielsicher von der Promenade hinunter zum Flussufer. Die Dunkelheit war inzwischen gefallen, der Fluss schimmerte violett, dunkelviolett, bläulich, dunkelblau, sogar weiß, gelb und rosa. Wie verführerisch! Ihr Schritt verlangsamte sich, traumwandlerisch ging sie die Böschung hinunter.

Sie fixierte das Flussufer, denn es schien, als läge dort jemand. Das war unter Umständen gefährlich für sie, wenn sie die Person aufstörte, die sich nicht bewegte, vielleicht schlief. Sie ging noch ein paar Schritte weiter und dachte, dass die Silhouette Ähnlichkeit mit ihrem Mann hätte. Eigentlich wollte sie sich nicht nähern, aber sie konnte doch jemanden, der vielleicht tot war, nicht einfach so liegen lassen. Sie spürte eine unverständliche Aufregung und näherte sich noch weiter. Als sie dicht neben der Person stand, entfuhr ihr ein leiser Schrei, sie hielt sich sofort die Hand vor den Mund, kniete neben ihrem Mann nieder, berührte ihn jedoch nicht, so sehr hatte sie sich innerlich schon von ihm entfremdet. Sie sah mal den gekrümmten Rücken vor sich, dann wieder die Leiche. Dieses verwirrende Wechselspiel wiederholte sich vor ihrem inneren und äußeren Auge. Warum hatte er das getan? Wie sollte sie das verstehen? Sie erhob sich und telefonierte mit der Polizei.

Später, als sie zu Hause war, vermisste sie seinen Rücken, der sie angewidert hatte, weil er sie zurückwies, weil er auf ihre zärtliche Annäherung nicht eingegangen war, es war ja keine Ausnahme gewesen. Sie ging zu dem leeren Platz, der von keinem sie abweisenden Rücken mehr besetzt war. Jedoch hob sie an genau der Stelle ein Papier auf. Sie las:

„Deine Hände sind mir ans Herz gewachsen, doch da du dich meinetwegen nicht von deiner Frau und deinem Kind trennen wirst, möchte ich dich bitten, dass deine Hände mich nicht mehr berühren."

Er hatte also gelesen und nicht mit seinem Handy gespielt oder etwas gebastelt oder sonst etwas gemacht, sondern er hatte diesen Brief gelesen, der ihn todtraurig gemacht haben musste, denn sie sah getrocknete Tränen auf dem Papier. Sein gewölbter, vornüber gebeugter, gekrümmter Rücken war demnach diesem Brief geschuldet, einer Frau, die ihn verlassen hatte.

Sie ließ den Brief los, der zu Boden schwebte.

Sie ging ins Kinderzimmer, im Dunkeln nahm sie das schlafende Kind auf, schloss es in ihre Arme und drückte es fest an sich, während sie mit ihm in der dunklen Wohnung herumging, so als würde das Kind gar nicht schlafen, sondern wäre wach und könnte nicht einschlafen, und sie müsste es beruhigen.

Die Reisetasche

Wem war die Reisetasche zuzuordnen? Vielleicht gehörte sie der Frau, die ihm den Rücken zudrehte und nicht nur das, sie trug überdies ein Kopftuch. Jeder und jede konnte sich dahinter verbergen. Aber genauso gut könnte sie dem jungen Mädchen gehören, das sich vor die Frau setzte, offenes, schulterlanges Haar trug und eine Brille. Sie hatte ihr hellblaues Jeanshemd geöffnet, so dass ihr anthrazitfarbenes, bedrucktes T-Shirt sichtbar wurde. Sie setzte sich jedoch um und verschwand hinter der Säule. War das verdächtig? Nicht so sehr, denn sie hat den neuen Platz gewählt, weil sie sich neben eine Freundin gesetzt hat, die jedoch ganz bestimmt nicht Eigentümerin der Tasche war. Eventuell kam auch der großkotzig laut telefonierende Italiener in Frage, er könnte auf der Durchreise sein und seine Tasche nur eben mal abgestellt haben. Bliebe die Frage, warum stellt er sie nicht an seinem Tisch ab? Einen Tisch weiter arbeitet eine Chinesin, gebeugt sitzt sie über eine schriftliche Arbeit, vor ihr liegen zwei Handys, sie wartet vielleicht auf einen Anruf, in dem ihr beschrieben wird, wo sie sich hinbegeben soll.

Die Reisetasche gehört vielleicht gar nicht den Anwesenden. Sie steht womöglich schon länger hier und jeder und jede denkt, sie ist von einem Anwesenden, einer Anwesenden, wahrscheinlich ist auch, dass sie kurzfristig abgestellt wurde oder schon länger vergessen worden ist oder sie soll vielleicht abgeholt werden.

Sie enthält nichts Aufregendes oder doch? Das Aufregendste ist sicher die Perücke, eine blonde Kunsthaarperücke mit halblangen Haaren. Das Kunsthaar sieht wirklich sehr künstlich aus, unangenehm anzufassen.

Er sieht ja die mit einem Kopftuch bedeckte Frau nur von hinten, das schwarze Kopftuch geht in ihre schwarze Kleidung über, aber sie könnte doch unter dem Kopftuch eine Glatze tragen und deshalb die Perücke benötigen.

Es könnte auch sein, dass sie krebskrank ist und ihr die Haare durch die Chemotherapie ausgefallen sind, weshalb sie wahlweise das Kopftuch oder eben die Perücke trägt, wenn, wie gesagt, sie die Eignerin der Tasche ist, in dem auch Lippenstifte liegen, von auffälligen bis weniger auffälligen Rot- und Brauntönen, einer ist sogar schwarz. Nun, das ist wohl Mode. Sie könnte auch ein Transvestit, eine Transvestitin sein, denn sie tragen oftmals Perücken, um sich weiblicher oder männlicher zu gestalten.

Das Klopapier deutet darauf hin, dass die Person wirklich verreisen wollte. Aber die Windeln? Nun ja, die Windeln braucht jede Frau, die inkontinent geworden ist, das könnte ja sein, wenn es sich um eine reifere Frau handelt, davon sind durchaus viele betroffen. Vielleicht hat sie aber auch ein Baby und deshalb die Windeln eingesteckt, denn ein Schnuller findet sich in einer Ecke der Tasche eingequetscht.

Wenn es nicht eine Täuschung ist, so befinden sich auf dem Boden der Reisetasche Blutstropfen. Nein, es ist keine Täuschung, denn die Prüfung ergibt, dass das Blut sogar noch frisch ist, weil es am Finger haften bleibt. Das muss noch nichts heißen, denn es liegen auch Tampons herum, so könnte es sein, dass die Frau ihre Periode hat. Das scheint nicht plausibel. Warum frisches Blut, frische Blutspuren auf dem Boden der Tasche? Vielleicht hat sie sich verletzt und dabei ist Blut geflossen. Es muss ja nicht immer gleich das Schlimmste passiert sein.

Es könnte aber auch sein, dass sie in einem Hotelzimmer oder wo auch immer überrascht wurde, als sie gerade packte, vielleicht fliehen wollte und derjenige, der sie dabei ertappte, nicht wollte, dass sie flieht oder verreist. Eventuell hat er sie geschlagen, getreten, um sie abzuhalten. Aber auch durch Gewalt lässt sich schlecht jemand abhalten, wenn die Person wegwill, deswegen wird sie sich gewehrt und ihre offene Reisetasche gegriffen haben, in die von der Verletzung das Blut tropfte. Möglich, dass er sich dann die Frau schnappte, sie in seiner Gewalt behielt samt Reisetasche, die er unterwegs hier abgestellt hat. Er ist vielleicht mit ihr über alle Berge. Sie ist so enorm wichtig, sie ist seine Lebensversicherung, seine Einkunft, sein Broterwerb, denn sie geht für ihn anschaffen, das hat er ihr beigebracht und nur das.

In der Seiteninnentasche befindet sich ein Passfoto. Eine hübsche, junge Frau mit langen, blonden Haaren lächelt die BetrachterInnen an, vielleicht 20 oder 25 Jahre alt. Eine Studentin vielleicht, die ein Auslandssemester machen wollte, Pläne hatte, Hoffnung, eine Zukunft. Er hatte ihr das versaut. Ihr einen Strich durch die Rechnung gemacht und gesagt: „Du gehst anschaffen und nichts weiter! Vergiss deine Jugend, deine Pläne, deine Zukunft, Hoffnung und all das verlogene Zeug. Du machst die Beine breit, nichts sonst gilt, mein Schätzchen, und ich mache Kasse. Merk dir eins: Lauf nie wieder weg, sonst mache ich dich nämlich weg, du verstehst schon. Und damit Klappe zu, Fenster zu, kein Gejammer, an die Arbeit, der nächste Freier wartet schon, öffne ihm die Tür!"

Die mit Kopftuch bekleidete Frau ist es nicht, denn sie ist inzwischen gegangen, sie hatte ein freundliches, wenn auch vergrämtes Gesicht, das keine Ähnlichkeit mit dem Gesicht auf dem Foto hat. Es ist auch keine Frau sonst hier, denn sie ist ja in einem schmutzigen Hotelzimmer anschaffen.

Die letzte Vision hat sich insofern bestätigt, weil sich in der Seitentasche, in der das Foto zu finden war, auch noch ein Zettel befand, auf dem in kleiner Schrift ihr Martyrium beschrieben war, das mit einem Hilferuf endete. Auf der Rückseite des Passfotos stand ihr Name, auf dem Zettel stand ganz unten in Spiegelschrift ein anderer Name, vielleicht der ihres Entführers und Peinigers.

„So eine hübsche, junge Frau!" Der Reißverschluss der Tasche wurde zugezogen, im Polizeikommissariat wurde die Tasche auf den Tisch gestellt mit samt dem Foto und den Papieren. Der Polizist suchte die junge Frau in seinem Computer.

„Nun", sagte er, „das ist gut, dass Sie die Tasche bringen, aber für die junge Frau können wir leider nichts mehr tun. Sie ist einem Gewaltverbrechen zum Opfer gefallen. Den Täter konnten wir noch nicht ermitteln. Ich hoffe, die Reisetasche hilft uns weiter." Der Polizist wendete sich nochmal der Reisetasche zu, befühlte die Seitenwände, er zog aus einer weiteren Seitentasche ein Papier heraus, darauf stand: „Ich wollte doch so gerne verreisen. Das war immer mein Wunsch!"

Die Ansichtskarte

Sie wunderte sich, denn so eine Postkarte konnte ihrer Meinung nach nicht verschickt werden. Was sollte das für einen Sinn haben. Dass so etwas überhaupt in einem Postkartenständer steckte. Das hieß ja, sie wurde extra bestellt, wie all die anderen Karten. Sie hatte schon bemerkt, dass die Ansichtskarten vielfältige Kundenwünsche befriedigten, ein breit gefächertes Geschmacksangebot repräsentierten. Sie verstand das, denn es ging ja um Kommunikation, um gelungene Kommunikation, das war schwierig genug. Im Fall der Postkartenversendung besteht die Hoffnung, dass sich der Empfänger, die Empfängerin über die bildliche Mitteilung freut, es sei denn, sie soll absichtlich verärgert werden, z.B. eine Retourkutsche verpasst bekommen, weil die Person zuerst mit dem Ärgern angefangen hat. Es gibt sehr humorvolle Karten, aber auch dafür sind nicht alle gleichermaßen empfänglich.

Wem wollte sie überhaupt eine Karte schicken? Sollte es vielleicht eine Ansichtskarte sein, was sich ja anbieten würde, denn sie war an die Küste gefahren? Aber jeder kannte die Karten mit Leuchttürmen, mit Dünen, mit Fahrrad FahrerInnen, mit Stränden, mit Strandkörben, mit Muscheln, und alle waren sie schon mal an der Küste gewesen und kannten die Motive.

Sie drehte den Ständer. Manchmal wurde das Drehen von einer Person unterbrochen, die an einer anderen Seite des Ständers stand und auch suchte. Dann blieb der Ständer auf einmal stehen, in dem Fall musste sie Karten betrachten, die sie sonst nicht beachtet hätte.

Zuweilen traf sie auch an anderen Souvenirshops dieselben Karten SucherInnen wieder, die sich offenbar auch noch nicht entschlossen und zugegriffen hatten oder vielleicht besorgten sie sich Nachschub, denn es war eine beliebte Beschäftigung, Urlaubskarten zu schreiben, wenngleich sie von manchen kategorisch abgelehnt wurde.

Sie fragte sich, ob die jungen Leute noch Karten schrieben oder nur WhatsApp Fotos verschickten, sogar Videos. Sie tat das auch manchmal, vielleicht hing damit auch ihre Hemmung zusammen, eine

Karte oder mehrere zu kaufen. Am ehesten gefielen ihr die schwarz-weißen, die nichts mit Urlaub zu tun hatten. Sie kaufte zum Beispiel eine im Buchladen, es waren vier Friseurinnen darauf zu sehen, die sich in der Pause vor einem französischen Café sonnten. Als sie sie ihrer Bekannten, die Friseurin war, gab, sagte diese, „Ja guck mal, damals trugen die Friseurinnen noch Kittel!" Das hatte sie selbst gar nicht wahrgenommen. Es ist ja immer so, die EmpfängerInnen nehmen anders war, als die AbsenderInnen, genauso wie in der direkten, mündlichen Kommunikation, in der es dann heißt, das habe ich gar nicht gesagt oder das habe ich gar nicht so gemeint oder du versteht mich nicht oder du verstehst mich falsch, sogar, du willst mich nicht verstehen, undsoweiter. Auf einen gemeinsamen Nenner zu kommen erfordert Toleranz und Geduld.

Auf einer anderen schwarz-weißen Karte, die sie verschickt hatte, saß eine Frau auf einem Drehstuhl vor einem Schreibtisch und machte Häkchen hinter dem, was schon erreicht war, nur hinter dem Wort „Weltherrschaft" war das Häkchen (noch) nicht gesetzt.... Eine Reaktion der Empfängerin, eine Pastorin, auf diese Karte blieb aus. Sie meinte ja, der Papst sollte sich und seinen Männerstaat aufgeben, ihn abschaffen. Was würde die

Bevölkerung sagen, wenn der Vatikan ein Frauenstaat wäre? Sie stellt es sich ja noch nicht einmal vor. Und die Kirche weist sicherlich allein schon die Vorstellung als Sünde zurück. Manches darf eben noch nicht einmal gedacht werden.

Mit Ansichtskarten, die von weither kamen, von unbekannten Orten, Städten, Landschaften, konnte eigentlich nichts verkehrt gemacht werden, denn die Ansprüche der EmpfängerInnen waren diesbezüglich nicht sehr hoch und ihre privaten Urlaubsfotos oft interessanter als die Motive, die für Touristen produziert wurden.

Was war überhaupt wichtig? Sie betrachtete wieder die Karte, die sie so empört hatte. Wer sollte so eine Karte kaufen und verschicken? Das konnte die EmpfängerInnen doch nur verstören. Sie mochte kaum hinblicken, und doch musste sie aus irgendeinem Grund auf das Bild schauen.

Auf der Karte saß ein mürrisches Kind im Kleidchen, das sich mit beiden Händen an den Seilen der Schaukel festhielt. Das Kind schien nicht zu wissen, wie es in Schwung kommen konnte und ließ die Schaukel auf der Stelle taumeln. Darüber schien es frustriert zu sein, denn es kam nicht vorwärts und nicht rückwärts. Es schien nicht nur mürrisch, sondern sogar bockig. Aber war die Situation es wert? Vielleicht lief die

Kommunikation mit dem zweiten Kind auf der Karte nicht so, wie es sich das vorstellte. Es wollte sicherlich, dass das zweite, herumstehende Kind, das ein, zwei Jahre älter schien, es anschubste. Das tat es aber nicht, darüber war das Kind auf der Schaukel wahrscheinlich frustriert und verhielt sich deshalb bockig. Ihre Freundin oder Schwester oder Spielkameradin machte nicht das, was es wollte. Deshalb zeigte es dem zweiten Kind, dass dieses schuld daran war, dass es nicht vorwärts und nicht rückwärts konnte, dass es die Schuld für die Zwickmühle trug, in der es sich befand. Es gab, wie es wahrscheinlich meinte, keinen anderen Ausweg, als den, dass das zweite Kind es anschubste, die Schaukel in Bewegung setzte. Es hatte keinen eigenen Antrieb, etwas auszuprobieren, die Beine geradeaus nach vorne zu schwingen, seinen Rücken zu krümmen, die Kraft aus dem Zusammenspiel einer Vorwärts- und Rückwärtsbewegung seines Körpers zu gewinnen. Das zweite Kind wiederum, wie es da so verschmitzt lächelte, wollte vielleicht selbst auf die Schaukel und dachte wohl bei sich: „Der helf ich nicht! Die soll da mal schön runterkommen, dann spring ich auf. Ich weiß, wie das geht, wie die Schaukel in Bewegung, in Schwung kommt. Ich habe Geduld, komm du nur runter. Ich werd's dir schon zeigen."

Sie war vollkommen in die Karte vertieft, als eine Frau „Entschuldigung!" sagte und mit der Hand genau diese Karte herauszog, sogar zwei. Sie blickte offenbar so erstaunt, dass die Frau erklärte: „Erinnert mich an meine Kindheit, wissen Sie, ich hatte eine Schwester und zwischen uns war es genauso!" Mit dieser Bemerkung ging sie mit ihren Karten lächelnd zum Bezahlen und weg war sie. Sie blickte der Frau hinterher und zurück auf die Karte, ein ganzer Packen steckte in dem Fach. Sie zog nun ihrerseits eine heraus und hielt sie sich vor die Nase. Sie fragte sich, ob die Frau dasselbe in der Karte gesehen habe wie sie und hoffte, sie nochmals zu treffen, um sie fragen zu können. Sie hatte auf einmal das Gefühl, die Karte nicht wieder zurückstecken zu können, sondern festhalten zu müssen. Sie ging zur Kasse und bezahlte, steckte die Karte, die sich nun in einer Papiertüte befand, in ihre Tasche und fühlte sich verstört, als wenn sie diese Geschichte zwischen den beiden Mädchen mit sich tragen würde. Sie musste unbedingt die Frau wieder treffen, die zwei dieser Karten gekauft hatte, um zu erfahren, was das genau für eine Kindheitserinnerung war, die sie mit dieser Karte wiederbelebt fühlte. Sie selbst würde die Karte nicht verschicken, das war sicher, aber die Frau würde vielleicht eine an ihre Schwester schicken und eine zur Erinnerung behalten.

Dieses Urlaubsörtchen an der Küste war ein kleines Nest, deshalb war sie nicht überrascht, die Frau in einem der Cafés sitzen zu sehen, sie saß aber nicht einfach da, sondern sie saß vornübergebeugt und schrieb. Sie schrieb bestimmt die Karte und wollte sie verschicken. Sie trat an den Tisch der Frau heran. Jetzt brannte sie vor Neugier und sagte vor ihr stehend: „Entschuldigung!". Die Frau sah auf und lächelte. „Entschuldigung, Sie haben doch die Karte mit den beiden Kindern gekauft, das eine auf der Schaukel und das andere danebenstehend. Sie haben mir schon verraten, dass die Karte Sie an Sie und ihre Schwester in ihrer Kindheit erinnert. Wenn ich Ihnen damit nicht zu nahetrete, würde ich Sie gerne fragen, was genau zwischen den beiden Kindern ihrer Meinung nach vorfällt?"

„O", sagte die Frau, während sie ihr mit einer Handbewegung bedeutete, dass sie sich an ihren Tisch setzen könnte, „meine kleine Schwester war ganz schön gemein, sie hatte die Schaukel sozusagen besetzt gehalten und Spaß daran, dass ich solange nicht auf die Schaukel könnte wie sie sie in Beschlag nahm. Sie konnte für ihr Alter gut und auch hoch schaukeln, aber hatte im Grunde gar keine Freude am Schaukeln, spielte lieber im Sand mit Schaufel und Förmchen, sie wollte mir einfach nicht, die ich große Freude hatte, hoch zu schaukeln, die Schaukel überlassen. Stattdessen wollte sie, dass ich genauso klein wäre wie sie und mit ihr Kuchen im Sand backe. Dazu hatte ich partout keine Lust. Aber machte gute Miene zum bösen Spiel, denn sie war meine kleine Schwester. Irgendwann rutschte sie dann doch von der Schaukel runter und rannte zu ihrem Sandspielzeug, siebte den Sand durch ihr Sieb und backte Kuchen, davon brachte sie mir dann sehr stolz einen, und ich, inzwischen auf der Schaukel sitzend, bedankte mich. Für diesen Moment unterbrach ich das Schaukeln, wir schmausten zusammen den Kuchen, bevor jede von uns ihrer geliebten Beschäftigung nachging."

„Dann schreiben Sie sicherlich gerade ihrer Schwester diese Karte?" „Ja", sagte sie und lächelte, „sie wird sich bestimmt diebisch freuen und wie ich in Erinnerungen eintauchen." „Bestimmt", sagte sie, „entschuldigen Sie nochmals, dass ich sie gestört habe!" „O, keine Ursache!", sagte die Frau und lächelte dabei wieder in ihrer offenen Art. Sie stellte sich vor, dass sie selbst die kleine Schwester dieser unbekannten Frau war oder auch das bockige Kind, das von dem zweiten Kind erwartete, es aus seiner vermeintlichen Zwickmühle zu befreien. Sie seufzte und ging trotz der Dämmerung an den Strand, der verlassen dalag. Sie fühlte die Tränen, die ihre Wangen hinunterliefen. Aber warum nur konnte so eine alberne Karte sie rühren?

Die Decke

Immerhin schaffte sie es, sich umzublicken, obwohl sie müde war. Sie hatte im Café ein Liebespaar am Fenster gesehen, das sich vermutlich vor der Arbeit traf, beide waren wohl verheiratet und konnten es anders nicht einrichten. So viel Zuwendung am Morgen, das schien ihr unfassbar. Ihr Blick schweifte zu dem leeren Sessel, in dem noch gerade eine junge Frau gesessen hatte, die telefonierte. Sie erinnerte ihren gestreiften Pullover und ihre langen Haare, sie hatte sich gefragt, ob sie zum Servicepersonal gehörte und schwupp die wupp war sie weg, ihr Platz leer, ein gemütlicher Platz. Sie hatte auch kein Getränk hinterlassen, vielleicht war sie sogar ohne Getränk gekommen, was noch ein Indiz mehr wäre, dass sie zum Servicepersonal gehörte. Wie auch immer, was kümmerte es sie. Nichts kümmerte sie geradezu mehr. Sie trieb der Leere entgegen. Konnte aber hier und da noch etwas aufschnappen. Hinter ihrem Rücken hatte eine große Runde von Auszubildenden oder Studenten oder jungen Start Up UnternehmerInnen ihren Platz gesucht. Deshalb hatte sie sich so gesetzt, dass sie in ihrem Rücken waren, denn für ihre Verhältnisse war die Gruppe viel zu groß und behinderte sie. Als sie die Treppe hochkam, wurde sie von einer der Frauen anhaltend fixiert, so dass ihr fast das Getränk aus der Hand gefallen wäre. Warum schaute die junge Frau sie so gebannt an? Sie wusste es nicht und setzte sich so, dass sie sie und die anderen im Rücken hatte. Des Öfteren war sie schon hier, immer konnte es einen anderen Platz, einen anderen Sichtwinkel geben, was ihr nicht unrecht war. Im Gegenteil, Hauptsache, sie fand in sich einen Ruhepol, wenn nicht, setzte sie sich um und vielleicht noch einmal, wenn es notwendig war für ihr inneres Gleichgewicht. Zwei männliche Studenten saßen vor ihr, aber durch eine Rückenlehne und das halbrunde Gitter darauf, abgesperrt. Jeder hatte hier seine beschauliche Ecke, Sitzmöglichkeit und konnte abdriften in seine (studentische) Arbeit, die oft am PC erledigt wurde. Auch Sprachunterricht wurde hier privat erteilt, viele Liebeshändel erfuhren hier Kraft und Leibhaftigkeit. Strickende, Lesende, Schreibende, Malende. Heute war es noch früh, außer den genannten, waren die Tische und Sessel, Stühle und Sofas noch unbesetzt, würden sich aber mit Sicherheit über den Tag füllen. Die bunten Lampen brannten, obwohl das nicht nötig wäre, denn draußen war schon heller Tag. Sie versprühten das farbige Licht, das es den Caféhaus BesucherInnen erleichtern sollte, sich wohl zu fühlen. Hinter dem Liebespaar, das gerade in breites Lachen ausbricht, befinden sich drei Lampen, zwischen ihnen glüht eine hellgrüne, rechts von ihm leuchtet eine rote und links von ihr scheint eine gelb-orange.

Schräg vor ihr steht ein runder Tisch mit nur einem Stuhl davor. Unter der runden Tischplatte ist ein Metallgestänge befestigt. Die Tischplatte ist frei geräumt, sie ist glatt und glänzt hell, direkt über der Tischmitte wirft eine blaue Hängelampe ihr Licht. Sie blickte jetzt von ihrem Tisch auf, hoch zur Decke und stellte fest, über ihr hingen zwei Lampen übereinander, rot und rosa. In dem Appartement der beiden Studenten hingen ebenfalls zwei übereinander, gelb und rosa, im dritten Abteil, in dem noch niemand saß, hellgrün und hellbraun.

Sie wartete auf ihre Verabredung, wenngleich sie todmüde war. Eigentlich von nichts. Gestern dachte sie, es gehe zu Ende, so sehr tat ihr der ganze Körper weh, sie war bewegungsunfähig, konnte so gut wie keine Hausarbeit erledigen, das Stehen am

Bügelbrett war eine Tortur, so dass sie klein beigab, nachdem sie einen mit der Hand gewaschenen Pullover gebügelt hatte.

Ihr Blick fiel auf den Kamin, fast ein trompe-l'oeil, auf dem mehrere Bücher lagen, und auch in seinem Innenraum, wo normalerweise das Holz liegt, hier nur eine schmale Einbuchtung, lagen sie aufeinander gestapelt. Sofort kam ihr die Bücherverbrennung im Jahre 1933 am 10. Mai kurz nach der Machtergreifung der Nationalsozialisten im März 1933 in den Sinn, eine Aktion des nationalsozialistischen Deutschen Studentenbundes, bei der Studenten, Professoren und Mitglieder der nationalsozialistischen Parteiorgane die Bücher von unliebsamen Autoren ins Feuer warfen. Würde der Kamin funktionstüchtig sein, würden die Bücher brennen. Die Bücherverbrennung, die „Aktion wider den undeutschen Geist" fand in Berlin und weiteren 21 Städten statt. Und heute? Sah es denn heute besser aus? Es werden und wurden auf der Welt viele Journalisten und Journalistinnen verfolgt, sogar umgebracht. Das Wort war immer noch gefährlich, aber auch Bilder und Fotos. Eigentlich konnte gesagt werden, war der Mensch dem Menschen mit allem was er oder sie äußerte, ob in Wort, Bild oder Verhalten, eine Bedrohung. Wer die Macht hatte, rottete die Bedrohung mit all dieser Macht aus.

Ließ sich überhaupt noch von einer zivilisierten Welt sprechen?

Ihre Taubheit löste sich ein wenig, aber sie musste befürchten, dass sie sogleich wieder überfallen, verschluckt würde, eine Decke über sie geworfen würde, unter der sie verschwand, unter der sie auch niemand mehr vermuten würde. Jemand würde sie wegtragen, die Frau unter der Decke, wie ein krankes Kind, eine kranke Person, die in den Krankenwagen getragen wird, weil sie einen Unfall hatte und dabei schwer verletzt wurde. Aber sie wollte auf keinen Fall ins Krankenhaus, in ein geschlossenes Gebäude, in dem unbekannte Gesichter in ihr Zimmer eintraten, ihre Bettdecke zurückschlugen, um ihren Körper zu betrachten. Sie schloss ihre Augen, während die Fremden sie hier und da mit ihren Händen bedrückten. Mit jedem Druck geriet sie in einen noch schlimmeren Schmerzzustand, stöhnte fürchterlich, vor ihren eigenen Schreien hielt sie sich die Ohren zu, sie versuchte sogar, sich mit Beinen und Armen zu wehren, doch war das vergeblich, da sie angeschnallt war. Sie hasste diese Ärzte, Halbgötter in Schwarz, in Weiß und allen anderen Farben, die sie mundtot machen wollten, die sie mit aller Gewalt bändigen wollten, um ihre Strategie zu verfolgen, um sie willig zu machen, um sie zu entmachten, sie ihres Willens zu entmachten, damit sich ihr Wille an dessen Stelle setzen könnte. Sie spürte noch wie die Nadel der Spritze in ihr Fleisch eindrang, es schwarz vor ihren Augen wurde. Später, sie wusste nicht, wieviel später, wurde sie wieder der Decke gewahr, die sie umgab, sie befreite sich von der dicken, grauen Wolldecke. Sie befreite sich von der Decke, einer Kriegsdecke, einer Lazarettdecke, einer blutbefleckten Decke aus dem Wald, in der das Blut eingesickert war. Sie atmete tief ein und aus. Es tauchten ihre alten Selbstmordgedanken wieder auf, um diese Wolldeckengeschichte nicht immer und immer erneut erleben zu müssen. Es schien so, als könnte sie sie nie abschütteln, die Erfahrung unter der Wolldecke. Sie konnte überall und jederzeit überfallen werden, es war nicht zu berechnen, nicht absehbar. Jedes Mal kam sie noch ein bisschen mehr geschwächt davon. Bis vielleicht eines Tages ihr Widerstand vollends gebrochen sein würde, sie nur noch willenlos sich allem unterwarf, was von ihr verlangt wurde.

Ihre Verabredung, mit der sie sich um 11.00 Uhr treffen wollte, schrieb ihr eine WhatsApp Nachricht, „Treffen wir uns um 11.30 Uhr? Wenn Sie sich immer noch unwohl fühlen, können wir es absagen." Später erzählte sie, dass sie den google Übersetzungsdienst benutzt hätte, um diese Nachricht zu schreiben. Sie antwortete, dass jetzt alles gut sei, dass sie nur gestern große, körperliche Beschwerden gehabt hätte. Als sie beieinandersaßen, erzählte die junge Frau, dass sie keine Geschwister habe, dass ihre Mutter, die ein zweites Kind, ihren Bruder, erwartete, vom Staat gezwungen wurde, abzutreiben und fragte sie, ob sie noch Geschwister habe. Sie zeigte ihr daher auf WhatsApp das Profilfoto ihrer Schwester, das diese eingestellt hatte. Die junge Frau meinte, dass ihre Schwester viel offener und selbstbewusster wirke als sie, die sie als scheu empfinde, ängstlich. Es war also augenfällig. Später zeigte sie das dasselbe Foto ihrer Schwester einem Bekannten, er meinte, sie sehe aus wie aus einer Kleinstadt kommend oder einem Dorf, bäuerlich und kontaktfreudig.

Die junge Frau sagte, ihre Mutter sei eine starke, durchsetzungsfähige Frau. Ihr Vater würde die großen Dinge entscheiden; die kleinen, unwichtigen seine Frau. Das scheint wohl überall auf der Welt gleich zu sein.

Sie sagte dann, dass sie sehr müde und krank wirke, sie könnte ruhig nach Hause gehen, um sich auszuruhen. Sie könnten sich ja für nächste Woche noch einmal verabreden. Sie nahm das Angebot dankbar an, denn sie fürchtete sich vor der Decke, die plötzlich über sie gestülpt werden könnte, jemand sie wegtrug, dabei hielt er die Decke so fest um sie gewickelt, dass es ihr nicht einmal gelang, ihren Mund zu öffnen, um zu schreien, einen Mucks von sich zu geben, wie es früher hieß.

Als sie aufstand, stieß sie gegen die rot und rosa leuchtenden Glaslampenschirme, die über ihrem Tisch hingen.

Der rote Mantel

Es fiel ihm eine merkwürdige Farbkonstellation auf. Ein Verkehrsknotenpunkt für Fußgänger. Einige Meter vor ihm drehte ihm eine Frau im roten Mantel, der oberhalb ihrer Kniee endete und aus Popelin geschneidert war, den Rücken zu. Um die Taille legte sich ein Gürtel aus demselben Stoff, eng zugezogen. Sie hatte langes, glattes, schwarzes Haar, das ihr bis über die Schulter herunterfiel. Er konnte aus seiner Perspektive nicht feststellen, ob sie etwas Bestimmtes tat. Nicht mal auf ein Handy schien sie zu blicken, denn dann hätte sie ihren Kopf leicht gesenkt gehalten. Sie hielt sich aber sehr gerade und bewegungslos. Eine Tasche trug sie nicht, was ungewöhnlich war, jedenfalls sah er keinen Schultergürtel, wenn es eine Schultertasche gewesen wäre, aber es baumelte auch keine Tasche an ihrem Handgelenk. Nur noch die nackt wirkenden, wohlgeformten Beine, deren Füße in schwarzen Absatzschuhen, aber nicht überheblichen, steckten, konnte er feststellen. Der rote Mantel dieser Frau, der wie ein großer, roter Fleck war, hatte ihn als erstes angezogen. Dann bemerkte er links von der Frau stehend eine andere Frau, die mit ihrem Handy telefonierte. Sie trug eine grüne, gerade geschnittene Popelin Hose mit einem kleinen Schlitz unten an der Hosenbeinseite, der Stoff glänzte ganz sanft, dazu trug die Frau eine weiße Bluse und Slipper an den Füßen. Es war ihr offenbar nicht zu kühl. Sie telefonierte mit lebhaften Gesten, aber wanderte nicht hierhin und dahin mit ihrem Handy, sondern blieb wie die rote Frau auf ihrem Platz stehen. Rechts von der roten befand sich ein gelbes Bild, ja richtig, ein gelbes Bild. Es stand auf einer Staffelei, die einem Straßenkünstler gehörte, der wohl hoffte, dass sich ein Tourist, eine Touristin darin verliebte und es kaufte. Es war wirklich ein anmutiges Gelb, vibrierend, mit anderen Farben darunter kommunizierend. Das Gelb hatte sich schützend über die anderen Farbschichten gelegt, die hier und dort durchschimmerten. Doch nun musste er von dem Bild Abschied nehmen, denn die Frau im roten

Mantel setzte sich in Bewegung, und er hatte beschlossen, ihr zu folgen.

Wie von ihr mitgezogen, ging er in gemäßigtem Abstand hinter ihr her. Er wollte es nicht glauben, aber sie betrat eine Kirche. Eine Kirche!

Er stellte sich in eine schattige Ecke, während sie sich im Mittelgang zwischen den beiden Bankreihen postierte. Vorne spielte sich eine Trauung ab. Die Braut im weißen Kleid hielt die Hand ihres Bräutigams. Vor ihnen stand der Priester, unhörbar für ihn, sagte er etwas, als in diesem Moment der Mann, der dabei war, sich kirchlich trauen zu lassen, die Präsenz der roten Frau in seinem Rücken gespürt haben musste, denn er drehte sich um. Sein Blick traf den der Frau, es war ein eindringlicher Blick, der auf dem beruhte, was ihn und die Frau im roten Mantel verband. Er neigte sich zu seiner Braut, die sich nicht umgeblickt hatte, und flüsterte ihr etwas ins Ohr. Auch dem Priester flüsterte er etwas zu. Dann löste er sich aus der Gruppe und ging auf die Frau im roten Mantel zu, währenddessen begann die Orgel leise zu spielen, allerdings hörte es sich nicht wie ein Kirchenlied oder ein geistliches Musikstück an, sondern eher wie eine weltliche Musik. Der Mann nahm die Hand der Frau im roten Mantel und zog sie mit sich fort auf die Toilette, die unweit des Kirchenschiffs lag.

Es begann in der Toilette, wie zu hören war, ein rauschhaftes Sex Spiel. Die Anwesenden hörten ihre Lustschreie, aber auch ihre Schmerzensschreie, denn offenbar ging es zwischen den beiden alles andere als liebevoll zu. Die Gemeinde hörte mit gespitzten Ohren der Orgie zu, die sich, übertönt durch die Orgelmusik, zutrug und sie, die Beiwohnerin war, deshalb nicht aufrührte und beschämte. Als der Mann herauskam, den Reißverschluss seines Hosenschlitzes hochzog und nach vorne schritt, setzte die Orgel kräftiger ein. Sie schwieg, als er vorne angekommen war, um nun der Gesprächszeremonie zwischen Brautpaar und Priester Platz zu machen. Aber just bevor der Priester zur Rede ansetzen konnte, trat die rote Frau wieder in Erscheinung, diesmal mit zerrissener Bluse und einer blutenden Wunde, viel Blut lief ihr an den Beinen herunter. In ihrer Hand blitzte ein Messer, das sie sich offenbar aus der Gemeindeküche geholt hatte. Damit sie niemand aufhielt, lief sie nach vorne und stieß das Messer in den Rücken der Braut, die in den Armen des Priesters, der sie auffing, tot niedersank. Vielleicht hätte, nachdem was passiert war zwischen ihm und der roten Frau, niemand gedacht, dass der Mann seine Frau so sehr liebte, aber er zog wild entschlossen das Messer aus dem Rücken seiner Frau und stieß es sich in seine eigene Brust, denn er wollte auf keinen Fall, dass das "rote Teufelchen", wie er sein Sexspielzeug nannte, gewann. Er war ein anständiger Mann, der rein sterben wollte wie seine Frau, mit ihr vereint nach dem Tod weiterleben wollte. Die Unperson, die ihn besitzen wollte, repräsentierte die Sünde, er verachtete sie. Gewiss, er war von ihr angezogen, aber das hatte er ja wohl mit allen Männern gemeinsam, weshalb er sich keine Vorwürfe zu machen brauchte, wenn er mal hier und mal da mit ihr verschwand, ob auf Toilette, in einem Hauseingang, unter der Kellertreppe, sogar im Gebüsch trieben sie es und an unzähligen anderen Orten. Sie war aber nur das für ihn, die ihm eine Entlastung seines Bedürfnisses ermöglichte. Selbst hatte sie ja auch diesen Lusttrieb, nur reichte es ihr nicht, ihn mit ihm auszuleben, sondern sie wollte ihn ganz besitzen, und das ging natürlich nicht. Er brauchte eine Hausfrau und Mutter für seine Kinder, die sie ihm gebären würde. Vor Gott und seinem Vertreter auf Erden, dem Priester, wollte er dastehen wie ein guter Familienvater und Ehemann, der sich nichts vorzuwerfen hatte. Der ganz normal war, in der patriarchalen Struktur und Tradition lebte, sich ihr gemäß auslebte mit dem Einverständnis der Popen, der Gottesvertreter aller Art, der Männergesellschaft, die allenthalben Bordelle und ganze Bezirke für Männer und ihre

Lustbefriedigung einrichtete und in der Boulevardpresse dafür warb, denn das brachte schließlich auch Steuereinnahmen. Die Position der Frauen war in diesem Gefüge Unterwürfigkeit. Darüber hinaus wurden Frauen und Mädchen seit jeher missbraucht, besonders von den Mächtigen, als da waren Priester, Lehrer, Erzieher, Ärzte, Psychologen, Familienväter, Kulturschaffende, die an den Schaltstellen saßen, sogar die Mächtigen von Wohltätigkeitskonzernen, die Liste war lang und da sollte ein kleiner Pimpf wie er anders denken? Nein, er war in einer Frauen verachtenden Gesellschaft groß geworden. Diese lebte doch von der Unterordnung der Frau, von ihrer Ausbeutung, von ihrer Ausgrenzung. davon, dass sie die Frau in jeder Hinsicht erniedrigte. So war die Gesellschaft strukturiert worden und solange die Frauen keine Revolution anzettelten, die die Gesellschaft grundlegend umgestaltete, hatte er sich nichts vorzuwerfen. Er tat nur das, was die allermeisten taten. Die Gesellschaft hatte sich allerdings ein Alibi geschaffen, das war die reine Frau. Das war die, die er heiraten wollte, um sich selbst ein Alibi zu geben.

Die Frau im roten Mantel schreit entsetzt auf, sie wirft sich auf ihn, zieht das Messer aus dem Leib des Mannes mit letzter Kraft heraus und lässt es fallen. Sie schreit: "Das habe ich nicht gewollt! Du sollst nicht sterben! Verlass mich nicht! Lass mich nicht alleine! Ohne dich kann ich nicht leben! Bitte nicht sterben! Bitte stirb nicht! Hörst du mich?! Du sollst nicht sterben! Du darfst nicht sterben! Du darfst mich nicht alleine lassen! Ich liebe dich!"

Während sie weggezogen und abgeführt wird, schreit sie lauthals „Hilfe! Hilfe! Ich wollte das nicht! Ich habe das in Notwehr getan! Es war Notwehr! Hilfe! Hilfe!"

Als die Frau in der Mitte von zwei Polizisten an dem Mann, der ihr unauffällig gefolgt war, vorüberschritt, kreuzten sich ihre Blicke. In diesem Augenblick war dem Mann, als sei er der Bräutigam, als blicke er sie genauso an wie der Bräutigam, seine Augen waren verletzend gewesen, durchdringend, voller Begierde und Habgier, dem Willen, sie zu unterwerfen. "Dir zeig ich's, du Hure!" Er erschrak über sich selbst, begann zu frieren und zu zittern.

Die Orgel setzte ein, die Gemeinde stimmte ein Kirchenlied an. Während ihm schwindelig wurde, hörte er „Hosianna Hosianna". Er war sich nicht sicher, ob es „Freude" bedeutete. Als die Orgel und die Gemeinde schwiegen, begann der Priester die Predigt abzuspulen, die er für das Brautpaar vorbereitet hatte. Es ging um Treue, lebenslange, um den Bund mit Gott, ihm zu dienen, seine eigenen Wünsche hintenan zu stellen, sich seinem

Willen unterzuordnen, seiner Weltordnung, die er aus seiner Liebe heraus erschaffen hatte, so wie er es wollte. Wer ihn liebte, hatte dort seinen Platz und konnte um seinen Schutz bitten, auch die Frauen, auch wenn sie in seiner Weltordnung in Machtpositionen nichts zu suchen hatten, sich unsichtbar machen mussten. Auch das Brautpaar wollte der Priester in seiner Predigt ermutigen, in diesem Geiste ihre Ehe zu führen bis an ihrer Tage Ende. Nicht aufmüpfig gegen Gott zu sein und nicht gegen den Mann, sondern ihn mit ihrer Unterordnung zu stärken, ganz so wie es Diktatoren für sich fordern.

Der Mann, dem schwindelig geworden war, spürte, dass ihm kotzübel wurde und ging in Richtung Toilette, aber die Kotze war schon hochgestiegen, er konnte sie nicht mehr zurückhalten, sie ergoss sich auf dem gefliesten Boden der Kirche. Er dachte, dass es im Grunde nicht so schlimm sein könnte, denn vor dem Altar befand sich das mörderische Blut, die Kirche war also so oder so besudelt.

Torkelnd suchte er den Ausgang. Das Tageslicht blendete ihn, so dass er sich einen langen Moment auf die Kirchentreppen setzte, um seine Augen an das grelle Licht zu gewöhnen. Er setzte seine Sonnenbrille auf, und versuchte in seinem Gehirn etwas zu ordnen. Vor allem fragte er sich, was die

Frau im roten Mantel gemeint haben könnte, als sie rief, dass sie aus Notwehr gehandelt hätte?

Hinter ihm öffnete sich die schwere Tür, die KirchgängerInnen kamen heraus. Er hörte Kommentare zum schönen Wetter, das sie empfing und schüttelte den Kopf.

Das fragmentarische Spiegelbild

Die Frau hatte eine Espressotasse und einen Kuchenteller in ihren Händen, am Arm baumelte eine Tasche. Bevor sie sich setzte, schaute sie irritiert in den großen Wandspiegel, als wenn sie sich vergewissern müsste, ob sie das sei. „Bist du das wirklich?" oder „Bin ich das wirklich?"

Die Selbstvergewisserung war von Nöten, denn zu Hause hatte sie sämtliche Spiegel, den im Bad und den im Flur, das zusammen waren die sämtlichen Spiegel, teilweise mit Papier überklebt, so dass sie sich nur fragmentarisch sehen konnte. Es war ihr lieber als das ganze Portrait, das ihr bedrohlich vorkam in seiner Gänze, in seiner vollkommenen

Ausgestaltung. Lieber dem aus dem Wege gehen. Vorsichtshalber, denn sie wusste nicht, was sie von ihr zu erwarten hatte, von der fremden Person im Spiegel. Das war sie doch: fremd. Vertraut sei sie sich nie vorgekommen, sagte sie einmal. Sie glaube dem nicht, was sie sehen würde! Das konnte sie und alle anderen doch ständig ändern. Einen Hut aufsetzen. Eine neue Haarfarbe. Lidschatten. Schminke. Keine Schminke. Da fielen ihr viele Verwandlungen ein, erkennen würde sie niemanden und niemand sie und sie sich selbst nicht. Wenn da was war, dann war das doch gut versteckt. Nein, sie konnte niemandem vertrauen. Sich selbst eingeschlossen. Sie war wie fest gefroren in ihrer Haltung des nicht Erkennens, auch nicht mehr Wollens, nie mehr wollte sie die Wahrheit erfahren, die schrecklicher war, als alle Lügen, Täuschungen, Betrügereien. Sie wollte in der Sandkiste spielen und anderen den Dreck ins Gesicht werfen, wenn sie sich näherten, mitspielen wollten. Da sollte niemand sonst sein und ihr das selbstherrliche Spiel verderben.

Die Frau mit dem Espresso und dem Kuchen in der Hand ließ nach der ersten Irritation nicht erkennen, ob sie einverstanden war mit dem Portrait, das sie im Spiegel sah. Ihr Gesicht blieb ausdruckslos, als würde sie ein Objekt im Schaufenster betrachten, jedoch nicht interessiert, sondern aus

Gleichgültigkeit, aus Langeweile, weil sie warten musste. Sie war verabredet, vielleicht nur, um einen Grund zu haben, hier auf diesem Flecken stehen zu bleiben, während alle um sie herum huschten, vorbei huschten, in diese und alle Richtungen. Sie drehten sich um sie herum, sie war der Mittelpunkt geworden. Sie wandte sich ab, als ihr wirr und schwindelig wurde. In der Schaufensterauslage sah sie etwas und gleichzeitig auch nichts, sie nahm die Bestimmung der Ware nicht auf. So erging es ihr auch mit dem Gesicht im Spiegel. Sie wollte sich vergewissern, aber zu lange hatte Papier an verschiedenen Stellen auf den Spiegeln geklebt, als dass sie noch wüsste, wie sie ausgesehen hätte und aufgrund dessen wüsste, wer sie war, gewesen war und sei, jetzt in der Gegenwart. Wer war sie? Wollte sie das an ihrem Aussehen festmachen? Davon abhängig machen? Warum müsste sie sonst ihre Spiegel zu Hause teilweise mit Papier verdecken?

Sie setzte sich, ließ von dem Blick ab, misstraute ihm, ihre Hand begann leicht zu zittern und bevor sie ihren Espresso verschüttete, der sich in einer kleinen Pfütze zu ihren Füßen ausbreiten würde, setzte sie sich doch lieber, denn sie hatte das Gefühl, sich stärken zu müssen. Ohne dass sie sich versah, hatte sie den Kuchen heruntergeschluckt, natürlich, es war ein kleines, portugiesisches

Törtchen, ein Nata, trotzdem, ein sagenhaft schneller Akt, den sie schnell vergessen machen wollte.

An und für sich benahm sie sich wie eine ganz normale Person, denn jetzt blickte sie auf ihr Handy, das sie zur Hand genommen hatte. Ihre Finger blieben in der Luft stehen, da sie vorsichtig ihre message eintippte. Vielleicht erkundigte sie sich, warum ihre Verabredung nicht gekommen war. Sicherlich war es das, was sie verwirrt hatte, als sie wie verloren dastand, weil sie vergessen worden war. Sie hatte sich plötzlich haltlos gefühlt, und wollte sich an irgendeinem Objekt im Schaufenster orientieren, festhalten. So wird es gewesen sein, das konnte sie jetzt denken, nachdem sie ihren Espresso getrunken und das Törtchen aufgegessen hatte, sich alles in allem gestärkt fühlte.

Das Vibrieren ihres Handys bedeutete ihr, dass sie eine message bekommen hatte. Die Antwort war da, sie las sie. Mehrmals, so oft, bis die Person eingetroffen war. Auch sie hatte einen Espresso in der Hand und einen Kuchen in der anderen. Sie erblickte die schwarzhaarige Frau, mit der sie verabredet war, die sie sogleich um Entschuldigung bat, weil sie sich verspätet hatte, erheblich verspätet, sogar hätte sie den Termin vergessen, wenn, ja wenn sie nicht angemailt worden wäre, gefragt worden wäre, wo sie denn bliebe. Es tat ihr leid. Sie war dankbar, dass die schwarzhaarige Bekannte nicht verärgert war, sondern ihr durch ihre Anfrage ermöglicht hatte, doch noch zu kommen, das Beisammensein zu genießen, statt es platzen zu lassen. Auch die Bekannte sah spontan in den Spiegel, der sich über der langen Sitzbank erstreckte, hielt einen Moment inne, sah ihr Portrait. Auch sie schien eine Sekunde irritiert von ihrem Anblick zu sein, jedoch war es bei ihr eher ein prüfender Blick, saßen die Haare so, wie sie es gerne an sich sah, gefiel sie sich selbst, müsste sie demnächst etwas ändern? Auch sie spürte, dass sie schnell ihre Tasse und den Kuchenteller abstellen müsste, um im Gleichgewicht zu bleiben.

Die sitzende Frau befühlte ihr langes, etwas struppiges Haar, zog einzelne Strähnen heraus, zog sie lang, so aus Zeitvertreib bis ihre Bekannte Platz genommen und ihre Jacke ausgezogen hatte. Sie prüfte die Länge ihrer Haare, die sie im Spiegel in Sekundenschnelle wahrgenommen hatte, was ihr der fragmentarische Spiegel nicht zugestand. Sie müsste zum Friseur. Das sagte sie auch sogleich ihrer Bekannten: "Ich glaube, ich lasse mir heute noch die Haare schneiden, vielleicht lasse ich sie ungefähr 6 cm kürzen!" „Ja", sagte die Bekannte, „ich glaube, das würde dir gut zu Gesicht stehen!" Au weia, da war es wieder, das Wort „Gesicht".

Die Bekannte hatte gut reden. Sie sah ihr Gesicht. Aber sie selbst hatte ein Problem damit, ihr Gesicht zu betrachten. Ach je, dann konnte sie ja auch gar nicht zum Friseur oder zu einer Friseurin gehen, denn dann müsste sie minutenlang und länger in ihr Spiegelbild schauen. Aber sie wusste schon eine Lösung, sie würde selbst zur Schere greifen. Sie hatte Gefühl und Geschick. Sie würde zu Hause abermals die Strähnen herausziehen ohne dabei in den Spiegel zu schauen, so wie eben, dann würde sie den Packen abschneiden. Ganz einfach so. Ohne Drama. Danach wäre sie kurzhaarig, hätte dann eine Kurzhaarfrisur. Ach nein, so weit war es noch nicht. Erst einmal schnitt sie ja nur bis zum Kinn die Haare ab. Diese Frisur hatte sie auch früher schon getragen, ganz früher. Als alles noch nicht so schlimm war mit ihrem Gesicht, Gesichtsausdruck, als sie ihn damals noch ertragen konnte, ertragen hatte. Aber dann hatten sich die Zeiten geändert. Ihr Leben hatte eine Entwicklung genommen, die ihr Gesicht prägte. Besser dachte sie nicht an das ihr Zugestoßene, an das Unheimliche, das würde ihr Gesicht noch mehr entstellen. Denn auch Gedanken und Gefühle zeichneten sich im Gesicht ab, waren an der Prägung des Gesichts beteiligt, denn sie waren mit den Erlebnissen verknüpft. Sie würde schön die beiden Spiegel zu Hause mit Papier überklebt lassen, nur das gab ihr eine gewisse Ruhe. Das Fragmentarische, der fragmentarische Blick, sie wollte ja nicht von einem Horrorfilm mitgerissen werden. Nichts anderes war doch das Milieu gewesen.

Sie stand auf und zog ihren hellblauen Regenmantel über. Sie berührte ihre Bekannte, die in ihr Handy eine lange message tippte, an der Schulter, um ihr anzukündigen, dass sie ginge. Diese sprang auf und rief: „Entschuldigung! Ich musste unbedingt auf die Nachricht reagieren!" „Schon gut!", sagte sie, und während sie sich zum Gehen abwandte, schaute sie unwillkürlich für eine Sekunde in den Spiegel, der auf Augenhöhe angebracht war. Ihr war nicht klar, was sich in diesem Moment abspielte. Sah sie sich oder war es ihre Schwester, deren prüfenden Blick sie gesehen hatte und sogar den der Mutter und des Vaters hinter den Augen der Schwester, die übrig geblieben war, ihre Eltern waren ja schon tot. Aber warum sollte ihre Schwester sie so streng ansehen, prüfend, dass es ihr durch Mark und Bein fuhr? Das brauchte sie doch jetzt nicht mehr zu verfolgen. Ihr kam der Verdacht, dass sie auf keinen Fall sich selbst sehen wollte, nicht einmal eine Sekunde lang und gerne ihr Gesicht den anderen in die Schuhe schob. Wie durchtrieben sie doch war. Sollte sie zu Hause vielleicht doch die Papiere von den Spiegeln abziehen? Die Spiegel säubern, ihr Antlitz betrachten und die Bloßstellung ertragen, die Milieuzeichnung?

Das Feuer

Der Junge saß in der dunkelsten Ecke des Strandcafés und Restaurants, in der keine Lampe leuchtete, das brauchte es auch nicht, denn er sah gebannt auf sein Tablet und das war natürlich erleuchtet. Er sah darauf einen Film, das gelbrote Feuer loderte, es stürzte einen Abhang hinunter, oben hatte es schon gewütet und eine schwarz verkohlte Landschaft, ein schwarz verkohltes Dorf mit seinen Dorfbewohnern, die das Land gemeinhin bewirtschafteten, zurückgelassen. Sie waren bis zur Unkenntlichkeit verbrannt. Das Feuer hatte sie überrascht. Das Feuer war gelegt worden. Von einem der Dorfbewohner, der nicht dazu gehört hatte. Der davon träumte, dazu zu gehören, denn früher war das einmal so, da hatte seine ganze Familie dazu gehört, bevor sie ausgelöscht wurde im Kriegsgemetzel, an dem sich die Dorfbewohner der anderen Ethnie beteiligt hatten. Sie waren plötzlich extrem wütend geworden, sie spien ihren Hass aus, sie hatten ein Objekt gefunden, dass diesen Hass verdient hatte. Sie waren in ihrem Morden wie das Feuer selbst, sie ließen niemanden überleben, egal, ob Kind ob Frau ob alt ob jung ob krank oder gesund. Ihr Hass war blindwütig. Früher hatten sie friedlich zusammengelebt, es hatte damals keine Rolle gespielt, zu welcher Volksgruppe sie gehörten. Aber die Zeiten hatten sich geändert. Feindschaften ersetzten ihre Freundschaften, das war gar nicht schwer, das war von einem Tag auf den anderen, da hatte man sich nicht mehr gegrüßt, sondern weggeschaut, war sich aus dem Weg gegangen, das wurde zur Gewohnheit, dann kamen die Vorwürfe und es hieß, warum verkaufst du noch an X. Mit Druck wurde verhindert, dass die anderen sich noch im Laden etwas kaufen konnten. Es war nicht so schlimm, denn sie waren alle SelbstversorgerInnen, aber manche Dinge brauchten sie doch aus dem Dorfladen. Die gegenseitigen Schuldzuweisungen schritten voran entsprechend der politischen Order. Dann war Chaos, das totale, jeder glaubte zu wissen, wen er umbringen durfte, einfach so, weil er dem scheinbar richtigen polischen Lager angehörte und der andere nicht, der sollte ausgelöscht werden, je eher desto besser mit all seinem Nachwuchs. Nie mehr sollte auf diesem

Boden dieses Unkraut wachsen und die hier als rechtmäßig empfundene Volksgruppe verderben

Der Junge, vielleicht 10 Jahre alt, schien fasziniert zu sein von dem Feuerteufel, der ein zerstörerisches Werk in Gang gesetzt hatte. Immer wieder spulte er die Szene ab, in der das Feuer den Abhang hinunterwetzte wie eine Garnison Krieger, die alles niedermetzelte. Er rief seinen Vater herbei, der in einer anderen Ecke des großen Raumes für die Kundschaft Pizzas zubereitete. „Ich hab' keine Zeit!", rief der Vater, kam aber gelaufen. „Schau mal!", sagte er zu seinem Vater, „ist das nicht geil?" Der Vater schüttelte vehement den Kopf: „Ist es nicht! sagte er bitter, „Das sollst du dir nicht angucken! Du weißt gar nicht, was damals los war! Es war eine schlimme Tragödie! Hast du vergessen, warum wir Flüchtlinge sind?!" „Ich meinte ja nur die lichterlohen Flammen, wie sie sich den Abhang hinunterwälzen, nur das wollte ich dir zeigen!" Schon lief der Vater weg, denn der Chef hatte ihn gerufen, er möge sich um die Pizzas kümmern. Es war doch schon allerhand, dass er ihm erlaubte, seine Bagage mit ins Lokal zu bringen. Er sollte sich nicht um den Jungen kümmern, sondern diesen in der hintersten, dunkelsten Ecke tun und lassen machen, was er wollte. Es ging doch hier ums Geschäft.

Der Junge drückte auf Pause und ging pinkeln, während er pinkelte, dachte er an das Feuer und nicht daran, dass sie Flüchtlinge waren. Daran würde er vielleicht später einmal denken. Jetzt fühlte er sich in Sicherheit und fand das Feuer, das den Abhang hinunterschnellte, einfach unheimlich geil. Es gelang ihm nicht, an seine Großeltern zu denken die in den Flammen umgekommen waren wie auch andere, die er kannte. Das war etwas anderes. Das hatte mit dem Feuer, das er geil fand, nichts zu tun. Er bediente die Klospülung, ging auf seinen Platz zurück und drückte auf „weiter".

Das Interview

Das konnte sie unmöglich zusammenbringen, einen Schneeberg und einen Mann, der ihn eigenhändig hoch geschaufelt hatte. Er stand noch da mit der Schaufel und lächelte für sie, die ein Foto von ihm machte. Mit einem Fuß stand er auf einer Seite der Schaufel, die in der Mitte von einem langen, runden Holzgriff geteilt wurde, mit seinen Händen stützte er sich auf den glatten Holzgriff. Er sagte zu der Fotografin: „Ja, ich mache das gerne. Um mich herum eine Eiswüste, ich schaufle ein Loch, ein tiefes, der Schneeberg wird immer höher, und mir wird immer wärmer und wärmer. Ich stehe im Blaumann da, brauche keine Winterkleidung, das ist überflüssig, wie zu allem Überfluss die Sonne scheint, ja prahlt. Es ist ein schönes Beiwerk, aber mir würde auch ohne ihre Bestrahlung warm werden bei dieser Tätigkeit, die ich tagein, tagaus vornehme, denn wie Sie sehen, habe ich schon viele Löcher gegraben, daher die Schneeberge, zwischen denen sie stehen. Dass Sie mich überhaupt entdeckt haben inmitten der Berge, aber Sie sind gut, Sie sind ausgezeichnet im Aufspüren, wie die Hunde sind Sie, die spüren mich auch sofort auf. Und sicherlich, Sie haben recht, ich habe ein Geräusch gemacht. Ich mache ein regelmäßiges Geräusch mit meiner Schaufel, die sich eingräbt, auch wenn es nur Schnee ist, Neuschnee oder schon gefrorener Schnee. Schnee von gestern mögen Sie sagen. Aber es ist der Schnee nicht nur von gestern, auch von übermorgen. Möglicherweise sind die Schneeberge dann noch höher als jemals. Glauben Sie mir, die Welt, das Weltgeschehen ist unberechenbar, wenn es nicht doch immer dasselbe ist, wie zu befürchten steht. Aber da die Generationen wechseln, kommt es ihnen immer vor wie Neurose äh Neuschnee, wenngleich es Schnee von gestern, vorgestern und alter Schnee ist, wie der von morgen und übermorgen und zukünftiger aller Zeiten. Wie Regen fällt er herunter, begütert uns, und dann müssen wir uns wieder freischaufeln von gestern, morgen und übermorgen.

Hören Sie das denn nicht? An anderer Stelle bohrt jemand, ein Konkurrent, der schneller sein will als ich, er benutzt die Bohrmaschine, weil der Schnee festgefroren ist. Sicherlich, das ist unangenehm, denn es braucht viel Kraft, ihn zu zerschlagen, ja, auch ich muss manchmal draufschlagen bis die Fetzen fliegen. Aber mir ist der Bohrer fremd. Das eigene Wort ist nicht mehr zu verstehen. Haben Sie ihn schon fotografiert? Meistens sind die nicht so flexibel wie ich. Die sind engstirnig, auf das Geräusch fixiert, auf die Bohrung, dass sie gelingt, dass der Bohrer nicht abrutscht und der gefrorene Schnee ihnen wie eine scharfkantige Glasscherbe ins Gesicht springt. Was ist das für eine Arbeit! Auch wenn sie mit dem Bohren aufhören, haben sie noch einen Bohrer im Kopf.

Bei mir ist das hingegen so, ich behalte den Überblick. Ich kann auch einmal pausieren, das sehen Sie ja jetzt. Natürlich, auch die anderen müssen ihr Butterbrot essen, wir machen da gemeinsame Sache, auch, wenn wir uns wesensfremd sind, aber es ist nicht gut, immer alleine zu sein, ein wenig Austausch ist von Nöten. Letztlich sind wir ja alle im selben Boot.

Von da ganz hinten hören Sie vielleicht die Stimmen, die so durchdringend sind wie ein Bohrer, wie ganz viele Bohrer, die einem das Gehirn verbrennen mit ihrem lauten Geschrei, denn so hören sich doch ihre Stimmen an. Sie haben nichts anderes im Sinn, als uns zu torpedieren, unsere Arbeit unmöglich zu machen. Menschliche Stimmen und menschliches Geschrei und menschliches Geheul können Entsetzliches im Kopf anrichten. Sie sind durchdringender als jeder Bohrer, denn sie sind die feinsten aller Bohrer, so fein wie eine ganz dünne Nadel, verstehen Sie, die schießen sie in die Köpfe wie Pfeile. Daran ist schon manch einer verendet, denn sie sind voller Gift mit wenigen Ausnahmen. Damit kommen sie durch. Nur, wenn Blut fließt, wird einer verhaftet. Aber unsichtbares Blutvergießen bleibt eben unsichtbar.

Wann sind Sie denn endlich mit ihrer Fotografiererei fertig? Wofür soll das denn überhaupt sein? Ich könnte Sie auch mal fotografieren. Übernehmen Sie meine Schaufel. Stellen Sie sich an den Rand des Lochs und lächeln Sie in die Kamera, während Sie einen Fuß auf die Schaufel stellen und mit den Händen den langen Holzstiel festhalten. Ein gestelltes Foto, das gebe ich zu, aber Sie lächeln so schön und friedlich. Sie haben einen schönen Lockenschopf, und der lange Mantel mit Fellkragen steht Ihnen gut zu Gesicht. Obwohl ich diese unsägliche Arbeit mache, stupide zu nennen, wenn Sie so wollen, bin ich offen für die Schönheiten, wenngleich Sie nicht wirklich etwas bedeuten und bewegen oder was meinen Sie? Sie finden mich sicherlich hässlich, und da ist ja auch was dran. Statt dieser schweren Arbeit nachzugehen, könnte ich mich in der Sonne bräunen lassen, Fruchtcocktails trinken und ausgedehntes Strandlaufen praktizieren. Vielleicht sollten wir gemeinsam in die Sonne reisen, urlauben, faulenzen, Sie mal ohne Fotoapparat?

Aber egal, es ist doch alles unsinnig, gleich unsinnig oder sinnig, finden Sie nicht auch?

Ich hoffe, Sie geben bald auf. Sie packen bald ein. Ich will Sie ja nicht vertreiben. Aber Sie gehen mir doch gewaltig auf die Nerven, wenn Sie entschuldigen. Denn was soll Ihr Besuch? Gewiss, Sie üben auch nur ihren Beruf aus und wollen eine story verkaufen. Ich erscheine dann auf schönen Bildern in ihrem Magazin, die Leute werden denken, was für ein hoffnungsvoller Beruf, und wie schön es dort ist. Der Mann hat es gut, so von Sonne beschienen im Schnee zu schaufeln, wie fleißig der ist, und wie viele Löcher der schon geschaufelt hat, wahrhaftig ein fleißiger Mensch.

Wie gut er zwischen den glänzenden Schneebergen aussieht, und was er so sagt im Interview mit der Journalistin, das ist interessant, ja darüber müssen wir mal nachdenken. Sie bekommen eine Beförderung von Ihrer Chefredakteurin, weil Sie sich in die Welt eines einsamen und einfachen Trottels vorgewagt haben, der all die Arbeit auf sich nimmt, Löcher gräbt und dadurch Schneebergen zum Erscheinen verhilft, die die Menschen so glücklich machen, denn sie zu betrachten macht doch glücklich oder?

Vielleicht fühlen die Leute sich an eine Kugel Eis erinnert, an der sie schlecken und die verschiedene Aromen ausströmt oder ich weiß nicht, was sie für Assoziationen haben, für mich jedenfalls ist es eine harte Arbeit, die mir auf die Knochen geht. Einseitige Belastung zertrümmert meinen Körper seit Jahren, und sicherlich habe ich schon den Krebs in mir durch die jahrelange Sonnenbestrahlung tagein und tagaus. Denn wenn sie etwas verdienen wollen, müssen sie täglich arbeiten oder finden Sie nicht, finden Sie, dass es auch anders geht? Gewiss, Ihr Beruf ist abwechslungsreicher, Sie können reisen, müssen sich mit Ihrem MitarbeiterInnen Team an die entlegenen Orte begeben und erleben schon unterwegs allerlei. Aber dann kehrt doch die Betrübnis ein, geben Sie das ruhig zu, wenn Sie vor

Ort enttäuschende Verhältnisse vorfinden, die Sie schön aufhübschen, damit es in Ihren Magazinen, in denen sie veröffentlichen, attraktiv aussieht, so dass ihre LeserInnen ein Ah und Oh ausrufen, ihre Begierde hervorgerufen wird, es Ihnen gleich zu tun. Sie möchten am liebsten heut schon und nicht morgen die Koffer packen, ihr Fernweh befriedigen und die schönen Orte und Menschen aufsuchen, wozu ich ja jetzt auch zähle dank Ihrer Fotos von mir und ihrem Interview. Aber ehrlich gesagt, geht mir das am A…vorbei, denn es ist wie es ist. Ich bleibe bei meiner Arbeit. Bleibe ihr treu, zeige eine Verbundenheit, mit ihr bin ich gealtert, sie hat mich gealtert, und wenn ich auf die Löcher und Schneeberge zurückblicke, die ich geschaffen habe, so muss, kann ich doch sagen, ich habe etwas geschaffen. Ja, bevor ich die Schaufel am Ende meines Lebens aus der Hand lege, kann ich doch sagen, ich habe etwas geschaffen. Ich habe etwas hinterlassen, selbst wenn die Schneeberge unmerklich abschmelzen." „Danke für das Interview!" „Ist schon gut. Nur weil Sie so nett lächeln, hab ich's Ihnen gewährt."

Kapuzenpulli

Viele tragen einen Kapuzenpulli in diesen Zeiten. Jeder, jede hat einen im Schrank. Er wärmt so schön den Kopf, schützt vor dem Wind, der so stark ist, dass er das Ohr verletzt. Es gibt sie in vielen Farben, hellblau, rosa, mit Hamburger Anker und ohne, die neulich von einer Touristin in der Wandelhalle des Bahnhofs anprobiert wurden. Sie mochte den mit den Ankern gar nicht mehr ausziehen und fragte die Verkäuferin, ob sie das Preisschild auch scannen könnte, wenn sie ihn anbehielte. Das konnte sie. Ihre mitreisende Freundin hatte sich denselben in einer anderen Farbe geschnappt und gekauft. In hellblau und in Besch gingen sie über den Ladentisch. Wer mochte schon eine Kapuze missen, in der es der Kopf so schön kuschelig hatte.

Aber hier im Bus war es doch etwas anderes. Der Bus war nicht die Wandelhalle des Hauptbahnhofs. Der Junge, vielmehr der junge Erwachsene, trug einen dunklen Kapuzenpulli, die Farbe des Pullis, vielleicht Anthrazit zu nennen, war auch die seiner Hose und seiner Schuhe wie auch seiner Handschuhe gleichermaßen. Sicherlich lag es daran, dass sie ihm so nah war. Er saß vor ihr, direkt vor ihr, ihre Knie konnten aneinanderstoßen, wenn sie nicht jeder krampfhaft bei sich und zusammenhielt. Er hatte einen sturen Blick, eher ausdruckslos. Aber genau das beunruhigte sie. Denn ein ausdrucksloses Gesicht konnte in jede Richtung explodieren, vor allem, wenn er die Finger, die Hände in den Handschuhen zu würgen schien, krampfhaften Drehungen unterwarf.

Das Leben war hart und für diesen jungen Mann erst recht, müsste er sonst in dieser dunkelhäutigen Montur stecken, sogar seine Hände? Freiheit sah doch anders aus. Einer, der mal nicht auf sein Handy stierte, er hatte zu viel andere Impulse, die unter seiner Fassade hämmerten. Das sah sie doch, denn sie konnte Menschen unter die Haut schauen. Natürlich konnte sie nicht genau sagen, was den jungen Mann im Kapuzenpulli beschäftigte, aber dass es etwas war, das empfing sie wie Radiowellen. Vielleicht traktierten ihn persönliche Dinge und nichts, was die Allgemeinheit betraf, trieb ihn um, aber bitte keine Bombe explodieren lassen, den Bus in Stücke zerreißen, den Bus und die Insassen verbrennen lassen, zusammen in den Tod fahren. Ein Selbstmordattentäter. Bitte nicht das. Was sind das für schlimme Gedanken morgens in einem Bus der Linie 12. Sicherlich würde sie dem armen jungen Mann Unrecht tun, der nicht nach rechts und nicht nach links schaute, sondern stur geradeaus und dabei mit seinen Zähnen knirschte. Seine Kiefer- und Backenknochen verschoben sich mal in die eine, mal in die andere Richtung. Jemand anderes, dessen Finger freilägen, würde diese jetzt zusammenfassen und knacken lassen. Aber das ging bei ihm nicht. Das machten die Handschuhe nicht mit, nur das Würgen gelang. Die eine Handschuhhand drehte, würgte das Gelenk der anderen Hand und umgekehrt. Die Busfahrt musste ja überstanden werden. Vielleicht war er es nicht gewohnt in der Menschenmenge entspannt zu sein. Das waren die wenigsten, schon gar nicht am frühen Morgen, aber auch nicht später, alle knirschten sie im Grunde leise vor sich hin oder winselten ihre Liebesschwüre ins Handy, wenn sie nicht gerade fauchten oder Termine machten. Es war ja alles schon Bürozeit.

Der junge Mann, der anthrazitfarbene Mann, tat ihr einerseits leid und andererseits hatte sie Angst vor einem Ausbruch, es war nicht selbstverständlich, dass er ruhig blieb. Sollte sie ihn ansprechen, das tat sie manchmal, um eine zwischenmenschliche Spannung zu lösen. Es kostete immer ziemlich viel Kraft sich auf einen Wildfremden einzustellen, ihm vielleicht sogar zu schmeicheln, ihn dadurch zu entwappnen und sich selbst dadurch zu beruhigen.

Es galt die Busfahrt zu überstehen und zu einem guten Ende zu bringen, bis sie erleichtert aussteigen und sagen konnte: Geschafft! Für dieses Mal geschafft!

Aber den jungen Mann wagte sie doch nicht anzusprechen, da fehlte ihr das geeignete Repertoire. Er war so überaus ungewöhnlich und so überaus eine andere Spezies. Aber das ließ sich so leicht sagen. Vielleicht war er das gar nicht, sondern ein armes Würstchen, das nur darauf wartete, nein, das bestimmt nicht, bitte sich nichts einbilden, bitte bei den Tatsachen bleiben, bei den Ereignissen und Kleidungsstücken.

Es machte ihr wirklich etwas aus, nicht die Ruhe bewahren zu können. Sie schien unter einer größeren Spannung zu leiden als er, doch hatte sie keine Idee, wie sie diese Anspannung abführen könnte. Sollte sie ihm doch Guten Tag sagen und lächeln, einfach so wie sie es immer machte, um in die Realität zurück zu finden? Aber Vorsicht! Es hat genügend Unglücke gegeben. Sie könnte immer noch aussteigen. Das schien ihr am ehrlichsten ihrer Angst gegenüber, sie wollte sich schließlich nicht für nichts opfern.

Tatsächlich stieg sie an der nächsten Station aus, versuchte aber trotzdem, seinen Blick zu erhaschen, um ihn anzulächeln, der junge Mann jedoch ließ sich durch nichts erschüttern. Er blieb seinem Film treu, seinem Engel, seinem Gott, seiner Musik, seinen Freunden, sofern er welche hatte, seinen Eltern, sofern sie noch lebten, seinem Hund, sofern er einen hatte, seinen Gedanken, die er sicherlich hatte, seinen Gefühlen, die er vermutlich genauso hatte, seinen Mordphantasien, die ihn wie andere Leute plagten, seinem Bedürfnis durchzuhalten, diese Scheiße durchzuhalten, hier mit all denen, mit denen er sich nichts, aber auch gar nichts zu sagen hatte. Er wollte so schnell wie möglich zu seinen Kumpels, wenn sie denn da waren und diesen blank geputzten Ärschen im Anzug, die ihrem Büroalltag entgegen fuhren, den Rücken kehren, den Dauerwellen Hausfrauen entkommen, er wollte diese Scheiße im Bus nicht mit ansehen, die musste er ja schon draußen ungehindert auf sich einströmen lassen.

Endlich war die Tussi ausgestiegen, von der er nicht wusste, ob sie Kontakt suchte, so Knie an Knie stoßen, abartig. Natürlich hatte er sie gesehen, als sie gekommen war, eingestiegen und sich gesetzt hatte, ausgerechnet ihm gegenüber. Sie wirkte nicht gerade entspannt, vielleicht suchte sie Zuflucht bei ihm. Hoffnung unter seinem Kapuzenpulli. Wahrscheinlich hätte sie auch gerne so einen. Wetten, dass sie im nächsten Shop danach Ausschau hält. Sie will sich schützen, ist machtlos gegen den Einfluss, der in sie hineinwirkenden

Umwelt. Es ist wichtig, sich zu schützen gegen all diese Bakterien. Besser die Hände reinhalten, verstecken und schützen gleichermaßen. Eine Schutzmontur tragen, ohne geht es doch heutzutage nicht mehr, wer das meint, hat keine Erfahrung. Früher oder später ziehen sie sich doch alle einen Schutzanzug über. Ist auch besser so. Es lässt sich nicht so ohne weiteres ausmachen, wer einem Freund ist, wer einem Feind. Aber durch die Schutzmontur wird es nicht einfacher sich zu erkennen. Ach, es ist alles für die Katz sowieso. Der Hunger der Welt nach Wahrheit ist längst vertan, wir sind alle verhungert, nagen am Hungertuch. Frieden wird es nicht geben, nicht in dieser Welt und eine andere gibt es nicht. Aber gut, die Hoffnung stirbt zuletzt. Bestimmt ist die Tussi deswegen ausgestiegen, weil sie ihre Hoffnung nicht verlieren will. Bestimmt hatte sie Angst vor meinem Kapuzenpulli, in dem mein Kopf verschwunden ist. Frauen sind da schlimmer dran als Männer, aber auch Männer, so wie ich das beobachte, ja, ich beobachte manchmal, wenn ich nicht im Stress bin, sind schutzbedürftig. Meiner Meinung nach leben alle ein falsches Leben, im Grunde sind wir ja dahinein gezwungen worden, Religion hin oder her, in jeder Religion und ebenso die Frauen, wir sind doch alle Aufziehpuppen. Da muss ich eben mit den Zähnen knirschen, wenn mir

Gedanken wie diese durch den Sinn gehen und eine große Wut emporsteigt. Wer will denn schon gern erkennen, dass wir nicht selbstbestimmt leben. Das lassen die doch gar nicht zu. Das ist nur in ganz begrenztem Maße der Fall. Die Wut ballt überall ihre Fäuste zusammen, unterschwellig, unerkennbar, versteckt, im Hinterzimmer, im Hinterhalt, und dann kommt sie plötzlich hervor, wenn das Fass übergelaufen ist, dann springt sie entweder ins Netz, das ihr schon in Vorahnung hingehalten wird oder sie zündet die Bombe.

Ja, die Frau wird Angst gehabt haben vor der Bombe in meinem Herzen, in meinem Geist, in meinen Fingern, in meinem Schädel. Aber ihre eigene, tickende Bombe hat sie nicht wahrgenommen, vielleicht unbewusst, und sie ist deswegen ausgestiegen, um keine Bombe zu werfen, um keine Selbstmordattentäterin zu werden aus Verzweiflung, aus der Unfähigkeit, die Wut anders in den Griff zu bekommen und das Leben, das gelebt und bezahlt werden will. Sie ist sicherlich eine Schisshasin und kommt mit dem Leben nicht klar, denn wer steigt schon vor der Zeit aus, verschwindend geringe Frustrationstoleranz würde ich sagen, auch wenn mir so ein Fremdwort nicht zugetraut wird und ich eher für hirnverbrannt gehalten werde, denn als intelligent.

Endstation. Wetten, dass ich sie bald treffe, sicherlich hat sie den nächsten Bus genommen, denn ich habe nicht gesehen, dass sie gegangen ist, sie ist an der Haltestellen stehen geblieben, was doch darauf hindeutet, dass sie aus Angst vor mir den nächsten Bus genommen hat. Vielleicht sollte ich, wenn ich sie treffe, einfach „Guten Tag!" sagen und lächeln, damit sie sich für den Tag entspannen kann.

Quälgeister

Ich stellte ihr ein Glas Wasser hin. Sie war außer sich. Ich wusste nicht, ob das Gespräch sie ausreichend beruhigen würde. Ich war unsicher, sie wirkte so verwüstet, so kindlich einerseits und so übermächtig andererseits. Würde ich mich ihrer erwehren können? Würde es ihr ausreichen, wenn ich zuhörte? Nur das konnte ich ihr geben.

Sie erzählte, dass sie sich bedroht fühlte. Sie sollte etwas nicht tun und lassen, was sie gerne getan oder gelassen hätte. Ein Rätsel. Sie hatte den Eindruck, dass die beiden Männer oder der Mann und die Frau ihr den Zugang zu ihrem Pferd verweigern wollten. Das Pferd bäumte sich auf. Es sprang immer wieder in die Höhe, wollte zu ihr. Sie hatte vergessen, was geschrien wurde. Ja, sie schrien sich gegenseitig an. Bis die Männer schließlich die Zügel des Pferdes losließen und gingen, denn sie war immer noch die rechtmäßige Besitzerin.

Sie war sich sicher, dass die beiden Personen das Pferd entführen wollten. Sie wollten es zu ihren eigenen Zwecken nutzen. Da sie herrschsüchtig waren, wollten sie das Pferd versklaven wie sie es schon mit ihren eigenen Pferden getan hatten. Es war eine Schande, das anzusehen. Nur, weil sie nicht ihre Statur und Manier hatte den Pferden gegenüber, glaubten sie, sie hätten mit ihr leichtes Spiel und könnten es ihr wegnehmen.

Sie sah nur die Möglichkeit, dass sie fortging von diesem Ort, an dem beabsichtigt wurde, mit allen Mitteln ihr Glück zu zerstören, welches das Pferd für sie bedeutete. Sie hatten versucht, sie mürbe zu machen, sie weich zu klopfen, ihr Dinge an den Kopf geworfen, die überhaupt nicht der Wahrheit entsprachen, sie verstreuten Gerüchte. Sie zerstörten ihre Kommunikationsfäden, nur, um an das eine zu kommen, an ihr Glück, an ihr Pferd, ihren Lebensinhalt.

Sie hätten es leicht gehabt, es in einem unbedachten Moment zu vergiften, aber es war nicht ihr Ziel, das Pferd zu zerstören, sondern sie war das Ziel, sie als Besitzerin des Pferdes wollten sie vernichten.

Ihr wurden die Knochen gebrochen, sie war elendig zugrunde gegangen, aber lebte immer noch. Nun jedoch war sie an einem absoluten Tiefpunkt angekommen, der ihr nur noch die Möglichkeit ließ, wegzugehen, wegzugehen mit ihrem Pferd.

Sie wollte für sich und das Pferd eine neue Umgebung, neue Menschen, die liebevoll waren, die ihre Leidenschaft für Pferde, und insbesondere für das ihrige, verstanden.

Es dauerte seine Zeit, bis sie einen Aufenthaltsort gefunden hatte, mit dem alle Seiten zufrieden waren. Weil sie nochmal zurückwollte, um einiges zu holen, was sie nicht mitgenommen hatte, sprach sie mit dem Pferd, dass es für diese kleine Reise alleine auf dem Hof der lieben Leute und Pferde bleiben müsste. Aber das Pferd wurde daraufhin krank. Sie merkte es auf der Reise und kehrte um, denn sie glaubte nicht, dass ihr Gefühl sie täuschte, und sie wollte nicht, dass ihr Tier verendete. Als sie wieder bei ihm war, flüsterte sie dem Pferd zu, dass es nicht so wichtig gewesen sei, was sie holen wollte, dass sie stattdessen lieber bei ihm bliebe, woraufhin das Pferd, das sie verstanden hatte, sofort freudig aufstand und um sie herumtänzelte.

Plötzlich warf sie sich auf die Erde. Sie schrie, sie wolle nicht mehr leben. „Ich will nicht mehr. Ich will nicht mehr."

„Bitte beruhigen Sie sich!", bat ich. „Nein, ich kann mich nicht beruhigen", wimmerte sie und nahm die Haltung eines Embryos ein. Zwischen ihren Schluchzern stieß sie ein „Nein, Nein" aus. Es klang wie das Nein eines bockigen Kindes. Sie ballte ihre kleinen Hände zu Fäusten.

Ich saß hilflos in meinem Sessel und versuchte, mich zu beruhigen, denn durch ihren Ausbruch war ich selbst in Unruhe geraten, ich möchte sagen in Sorge.

Sie stand Gott sei Dank wieder auf und nahm erneut mir gegenüber Platz.

„Was war denn los?", fragte ich sie, „Es war doch alles in Ordnung. Der Ortswechsel war doch für Sie und Ihr Pferd ein Erfolg!"

Sie lachte kurz auf. „Äußerlich", sagte sie. „Äußerlich", wiederholte sie. „Äußerlich sind die Kerle, vielmehr das Pärchen, verschwunden, das stimmt, sie sind nie wiederaufgetaucht. Aber innerlich verstehen Sie, innerlich quälen sie mich weiter. Innerlich sind sie auferstanden und wollen mich umbringen. Ich weiß gar nicht, wie sie in mein Inneres gelangt sind. Ich dachte ja auch, aus den Augen aus dem Sinn und dann sowas. Plötzlich sind sie in meinem Inneren und lachen sich ins Fäustchen, dass sie bei mir eingebrochen sind. Sie höhlen mich aus, bis ich kein eigenes Inneres mehr habe, nur noch eine Schale, meine Haut übrigbleibt, die in sich zusammenfällt!"

„Ich frage mich", sagte ich zu ihr, „wie diese dreisten, Mordabsichten hegenden Personen in ihr Inneres gelangen können, denn da ist doch gar kein Platz für sie. Schauen Sie doch mal, was für eine schmale Person Sie sind. Wenn diese Kerle, wie sie sagen, tatsächlich in Ihnen wären, dann müssten sie doch viel, viel, viel dicker sein, so dick, dass sie aus allen Nähten platzen würden. Verstehen Sie, es ist nur ein Gefühl, es fühlt sich nur so an, als seien sie in Ihnen, aber in Wirklichkeit kann das niemals passieren. Wenn Sie diese Unterscheidung treffen könnten, würde Ihnen das sehr helfen. Sie könnten die inneren Unruhestifter als nicht real erkennen und auch erkennen, dass sie Ihnen deshalb nicht wirklich schaden können. Wenn sie diese Unterscheidung immer wieder vornehmen, werden die Sie beunruhigenden Geister sich auflösen. Es kann immer mal wieder sein, dass sie auftauchen, weil wir im Alltag nicht immer gleich stark im festen Sattel sitzen, aber wenn wir gelernt haben, mit ihnen umzugehen, stellen sie kein wirkliches Problem mehr dar, das uns umhaut."

„Sie sprechen auf einmal von „wir", mit anderen Worten, Sie kennen das?" „Oh ja, ich kenne das auch, ich würde sagen, wir alle, auch all die anderen Menschen haben das schon erlebt, dass sie die innere Welt für die äußere genommen, sich geängstigt, ja Todesängste ausgestanden haben.".

„Wirklich alle?" „Nein wahrscheinlich nicht alle. Aber doch viele."

Lange hörte ich nichts mehr von ihr, aber dann flatterte eine Einladung ins Haus. Es war Folgendes in ihrem Leben passiert:

Weil das Pferd oft in die Höhe sprang, offenbar das Springen genoss, kam sie auf die Idee, mit ihm ein Hindernistraining durchzuführen. Es war die beste Idee, die sie je hatte, denn das Pferd und sie in seinem Sattel hatten unglaubliche Freude daran. Es waren zwei Jahre Training vergangen, als sie ihr Pferd und sich zu einem Turnier anmeldete. Beide waren voller Kraft und Leidenschaft dabei. Als jedoch etwa die Hälfte geschafft war, sah sie plötzlich die Männer, die sie ermorden wollten, um endlich an ihr leidenschaftliches, begeistertes, kräftiges Pferd zu gelangen. Sie sah wie sie einen Todesschreck bekam und vom Pferd fiel. Aber dann, schon in den nächsten Sekunden, rief sie sich zur Ordnung. Sie sagte mir später, sie hätte mich in diesem Moment vor sich gesehen, nicht unter den Zuschauern, sondern vor ihrem inneren Auge und an meine Worte gedacht, dass sie eine Unterscheidung treffen müsste zwischen dem, was real draußen war und den sie bedrohenden Quälgeistern in ihrem Inneren. Es sei ihr geglückt, das Innere vom Äußeren zu trennen, das Gleichgewicht zurück zu gewinnen, die Schrecksekunden aufzuholen und wettzumachen. Als sie auf dem Siegerpodest stand, mit einem Siegerpokal in den Händen, schwenkte sie ihn in meine Richtung und lächelte, denn sie hatte mich jetzt unter den Zuschauern entdeckt.

Die Wohnung

Ein Verrückter, der die Wohnung nicht räumen wollte. Er beteuerte, dass er die Wohnung gekündigt habe und bis zum Datum X die Wohnung geräumt haben würde, „besenrein" übergeben, wie es hieß. Heutzutage musste das mehr als nur besenrein sein, einmal durchfegen reichte nicht. Es musste nicht renoviert werden, aber der alte Zustand, der bei Einzug bestand, musste wiederhergestellt werden, und die meisten Wohnungen waren in einem bezugsfertigen Zustand gewesen. Vielleicht war das das Problem, die Renovierung, die ihm zu viel Arbeit abforderte. Handwerker zu bestellen war nicht seine Art, obwohl das Geld vorhanden war, denn seine Mutter hatte ihm eine dicke Lebensversicherung hinterlassen. Was quälte ihn also? Im Haus gab es die wildesten Spekulationen. Er würde die Wohnung als Liebesnest nutzen, beschmutzen, denn er war in zweiter Ehe verheiratet und hatte drei Kleinkinder zu versorgen, natürlich mit seiner Frau zusammen, die wie er berufstätig war. Er brauchte mal eine Auszeit, die konnte er sich hier nehmen in der alten Wohnung seiner Mutter, wenngleich er sich oft mit ihr gestritten hatte. Sie behauptete stets, dass er verrückt wäre, dass sie mit ihm nicht reden könne, weil sein Kopf bekifft sei. Er hielt sie gleichermaßen ob ihrer Behauptungen für verrückt. Die „Paartherapie" hatte ihre beiden Standpunkte nicht geändert, aber sie hatten doch verstanden, dem anderen mehr Freiheit einzuräumen und Distanz aufzubauen, denn sie waren schließlich kein Paar, sondern Mutter und Sohn.

Warum gab er die Wohnung nicht her? Konnte er sich aus der Verzettelung, ja Verkettung mit der

Mutter nicht befreien? Wollte er es nicht? Wollte er nach wie vor in diesem speziellen Mutter-Kind-Verhältnis auferstehen und leben?

Die Wohnung hatte einen Garten, er hätte gut und gerne mit Frau und Kindern einziehen können. Aber er wollte die Wohnung, die jetzt stellvertretend für die Mutter für ihn da war, für sich alleine. Er hatte sie nie wirklich gehabt, brauchen können entsprechend seiner kleinkindlichen Bedürfnisse, denn sie hatte ihn von Anfang an in die Krippe gegeben, das war sein ewiger Vorwurf an sie. Er meinte, die Krippe sei eine Verwahranstalt gewesen und habe ihm nicht gegeben, was ihm zugestanden hätte, nämlich emotionale Wärme und Fürsorge. Natürlich waren da die Wochenenden und die Feierabende, jedoch waren die von Einkäufen und Putzereien besetzt, er musste seinem Vermögen entsprechend mit anpacken, zumindest jedoch immer dabei sein. Dieses immer Dabeisein wurde ihm genauso zum Trauma wie das Weggeperrtsein in der Krippe. Die Mutter ahnte nicht, dass das eine wie das andere nicht fürsorglich war, sondern wie er behauptete, Eigennutz. Aus Eigennutz hätte sie ihn bekommen, um damit seinen Vater an sich zu binden, was ihr misslang. Aus Eigennutz habe sie ihn in die Krippe gegeben, weil sie unbedingt ohne Pause in ihrem Beruf weiterarbeiten wollte, um dafür Lorbeeren bei den KollegInnen und anderen Leuten zu ernten. Aus Eigennutz habe sie ihn darüber hinaus immer „bei Fuß" gehalten, um jemanden an ihrer Seite zu haben, um der Einsamkeit auf diese Weise zu entkommen.

Als sein Alkohol abhängiger Vater starb, der alleine lebte und ihm 20.000€ hinterließ, machte er sich zum Entsetzen seiner Mutter aus dem Staub, verprasste das Geld im Ausland wie sie ihm vorwarf. Er rauche dort tagein und tagaus sein Gras, behauptete sie ohne es jedoch wissen zu können.

Jetzt trauerte er um sie, sprach mit ihr in der leeren Wohnung, sagte ihr alles, was er auf dem Herzen hatte, mochten die Nachbarn denken, dass er hier eine Geliebte beherbergte. Es ließ sich vielleicht sagen, dass seine Mutter in diesen Tagen, Wochen und Monaten, in denen er die Wohnung nicht hergab, seine Geliebte wurde, die er zum Zuhören zwang. Er redete sich seine Verlassenheit von der Seele, die er als Kind empfunden hatte, beschrieb seine Gefühle, die er empfand, als er größer wurde, seine Wut darüber, dass sie ihn nicht verstand, ja nicht einmal versuchte, ihn zu verstehen, ja ihn nicht einmal anhören wollte und wenn, ließ sie ihn nicht ausreden, unterbrach ihn und tat alles als Spinnerei, als Einbildung ab. Er warf ihr vor, dass sie ihn vereinnahmt hätte, dass er immer wie ein

Hund bei Fuß sein musste. All das sagte er ihr in dieser schon fast leer geräumten Wohnung. Die Gardinen hingen noch, die Pflanzen waren noch da und einiges andere, um sich zu setzen oder zu legen. Aber es war nicht mehr ihre Wohnung, ihr Interieur fehlte, das, was es ihr gemütlich gemacht hatte. Jetzt sollte sie sich an nichts mehr festhalten, orientieren können, jetzt sollte sie büßen, ihm nur noch zuhören. Kein Ort war geeigneter, um seine Mutter in Fesseln zu halten, ihr das anzutun, was sie ihm angetan hatte. Er dachte, sie könnten gleichauf kommen, auf Augenhöhe, könnten Gleichberechtigte werden, aber das war schlechterdings unmöglich. Auch wenn sie jetzt stumm blieb und ihm das Wort nicht abschnitt, sondern es ihm überlassen musste, so war sie doch die Frau, die ihn geboren hatte, die ihn in ihrem Körper getragen und ihn mit ihrem Blut genährt hatte, den kleinen Wurm, das gekrümmte, ganz kleine Embryo. Das war nicht vergessen. Das blieb, auch wenn er noch Monate weiterreden würde. Die Tatsachen konnte er mit keinem Gras wegrauchen. Am Ende würde er klein beigeben müssen. Am Ende würde er seine Schuld eingestehen müssen, dass auch er Fehler gemacht hatte, am Ende war sein Konto leer, leer geraucht und leer geredet. Aber noch war es ja nicht so weit, alle Illusionen blieben hellwach, wurden genährt durch immer neue Gerichtsverhandlungen, die er gegen seine Mutter, die auf der Anklagebank saß, inszenierte. Allerdings hatte er zwischendurch das Gefühl, er müsse sich selbst auch dorthin setzen. Doch gab es niemanden, der ihn hätte anklagen können. Die Anklagen und Klagen seiner Mutter hörte nur er, und er verwarf sie: „Wenn du nicht das und das gesagt, getan hättest, dann hätte ich nicht das und das gesagt und getan", immer lief es darauf hinaus. Immer war sie, die in seinen Augen schuldig gewordene Mutter, der Auslöser für sein Handeln, das nicht frei gewesen sei, sondern eine Folge ihres Seins, Tuns und Handelns ihm gegenüber, an ihm.

Er ignorierte das Klopfen an der Wohnungstür. Niemand traf ihn im Hausflur, beim Kommen und Gehen. Möglicherweise geschah das zur Nachtzeit.

Aber einmal wachten dann doch alle auf. Seine Frau war mit samt den Kindern gekommen und rief ihn heraus. Er solle um Gottes willen endlich nach Hause kommen. Sie würden ihn brauchen. Er solle seine Zeit nicht vertrödeln. Seine Mutter sei tot. Er solle das endlich begreifen. Er habe Verantwortung, er habe Kinder.

Er hörte seine Frau, aber er war sich nicht sicher, ob sie nicht mit seiner Mutter gemeinsame Sache machte. Denn manchmal hörte sie sich so an wie sie. Er musste sich fürchten. Sich schützen. Was wollte sie? Warum ließ sie ihn nicht in Ruhe? Seine

Kinder hatten doch sie, er habe auch keinen Vater gehabt, das Wichtigste sei doch die Mutter. Die müsse nur alles richtig machen. Dann wäre alles perfekt.

Aber doch wurde ihm ziemlich unheimlich. Seine Kinder schrien vor der Tür und klopften. Sie klopften sogar von draußen ans Fenster, trommelten gegen die Fensterscheibe. Er war drauf und dran, die Tür zu öffnen. Zögerte.

Plötzlich jedoch riss er die Tür auf, die Kinder stürmten hinein und hängten sich an ihn. Seine Frau schrie wütend: „Wie kannst du uns nur so lange alleine lassen! Das geht so nicht weiter!" Er zog sie hinein und schloss die Tür vor den neugierigen Blicken der Nachbarn, die erschienen waren. Sie lauschten dem Streit solange sie verstanden, was gesagt wurde. Dann jedoch wurde es still, sogar die Kinder waren nicht mehr zu hören, waren vielleicht eingeschlafen.

Am nächsten Tag stand die Tür einen Spalt breit auf, sie gingen hinein und sahen, dass alles ausgeräumt war, sogar die Pflanzen waren weg und auch die Gardinen abgenommen. Das mussten fleißige und schnelle Hände erledigt haben. Der Name war vom Briefkasten und von der Türklingel entfernt worden. „So geht das doch nicht!", sagten die HausbewohnerInnen, „Das gehört sich doch nicht, eine Wohnung so zu hinterlassen!" Der

Wohnungsschlüssel lag auf einer Ablage mit einem Zettel, auf dem stand geschrieben: „Für den Vermieter". „Sowas aber auch!", tuschelten die HausbewohnerInnen, denn nicht nur das stand dort, sondern auch: "Wir machen Urlaub in Peru!" Der Hausmeister, der ebenfalls im Haus wohnte, sagte schlichtend: „Das hat er sicherlich geschrieben, damit der Vermieter weiß, dass er in der nächsten Zeit nicht erreichbar ist." "Wie das seine Mutter wohl fände?!", sagte eine Nachbarin, die mit der Mutter enger befreundet war, „wahrscheinlich wird er in Amerika ihre Lebensversicherung verprassen!" „Na und!", sagte eine andere, „soll er die jetzt schon für seine Altersversorgung aufsparen?!" Manche zuckten mit den Schultern, manche sagten noch etwas und schließlich gingen alle auseinander. Der Hausmeister, schloss die Wohnung ab, nahm den Schlüssel an sich und sagte: „So wie ich den Vermieter kenne, wird jetzt erstmal gründlich saniert und dann teuer vermietet."

Ein alter Song

Ein schöner Blumenstrauß im Café auf jedem Tisch, nur klein, in einem Wasserglas, das sonst zum Trinken benutzt wird. Die langstieligen Blumen sind für das kleine Glas gekürzt worden. Orangefarbene Lilien, zwei rote Tulpen, ein taubenblaues Kugelgewächs, außerdem etwas Grün, ein Zweig mit kleinen, grünen Blättern. Sie erinnerte sich, dass der Strauß gestern noch anders gemischt war. Aber über Nacht sind einige Blumen verblüht, sie wurden aus dem Strauß entfernt, die noch blühenden wurden auf die Wassergläser verteilt. Auch zu Hause ließen die Rosen die Köpfe hängen, der Flieder war bis auf einen Zweig verblüht. Wie schnell das doch ging! Aber kein Wunder, denn sie stecken ja nicht in der Erde, sondern abgeschnitten von ihren Wurzeln im Wasserglas. Das ist wie bei den Menschen, die, die in der Erde verwurzelt sind, die, wie der Volksmund sagt, mit beiden Beinen auf der Erde stehen oder sogar mit beiden Beinen auf dem Boden der Tatsachen, sind geschützt durch die Verbindung zur Mutter Erde. Die anderen, die weniger geschützten, gehen ein, werden zertreten, in die Erde hineingetreten. So gesehen nimmt Mutter Erde sie alle auf. Aber wer ist Mutter Erde?

Sie erinnerte sich, als sie das erste Mal mit K. schlief, legte er einen song von Eric Burdon auf: „Mother Earth" oder „Birth", jedenfalls erinnerte sie die Wörter „hole" und „mother" und „earth" oder „birth" mit erdiger Stimme gesungen. Sie glaubte, es ging darum, dass wir aus dem Loch von Mutter Erde kommen und dorthin zurückkehren. Sie wusste nicht, warum er ausgerechnet das auflegte. Sie erinnerte sich an den Schallplattenschrank, der sich am Kopfende seines Bettes befand, liegend konnte er den Hebel mit der Nadel bewegen und auf die Schallplatte setzen, diese begann sofort sich zu drehen. Sie fand, die Musik hatte etwas Depressives, Dunkles, Mysteriöses, drückte für sie Gefangenschaft im Kreislauf der Natur aus. Sie hatte es über all die Jahre nicht vergessen, denn sie fand es merkwürdig, dass er ausgerechnet diese Platte auflegte. Es war ein Rätsel, das sie nicht lösen konnte und würde.

Sie hatte allerdings immer das Gefühl, dass er ihre Scheide als Loch der Mutter Erde empfand, in das er auf magische Weise hinein gesogen wurde. Er hatte einmal verlauten lassen, dass diese Anziehungskraft, welche dieses „Loch" auf ihn ausübte, etwas wie die Anziehungskraft des Todes für ihn hatte. Deshalb hatte sie, ohne es zu wollen, Schuldgefühle entwickelt. Sie fühlte sich schuldig, dass er sich von ihr angezogen fühlte, weil er sich in ihrem „Loch" so wohl fühlte, denn das tat er, mit vollen Zügen genoss er die „Herrlichkeit", die er dort erleben konnte. Aber hinterher war es wieder nicht gut, als wenn er darauf reingefallen wäre. Unbeirrt schimpfte er auf dieses „Loch", das ihn in den Bann zog. Vielleicht teilte er deshalb die Frauen in Huren und Heilige ein, wie es schon immer Tradition war.

Wenn Männer sich vor Frauen fürchten, so hatte sie gelesen, so deshalb, weil sie sich unbewusst daran erinnert fühlen, dass sie aus dem Bauch der Frau kommen, den Weg von der Gebärmutter über die Scheide nach draußen genommen haben, meistens ein schmerzhafter Weg für beide, für Mutter und Kind. Viele fühlen sich deshalb auch unbewusst durch die Partnerin an die Mutter erinnert, die sie in ihrem Körper „gefangen hielt", sie mit ihrem Blut ernährte und sie geborgen hielt. Das alles ist für manchen Mann zu viel. Er kann sich nicht freuen, spontan sein. Es ist wie eine Krankheit, die er in sich hat, diese mehr oder weniger unbewusste Furcht, zurückgerissen zu werden, vom Uterus erneut verschlungen zu werden.

Manche Männer mögen dabei sein, wenn ihre Partnerin das Kind zur Welt bringt, andere scheuen sich davor, auch weil sie befürchten, dann nicht mehr mit ihr schlafen zu können, ihre Geschlechtsorgane nicht mehr für sich sexualisieren zu können, sondern stattdessen nur den Gebärkanal vor Augen haben und ihre Partnerin fortan als Mutter empfinden. Nicht wenige Paare nennen sich gegenseitig Mutter und Vater, Mama und Papa oder sogar Opa und Oma. Das war bei ihren Eltern auch so.

Die verblühten Blumen würden in den Bioabfall kommen und zur Mutter Erde zurückkehren.
Die Bedienung des Cafés sagte, dass sie für den „coffee to go" überlegen, Becher anzuschaffen, die mehrere Male verwendet werden können. Aber jedes Mal sei im Grunde schon einmal zu viel. Früher gab es das nicht. Sie nickte. Auch würden sie überlegen, ob sie die Strohhalme, die aus Plastik sind und schwarz, durch Papierstrohhalme ersetzen könnten, das sei aber vielleicht zu teuer. In den Weltmeeren liege viel Plastik, auch die Meere gehören zur Mutter Erde. Sie teilte seine Ansichten. Er hatte gute Ansichten, war umweltbewusst, obwohl er noch so jung war. Früher war das nicht so. „Das Beste wäre, keine Plastiktüten mehr herauszugeben und keinen Zucker. Aber die Gäste wollen Zucker!" Er schüttelte den Kopf. „In allem

ist Zucker!" schimpfte er, „Mutter Erde wird nur ausgebeutet. Draußen rauchen die Gäste pur, sehen Sie sich das an". „Ja", sagte sie, „manche sind hemmungslos", sie erzählte ihm, dass sie am Morgen mit ihrem Fahrrad hinter einem Auto fuhr, das sage und schreibe schwarzes Abgas ausstieß. Mit dem Fahrrad fuhr auch eine Mutter dem Auto hinterher, die vorne ihr Kleinkind im Korb hatte. Sie tat ihr besonders leid. „Dem müsste das Auto weggenommen werden", sagte die Bedienung mit einem weißen Cap auf dem Kopf. Das war auch ihre Meinung. „Aber gegen die stinkenden, Gift ausstoßenden Autos wird so gut wie gar nichts unternommen", sagte er, „dabei vergiftet uns jeder Autofahrer, jede Autofahrerin. In vielen Dosen werden wir tagtäglich vergiftet. Die AutofahrerInnen in ihren geschlossenen Fahrzeugen merken davon nichts, sie müssen ihre Abgase nicht einatmen". Sie stimmte ihm ohne Wenn und Aber zu. „Glauben Sie mir", sagte er, „wir sind bald K.0., Ihre „Mutter Erde", er ließ ihr zuliebe auf YouTube Eric Burdon mit „mother earth" laufen, denn sie war um die Mittgaszeit die einzige im Lokal „Katze" in der Schanze, damit sie prüfen könnte, ob es das Lied war, was sie nochmal hören wollte. Es ging ihr vor allem um den Text. Er selbst war so jung, dass er Eric Burdon nicht kannte. „Aber nicht schlecht", meinte er. „Naja,

Burdon ist nie so richtig mein Fall gewesen", sagte sie. „Wahrscheinlich auch nicht ihr Liebhaber?!", sagte er fragend und grinsend, denn sie hatte ihm sogar erzählt, um zu begründen, warum sie das Lied suchte, bzw. dessen Text, dass ihr damaliger Freund es auflegte, als sie das erste Mal miteinander schliefen. „Das stimmt", sagte sie, „und leg doch gerne wieder deine Musik auf!" Er wechselte die Musik und fragte: „Was hörst du! denn gerne?!" „Ach", sagte sie „im Moment „Michael Wollny". „Das ist natürlich weit entfernt von Burdon", sagte er. „Ja", meinte sie, „das sind verschiedene Welten". „Wie damals", grinste er. „Wie damals", bestätigte sie grinsend. Dann wechselte sie das Thema, sie wies auf den unmerklich welkenden Blumenstrauß und sagte: „Morgen sind die Blumen ganz hin". „Ja", sagte er „aber dann gibt es neue!" „Ich lass mich überraschen!", sagte sie, während sie sich erhob, langsam zur Tür ging und sich zu ihm umdrehte, um sein Abschiedslächeln zu empfangen und ihm ihres zu schenken.

Unschuld

Das gab es wirklich, dass jemand einem Angst und Schrecken einjagen konnte wie etwa die Hauswarte im 3. Reich, aber nicht nur zu der Zeit. Sie meinen über alle Mieter informiert zu sein, sich über sie informieren zu dürfen, erst klamm heimlich, dann offen und dann aggressiv. Sie hießen auch Blockwarte, denn sie inspizierten ganze Häuserblocks, nicht nur ein Mietshaus. Frau Kakis erzählte, dass so einer immer wieder zu ihr kam, er fragte, warum sie noch keine Hakenkreuzfahne aus dem Fenster gehängt hätte. Sie erfand stets neue Ausreden. Sie war stolz auf Frau Kakis, die sich gegen diese Schergen gewehrt hatte so gut sie konnte. Auch von einigen Frauen im Haus war sie nicht gut angesehen, diese versuchten sie zu schikanieren, weil sie eifersüchtig und neidisch auf ihren Posten als Hausmeisterin waren. Sie hatte ihr Leid zu klagen. Diese Leute waren immer noch da, während Frau Kakis längst gestorben war. Jetzt beäugten sie sie. Schon seit ihrem Einzug war das so. Es ist eine Krankheit. Es wird Nachbarschaftshilfe propagiert, aber diese hat auch seine Kehrseite. Manche machen daraus ein

Informationsnetz, eine Datensammlung, verteilen in allen Briefkästen fett gedruckte Aufforderungen, sich auf Onlineportalen für die Nachbarschaftshilfe zu registrieren, weil es einem ja am Wochenende an Mehl fehlen könnte, und da wäre ja vielleicht ein Nachbar oder eine Nachbarin, der oder die zwei Straßen weiter wohnte, bereit, auszuhelfen. Früher wurde ganz einfach bei einem Nachbarn oder der Nachbarin geklingelt. Ihr Sohn allerdings registrierte sich und suchte in der Nachbarschaft nach einem Garten oder Hof, wo er sein Zelt probehalber aufbauen könnte, um zu prüfen, ob es noch tauglich und alles vollständig war. Aber gemeldet hat sich kein einer, keine eine. Heute lernten viele nicht nur ihre PartnerInnen im Internet kennen, sondern offenbar auch ihre Nachbarn, ihre Nachbarinnen und ihre Nachbarschaft. Was für eine Errungenschaft!

Ihre natürlich gewachsenen Freundschaften, die im Haus entstanden waren, existierten nicht mehr, denn all diese Personen waren inzwischen ausgezogen. Zu den neuen Nachmieterinnen war der Abstand immens groß, eine andere Generation war in das Haus eingezogen. Darunter die bedrohliche Mieterin, die unter ihr eingezogen war mit ihrem genauso bedrohlichen Mann. Natürlich, sie könnte ausziehen, aber was hätte sie dann für Nachbarn, Nachbarinnen? Die Umwelt hatte daran

Anteil, ob man/frau aufblühte oder sich verschloss, weil engstirnige Menschen sie umgaben. Sie hatte sich entschieden zu bleiben, zu schweigen, aus dem Weg zu gehen, zu grüßen und nichts weiter. Es oblag ihr, auszuziehen in der Hoffnung, es besser anzutreffen, aber das war nicht vorherzusagen.

Schon das junge Mädchen war bedroht, weil es so ungehindert lebte ohne sich einer Gefahr bewusst zu sein. Wie die 13-jährige Tochter, die sie gestern kurz bei einer Freundin erlebte. Sie stand im Türrahmen in Strumpfhose und T-Shirt und fasste sich mit der einen Hand in den Schritt, es sah so aus, als kneife sie mit der Hand ihre Schamlippen zusammen oder zwirbelte sie. Das dauerte eine ganze Weile an, solange bis ihre Mutter das Fieberthermometer gefunden hatte, das die Tochter sich dann in den Mund steckte. Es war offensichtlich auch nicht so, dass die Strumpfhose sie im Schritt behindert hätte. Sie war sicher, dass die Tochter sich im Schritt anfasste, ohne dass es ihr bewusst war, wie die Geste wirken könnte. Sie sagte nichts, um sie in ihrer Unschuld zu belassen und auch die Mutter sagte nichts.
Und wie war das mit dem jungen Mädchen, das im Café an ihrem Computer saß, im Internet surfte und manchmal ihr Handy zur Hand nahm, um ihre Nachrichten einzutippen. Das Mädchen war vielleicht 15 Jahre alt, es trug ein Hemd mit sehr

dünnen Trägern, dazu eine nur den Po bedeckende Shorts. Für ihr Gefühl präsentierte sie sich fast nackt und weil sie so jung und zart, so dünn und schmal war, wirkte sie wie ein schutzloses Kind. Aber offenbar dachte sie auch keinen Moment daran, bedroht zu sein, dass andere sich an ihrem Anblick weiden und Absichten entwickeln könnten. Sie selbst hatte in dem Alter auch nicht daran gedacht, jedenfalls nicht bewusst. Sie war zwar nicht unbekümmert gewesen, das nicht, vielmehr zurückgezogen, aber sie registrierte bedrohliche Blicke, etwa des Mieters, der aus dem Fenster schaute, wenn sie im Bikini im Garten über ihren Schularbeiten saß. Sie erinnerte sich auch an das Gesicht des Rollstuhlfahrers, der, solange er als Mieter in demselben Haus wohnte, stets in seinem Rollstuhl neben der Haustür saß, sie provozierend anblickte, während sie an ihm vorbei musste, und sie musste ja an ihm vorbei. Es gab unzählige solcher Beispiele. Es lag nicht an ihrer Kleidung, nein, sondern an ihrem Kind Sein, daran, dass sie zu einem jungen Mädchen heranwuchs. Es war genau diese „Unschuld", der sich die Männer bemächtigen wollten. Sie meinte nicht das Jungfernhäutchen, das auch, jedoch, wollten sie ebenso die Unbekümmertheit zerstören, die kindliche Lebenslust, die kindliche Freiheit, die Unschuld, die an nichts Bedrohliches dachte, das in seinen Raum dringen könnte, sie greifen, antatschen, anfassen mit allen seinen Folgen.

Sie erinnerte sich an einen Freund der Familie, der sich im Beisein aller über die „Titten" seiner heranwachsenden Tochter lustig machte, sie dadurch demütigte und ihre Unschuld zerstörte.

Es hatte sie auch erschreckt, als der Mann, ein Kinder- und Jugendlichen Therapeut zu ihr sagte, dass er es schwer finde, der Verführung, die durch die Jugendlichen provoziert würde, nicht nachzugeben. Sie fühlte ihre Angst, dass er sich an einer jugendlichen Klientin eines Tages vergreifen könnte.

Warum mochte sie es nicht leiden, einfach so angefasst zu werden, an den Händen, an der Schulter, am Arm? Sie war doch fortgeschrittenen Alters, trotzdem kam es ihr so vor, als sei es ein Übergriff, ein Angriff auf die Unversehrtheit ihrer Person. Wenn derjenige so tat, als meine er es gut, aber gar nicht mit ihr redete. Er fasste sie nur an und etablierte damit eine sexualisierte Beziehung ohne Emotionalität, geistiger Nähe und Auseinandersetzung. Sie schüttelte sich. Das war ihr noch nie passiert, nicht auf diese Weise, so subtil, sich unmerklich mehr und mehr einschleichend bis sie keinen Widerstand mehr geleistet hätte, nicht können. Er wollte gar nicht mit ihr reden, er meinte es gar nicht ernst, er wollte sich gar nicht von seiner Frau trennen, er wollte sie nur anfassen, mal hier, mal da und sehen, dass er irgendwann zum Ziele käme.

Der Körper, auch wenn er älter geworden war, veränderte sich nicht, er war der im Grunde junge, taufrische, unschuldige Körper, der abermals zerstört wurde.

Ein grüner Apfel

Was sollte sie mit einem grünen Apfel. Wenn etwas grün war, war es nicht reif und wenn etwas nicht reif war, sollte es nicht gepflückt werden oder gar gegessen. Das war ungesund, verdarb den Magen, konnte Durchfall verursachen. Lieber abwarten, bis Rotbäckchen erschienen war und einen lieb anschaute, um Lust zu erzeugen, hinein zu beißen, wenn die Zähne es aushielten.

Was hielt sie sich mit einem Apfel auf, draußen schien die Sonne, und sie überlegte, ob sie den Apfel essen sollte oder nicht oder was immer sie damit anfangen sollte, jedenfalls in Ruhe lassen konnte sie ihn nicht.

In die Sonne ging sie nicht, aber dafür ins Erdgeschoss. Sie nahm den Apfel vorsichtshalber mit. Oben konnte sie unmöglich bleiben, da breitete sich ein Typ aus, der endlos und laut telefonierte ohne Rücksicht auf andere zu nehmen. Hier unten war es insofern auch besser, weil hier die Tür aufstand. Die Luft, die eindrang, war zwar nicht frisch zu nennen, vollgepumpt mit Abgasen, aber doch war Durchzug, es hatte deshalb den Anschein von Luftzufuhr. Heutzutage ließ sich ja nirgends mehr harmlos leben und atmen. Alles war auf den Ernstfall ausgelegt. Es könnte jederzeit einen Knall geben und unser Planet wäre erledigt, denn wir lieben ihn offenbar nicht, schützen ihn nicht, beuten nur seine Ressourcen aus. Den jungen Leuten war zu danken, dass sie sich allenthalben, oft unter Einsatz ihres Lebens, für den Umweltschutz einsetzten, gegen Ungerechtigkeiten, die die Politik als gerecht verkaufte, demonstrierten. Immer wieder müssen sie Verhaftungen befürchten, obwohl sie für das Gemeinwohl eintreten.

Der Apfel, woher kommt der Apfel? Es muss doch wohl noch Apfelbäume geben. Er ist natürlich gekauft, was aber nicht besagt, dass er keine Würmer in sich trägt, obwohl die mit Gift gespritzten Wurm frei sein sollen, deswegen bekommen sie ja das Gift, um alles Natürliche, wie eben auch Würmer, zu erledigen. Es ist zuzugeben, dass ein Apfel mit Wurm, wenn der so durch den Apfel fortschreitet, weder appetitlich noch essbar ist. Aber wie ist mit den wurmstichigen Äpfeln umzugehen? Am besten wäre es, den Wurm mit seinem faulen Umfeld herauszuschneiden und im Bioabfall zu entsorgen. Ihre Bekannte indessen beschritt einen anderen Weg, sie legte kurzerhand die beiden Würmer, die sie aus einem Buchsbaum auf dem Grab ihrer Eltern herausholte, auf die Granitumrandung und zertrat sie mit ihrem Fuß. Alle gingen anders mit Würmern um, die sie für Feinde hielten.

Es war einigermaßen lächerlich, dass sich ihre Gedanken um einen grünen Apfel kreisten. Konnte sie nicht hinnehmen, dass es grüne Äpfel gab, die trotzdem wie reife, rote Äpfel schmeckten? Sie könnte ihn zurücklegen, ihn dort verfaulen lassen, falls sie ihn nicht essen wollte oder ihn verschenken, aber wer wollte denn einen grünen Apfel geschenkt bekommen? Es müsste schon Apfelsaft sein oder Apfelmus oder Apfelgelee oder gedeckter Apfelkuchen oder Apfelstrudel. Aber so ein einzelner grüner Apfel war kein Geschenk, zumal nicht ausgeschlossen werden konnte, dass ein Wurm drinnen hauste.

Sie erinnerte sich an ihre Mutter, die abends zum Fernsehen Äpfel schälte und viertelte, sie oft fragte, ob sie auch davon essen möchte, möglichst sich dann auch hinsetzen, mit ihr fernsehen und geviertelte, frische Äpfel aus dem Garten essen. Ihre Eltern ernteten die Äpfel. Es war aber eher unabsichtlich, denn die Bäume waren einfach auf dem Grundstück schon gewesen. Sie mochte alle Sorten von Obst, auch Äpfel. Deshalb verstand sie nicht, dass sie mit diesem vor ihr liegenden Apfel haderte. Später, als die Mutter schon in hohem Alter war und alleine lebte, sammelte der auch schon betagte Nachbar, der regelmäßig nach ihrer Heizungsanlage schaute, die Äpfel auf und seine Frau kochte aus ihnen Marmelade, ihrer Mutter brachten sie dann auch immer einige Gläser.

Sie nahm den hellgrünen, mittelgroßen Apfel in die Hand und fand, dass er eine wächserne Haut hatte, als sei er tatsächlich gewachst worden, was sie noch mehr abschreckte. Sie wollte ja nicht in eine Wachsschicht beißen, auch wenn diese grün war, ihre Lieblingsfarbe neben Pink und auch Gelb und auch Hellblau und Rosa…. Sie überlegte die ganze Zeit wie die Apfelsorte hieß, die so auffällig hellgrün war ohne andere Schattierungen aufzuweisen. Sie hatte es einmal gewusst. Das Fleisch dieser Apfelsorte war besonders weiß. Der Name fiel ihr einfach nicht ein, wahrscheinlich weil sie meistens die Sorte Elstar kaufte, die sowohl rot als auch grün war. Aber ihr fiel das Märchen von

Schneewittchen ein, sie hatte ein Apfelstück gegessen und war daran gestorben, denn das Apfelstück war von der Stiefmutter vergiftet worden, weil der Spiegel dieser gezeigt hatte, dass Schneewittchen schöner war als sie. Schneewittchen mit den schwarzen Haaren war so wunderschön, das es von den Zwergen in einen gläsernen Sarg gebettet wurde. Als der Königssohn das wunderschöne Schneewittchen im gläsernen Sarg erblickte, verliebte er sich in sie. Seine Diener, die den Sarg in seinen Palast tragen sollten, stolperten, da spuckte Schneewittchen durch die Erschütterung das Apfelstück wieder aus und wurde lebendig. Natürlich wurde Hochzeit gehalten wie es in einem Märchen üblich ist. Die böse Stiefmutter, die Schneewittchen umbringen wollte, wurde lebenslänglich bestraft, aber dank Schneewittchens Fürsprache nicht getötet.

Vielleicht dachte sie unbewusst an das durch den Apfel vergiftete Schneewittchen. Wie sollte sie wissen, ob der Apfel nicht vergiftet wurde, denn wieso lag er da, wer hatte ihn hingelegt, sie verführen wollen, ihn zu essen, auch wenn sie nicht so schön war wie Schneewittchen?

Sie hatte doch schon viel Pech gehabt, warum sollte sie nicht vergiftet werden? Misstrauen war besser als Vertrauen. Es gab auch keinen triftigen Grund, einen Apfel zu essen. Er gehörte doch zu den Luxusgütern, war nicht dazu gedacht, den Hunger zu stillen. Gewiss, er war ein Vitaminspender, und es gab den Spruch „ an apple a day keeps the doctor away", einen Apfel am Tag hält den Doktor fern. Das war in der Tat ein Grund, denn sie vertraute sowieso keinem Arzt mehr. Warum war es so schwer, einen grünen Apfel zu essen? Wenn sie ihn schälen würde, wäre es leichter, in das weiße Fleisch zu beißen, es bis auf die Apfelkitsche zu verputzen. Ihr fielen die schwarzen Apfelkerne ein, die waren wirklich schön, manchmal wurden sie verschluckt, ohne dass das beabsichtigt war. Manche verdrückten die gesamte Apfelkitsche. Was hatte sie denn heute für ein Obst gegessen? Sie hatte schwarze Brombeeren gegessen, nur 100 Gramm in Bioqualität, das war ein bleibender Genuss. Vielleicht mundeten ihr Äpfel ganz einfach nicht mehr, schon gar nicht so ein eiskalter, grüner mit dem eiskalten, weißen Fleisch, dann schon lieber saftige Orangen. Es hatte sich eben geändert, was sie mochte und nicht mochte. Es hatte wahrscheinlich gar nichts mit dem Gift ihrer bösen Stiefmutter zu tun. Sie würde ihn trotzdem verschenken und sich morgen Himbeeren kaufen. Plötzlich fiel ihr der Name der Apfelsorte ein: Grany Smith, es war ein Grany Smith Apfel und Smith war der Name ihrer Schwiegermutter…

Ein Softie

Als sie erwachte, sah sie verschwommene, rätselhafte Szenen vor sich, die ihr nichts sagten, weil ihr der Zusammenhang fehlte. Sie war sich auch nicht im Klaren darüber, ob sie sich in einem Traum befand, denn hellwach war sie noch nicht. So viel Ungereimtes tat sich auf, das könnte sogar aus einem „Tatort" stammen, den es jeden Sonntagabend im TV gab, denn sie hatte inzwischen so viele Tatorte gesehen, dass sie es schlechterdings nicht für unmöglich hielt. Da hörte sie die Stimme eines Mannes, der an ihrem Bett stand, neben ihm ein zweiter. Bin ich jetzt wirklich im Tatort eingestiegen oder was?, denn der Mann sagte: „Kripo …, Kommissar…", und zeigte seinen Ausweis, genau wie der zweite Mann. Sie rieb sich die Augen. Jetzt stellte sie auch fest, dass sie nicht zu Hause in ihrem Bett lag, sondern in einem fremden, einem Krankenhausbett. Ach du je! „Sie sind Opfer eines Verbrechens geworden, wir hätten deshalb einige Fragen an Sie!" Sie schaute jetzt sicher blöd aus der Wäsche, aber an dergleichen erinnerte sie sich nicht. „Da müssen Sie mich erstmal aufklären!", sagte sie und wollte sich aufrichten, jedoch ließ sie das schnell bleiben, denn auf einmal spürte sie heftige Schmerzen. Dann schien es wohl tatsächlich einen Angriff gegeben zu haben. Sie bemerkte, dass ihre beiden Arme in Gips lagen. Ach du je und ach du Schreck, das ist ja furchtbar! Ich bin invalide! Wie lange würde das dauern? Das interessierte sie mehr als die Fragen der Kommissare. Sie rechnete mit der Standardfrage aus dem Tatort: „Haben sie Feinde?", und da war sie auch schon, die sich in jedem Krimi wiederholende Frage: "Haben Sie Feinde?" „Nicht, dass ich wüsste!", sagte sie, „Feinde stellen sich doch nicht als Feinde vor oder?!" „Nein, sicherlich nicht, aber manchmal gibt es so eine Ahnung?"„Nee, wirklich nicht! Ich bin eigentlich super zufrieden, nur dass mein Freund öfters mal Kacke redet und den Chauvi raushängen lässt. Mistkerl! Aber in echt ist er herzensgut!" „Dann brauchen wir mal den Namen ihres herzensguten Chauvinisten!" Sie seufzte und rückte mit dem Namen raus. „Außerdem brauchen wir die Namen von den Leuten, mit denen sie in der letzten Zeit zu tun hatten!" „Wollen sie die alle überprüfen?! Ach du meine Güte, die werden sich bedanken!" „Nützt aber nichts!" Endlich erfuhr sie von den Bullen, was vorgefallen war. „Es muss in ihrer Wohnung eine Schlägerei gegeben haben. Sie sind vermutlich weggestoßen worden und dabei so unglücklich gegen den scharfkantigen Glastisch gefallen, dass sie eine schwere Gehirnerschütterung erlitten und bewusstlos wurden, auch wurden bei dem Sturz ihre Arme schwer verletzt. Es ist ein junger Mann, vielleicht dieser Chauvinist, erschossen worden." Einer der Kripobeamten zeigte der jungen Frau ein Foto von dem Erschossenen. „Mein Gott, ja", rief sie, „das ist er!" „Ihr Freund?" Sie nickte und begann laut zu schluchzen, sie legte ihre Hände vors Gesicht und schwieg. Die Krankenschwester befand, dass es genug der Befragung war.

Viel haben wir nicht, bestätigten sich die Kommissare. Den Namen des Toten, und wir wissen jetzt, dass sie keine Feinde hatte, wenn wir ihr glauben wollen. Was sagt uns das? Das sagt uns, dass wir uns bei den Nachbarn umhören müssen.

„12 Stockwerke, ganz schön hoch", sagte der Kommissar. „Gibt ja `nen Fahrstuhl!", meinte sein Kollege. „Trotzdem, so`n Turmbau zu Babel ist irgendwie gefährlich". „Passt in die Gegend, ist ja nicht ungefährlich hier, denk mal, wie oft wir hier im Einsatz sind!" „Und meistens erfolglos!". „Das nun auch wieder nicht!" „Sie hielten den Fahrstuhl im 11. Stock an und klingelten. Eine junge Frau öffnete, sie wunderte sich nicht, dass etwas passiert war, denn, wie sie sagte, ging es in der Wohnung über ihr oft hoch her. Sie stritten sich laut, und sie liebten sich laut. Befreundet sei sie nicht mit ihr gewesen. Eher habe sie small talk mit ihr in der Drogerie gehalten, in der sie arbeitete. Die befand sich gleich am Siedlungsseingang, da kaufe sie einmal in der Woche ein, was sie so brauche. Ihr Typ sei nicht von hier, der käme immer mit einer Reisetasche fürs Wochenende und war dann die Woche über verschwunden. Ein dunkler Typ, immer mit Schirmmütze, so dass er nicht genau einzuschätzen war, trug meistens dunkle Klamotten. Es schienen ihr immer dieselben zu sein, aber gewaschen wirkten sie schon, die über ihr hätte eine Waschmaschine, das hätte sie sicher für ihn gemacht, die Wäsche gewaschen, wäre ja bestimmt nicht viel, was er so an Wäsche gehabt hätte. Ja, sie waren schon länger zusammen, das konnte auf die zwei Jahre zugehen.

Die Kommissare stiefelten in den 12. Stock. Das Ehepaar war ebenso gesprächig wie die junge Frau. Sie hatten die Polizei gerufen, als sie einen Schuss hörten. „Nette Leute", fanden die Kommissare später. Der junge Mann war laut Ehepaar nicht koscher. Das Fräulein sei stets korrekt zu ihnen gewesen, aber Ihr Freund sei bei jeder Begegnung grußlos an ihnen vorbei. „Das gehört sich doch nicht!", sagte die Frau. Ihr Mann stieß sie an und sagte leise: „Aber Helene, das sind doch junge Leute!" „Trotzdem, Karl, das ist unhöflich!" Also der habe sie wahrscheinlich ausgenutzt. Wie sie das meinten, fragten die Kommissare. Naja, wenn jemand immer nur mit der Reisetasche mal vorbeikäme, da habe doch das Mädel nichts davon. Laut hergegangen sei es auch. Der hat sich bestimmt nichts sagen lassen, dann war der wieder weg. Wie sie das gemeint hätten mit dem nicht koscher sein. Nun, alle wüssten doch, dass in dieser Gegend gedealt würde, und son schmutziges Zeug wird der wohl in seiner Reisetasche gehabt haben, seine Kleidung wäre ja immer dieselbe gewesen und die hätte er am Leib getragen, also irgendwas müsse ja in der Reisetasche gewesen sein. Sie könnten sich auch vorstellen, dass er erpresst wurde, denn da waren mal so dunkle Gestalten an seinem Auto, die hätten ihn hart angepackt, soweit sie das von so hoch oben hätten sehen können. Die hätten seinen Oberkörper mit dem Rücken an sein Auto gedrückt und ihn bedroht. Da müsse ja was im Gange gewesen sein. Erkennen würden sie die nicht, nur die gelb schwarze Schirmmütze des einen, der ihn gegen das Auto presste, da standen Buchstaben drauf, die sie aber aus der Entfernung nicht hätten lesen können.

„Unsere Einnahmen sind doch gar nicht so schlecht", sagte der Kommissar. „Nö, damit lässt sich schon was anfangen", meinte der andere. Da öffnete und schloss sich eine Wohnungstür direkt neben der Wohnungstür der Nachbarin, die im Krankenhaus lag, sie hätten sie fast übergangen wären, denn sie waren mit ihrer Beute schon ganz zufrieden. „Ach, entschuldigen Sie!", sagten sie fast gleichzeitig zu dem jungen Mann, etwa um die zwanzig Jahre alt, der an ihnen vorbei sprintete und gleich zwei Stufen auf einmal nahm, „Dürfen wir Sie kurz aufhalten?!" Sie zeigten ihre Ausweise, der junge Mann hatte in der Tat den Schuss gehört, jedoch, wie er sagte, sich nichts dabei gedacht, denn hier liefen doch viele mit Schreckschusspistolen herum. Er sei erst vor kurzem eingezogen und ja, er habe schon die Bekanntschaft der netten Nachbarin gemacht. Es tue ihm leid, dass sie im Krankenhaus liege. Den Toten, bei dem es sich um ihren Freund handelte, habe er auch kennen gelernt, jedoch war das eher negativ. Der hielt sich für etwas Besseres, motzte rum und ließ den großen Macker raushängen, das war in diesem hellhörigen Haus nicht zu verheimlichen. Er sei ziemlich genervt davon gewesen, dass sie sich beständig stritten, seiner Meinung nach überwog das ihr Liebesleben, von dem er wegen der Hellhörigkeit auch nicht ausgeschlossen gewesen wäre. Er würde sicherlich bald wieder ausziehen, denn das ginge einem ja auf die Nerven, das Leben der Nachbarn mit leben zu müssen. „Schönen Dank fürs Erste!" sagten die Polizisten. Ach und dann fiel dem einen doch noch eine Frage ein, nämlich die, bei welcher Gelegenheit er seine Nachbarin kennen gelernt hätte. „Das war witzig", sagte er, „die beiden gingen mir mal wieder auf die Nerven, weil sie stritten. Da kam ich auf die Idee, bei ihnen zu klingeln, um nach Milch zu fragen". „Nach Milch?" fragte einer der Kommissare belustigt. „Ja warum nicht?", sagte der andere, „früher war das üblich, beim Nachbarn zu klingeln, wenn einem ein Lebensmittel ausgegangen war!" „Ja, das stimmt überhaupt!", erinnerte sich der erste. „Also", fuhr der junge Mann fort, „es öffnete der genervte Typ und ich fragte, ob ich eine Tasse Milch bekommen könnte? Ich wollte die beiden aus dem Takt bringen, ihren „Ehekrach" stören." „Was? willst du?!", fragte mich der Typ und machte große Augen. Ich sagte ihm, mir sei die Milch ausgegangen, ich wäre gerade dabei, mir ein Omelett zu braten und wollte deshalb fragen, ob seine Freundin vielleicht etwas Milch erübrigen könnte. Ihr Typ fing an zu lachen und rief in die Wohnung hinein: „Hier steht ein Schlappschwanz vor der Tür. Der kann nicht mal seine Beine in die Hand nehmen und zum Supermarkt laufen!" Rums war die Tür zu. „Da waren Sie erst recht wütend, stimmt's?!" „Natürlich, wer lässt sich schon gerne als Schlappschwanz beleidigen. Hab ich nicht recht?!" „Ham se!" „Na bitte!" Jetzt war aber wirklich alles gesagt, als der Kommissar fragte: „Und wie ging es weiter?"„Ja, das Lustige war, fünf Minuten später klingelte es, als ich öffnete, stand seine Freundin, meine Nachbarin, vor der Tür, eine Schönheit, sag ich. Sie stand da mit einem süßen Lächeln und hielt mir einen Becher mit Milch hin". „Entschuldige", sagte sie, „mein Freund hat das nicht so gemeint, er ist manchmal ein bisschen grob." „Das ist er", sagte ich, „das lässt sich ja nicht überhören." „Sie blickte verlegen nach unten. Ich nahm ihr den Becher aus der Hand und sprach ihr meinen überschwänglichen Dank aus. Als sie wieder zurück in ihre Wohnung gegangen war, hörte ich ihn brüllen: „Es gefällt mir nicht, dass du diesem Schlappschwanz hinterherläufst!" Er knallte die Tür zu und sprang die Treppen hinunter. Ich lief auf den Balkon, von dort aus sah ich ihn unten an seinem Auto. Seine Freundin war auch auf den Balkon gelaufen und rief ihm zu, dass er zurückkommen solle. Er zeigte ihr den Stinkefinger, der wahrscheinlich auch mir galt, er stieg ein und brauste los. Da unsere Balkone nebeneinander lagen, war es so, als würden wir nebeneinanderstehen. Ich schüttelte den Kopf und sagte: „Das ist doch unmöglich, sich wegen so einer Kleinigkeit aufzuregen." „Das musst du nicht ernst nehmen", sagte sie, „er ist nicht so, wie du denkst, er hat halt seine Erfahrungen gemacht und mag es nicht, wenn sein Mädel anderen Typen hinterherläuft. Das war zwar nicht so, aber er hat es so gesehen, eben weil er in dieser Richtung Erfahrungen hat, er ist wegen eines anderen von seiner Ex verlassen worden." „Ja, sowas tut weh," sagte ich zu ihr, „trotzdem muss dein Freund doch nicht alles, was passiert, über einen Kamm scheren!" „Ja, das stimmt", sagte sie und entschuldigte sich, dass sie sich nun zurückziehen wolle nach dem Desaster, das sie erstmal verkraften wolle, auch wenn es nichts Neues sei in ihrer Beziehung." „Danke für die Infos!", meinten die Kommissare, „das war sehr hilfreich!" „Immer wieder gerne!" sagte der junge Mann, der auf den Fahrstuhl verzichtete und an ihnen vorbei die Treppe hinunter sprintete.

„Was bei den jungen Leuten alles so los ist!", sagte der erste Kommissar. „Ich finde das gar nicht so anders als bei den alten.", meinte der zweite. „Hast du auch wieder recht!" „Hängt denn bei Euch der Haussegen immer noch schief oder hat sich das wieder eingerenkt?" „So halbe halbe." „Das ist doch schon mal was, wenn auch nicht alles". Beide nickten.

„Wir müssen als nächstes unbedingt den Typen mit dem gelb schwarzen Cap finden, der den Freund bedrohte, wie das Ehepaar es gesehen haben will!" „Uns bleibt nichts anderes übrig. Wir müssen". „Und das Mädchen, vielmehr die junge Frau, müssen wir auch nochmal im Krankenhaus besuchen". „Auf jeden Fall, die erinnert sich mittlerweile vielleicht an Zusammenhänge".

Sie durchstreiften die Gegend, und hielten einige Jugendliche an, um zu fragen, ob sie einen mit gelb-schwarzem Cap kannten. Ja natürlich, das war ihr Chief. „Ein Chief? Und warum war gerade er der Chief?" „Weil er keine Angst vor Bullen hat!" „Und ihr anderen habt alle Angst vor den Bullen?" Sie lachten. „Das war doch ein Scherz!" „Haha! Wie lustig! Wo finden wir den denn?" „Da müssen Sie schon selber suchen, wir verraten doch niemanden". „Nein, natürlich nicht, aber so ein versteckter Hinweis?" „Was wollen Sie denn von ihm?" „Er soll jemanden bedroht haben!" Wieder Gelächter. „Das soll vorkommen!" Wieder lachen alle. „Das ist doch hier Usus, an der Tagesordnung. Wenn nicht gedroht oder bedroht wird, stimmt etwas nicht, dann sind wir nicht in unserem Element und nicht in unserem Viertel". „Es geht um einen Mann, der ein schwarzes Auto fährt, immer dunkel angezogen ist. Er kommt nur am Wochenende. Er ist von eurem Chief bedroht worden, wir wollen wissen warum, der Mann ist jetzt nämlich tot. Also wo steckt er?" „Drehen Sie sich mal um", rief einer der Jugendlichen und wies auf den Chief, der auf sie zukam. Die Polizisten gingen ihm entgegen. „Was haben meine Jungs ausgefressen?", fragte der Chief. „Nichts. Wir wollen von Ihnen wissen, warum sie am Wochenende diesen Mann bedroht haben?" Sie zeigten ihm das Foto des Toten. „Wenn Sie mich verdächtigen, ich war's nicht. Es stimmt, ich hab den Typen bedroht, vielmehr gedroht hab ich, denn er ist nicht von hier, einer von uns und spielt trotzdem den Großkotz mit seinem Auto, brettert mit hundert über unsere Straßen, um uns zu imponieren und vor allem, die Mädels glotzen ihm nach. Ich habe ihn nur in seine Schranken gewiesen, ihm unmissverständlich klar gemacht, dass das hier nicht sein Revier ist, dass es hier nicht nach seinen Regeln läuft, sondern nach meinen!". „Das war alles?" „Aber ja!" „Na, da haben Sie ja der Verkehrspolizei einen Dienst erwiesen!" „Und ob", sagte der chief grinsend, „vor allem mir, ich lasse mir nicht auf der Nase rumtanzen!" „Besitzen Sie eine Waffe?" „Aber nein!" „Gut, das prüfen wir noch!" „Wer bringt denn diesen Großkotz mit einer Waffe um? Da muss es ja um richtig was gegangen sein! Na, dann machen Sie mal schnell, nicht, dass noch einer drauf geht!". „Sie sagen es!".

„Das war wirklich keine heiße Spur". „Nö. In der Tat nicht". Mal sehen was uns die Kranke zu erzählen hat, sie müsste jetzt eigentlich vernehmungsfähig sein. Die Krankenschwester bestätigte ihnen, dass es heute besser um sie bestellt war.

Als sie ins Zimmer traten, sah die junge Frau ziemlich verheult aus. „Ich habe ihn doch so geliebt!", sagte sie. „Letzten Endes hat er immer auf mich gehört. Er mochte es gar nicht, mich zu verletzten, da hat er schon Obacht gegeben. Aber natürlich war seine äußere Schale abstoßend. Ich glaube, niemand hat ihn so gut verstanden wie ich. Er ist immer wieder zurückgekommen, wenn er davongelaufen ist, weil er sauer war!" „Jetzt erzählen Sie doch nochmal, was Sie erinnern bis zu dem Zeitpunkt, als Sie bewusstlos wurden". „Ich versuch's mal", sagte sie. „Also das war eine Woche später, wir stritten, was aber nichts Neues war. Auch der Grund war nicht neu. Er grabschte mich immer wieder an, obwohl ich keine Lust hatte. Er griff nach meinem Busen in meiner Hemdbluse, aber ich wollte nicht. Mir war nicht danach. Manchmal habe ich Lust und manchmal keine. So ist das bei mir. Manchmal dauert es länger, bis er seine Finger von mir lässt, manchmal zieht er gleich seine Hände zurück, es ist immer ein bisschen anders, am Ende respektiert er mich, und dass ich nicht will. Aber mein Nachbar, der unsere Gepflogenheiten nicht kannte, sah wohl rot und hämmerte an die Tür, bis ich ihm öffnete. Er stürzte sich gleich auf meinen Freund. Da hab ich mich zwischen die beiden geworfen. Der Nachbar hat mich gepackt und mit voller Wucht weggestoßen. Ich wusste gar nicht, wie mir geschah, mir wurde schwarz vor Augen. Mehr weiß ich nicht. Aber da mein Freund tot ist, muss es ja zwischen den beiden zu einem Kampf gekommen sein?!" „Das hört sich ganz so an", sagten die Ermittler. „Wir werden nochmal den Nachbarn befragen!" Sie wendeten sich zum Gehen, drehten sich jedoch erneut um. „Sie sind gleich von uns erlöst, nur noch eine Frage. Ihr Freund wurde ja erschossen. Hatte er eine Waffe?" „Davon weiß ich nichts. Wenn, dann müsste er sie in der Reisetasche versteckt gehalten haben". „Haben Sie die nie durchwühlt bzw. mal durchgefühlt, was da alles so drin ist?" „Nein, ich schwör's. Nie. Würd ich nie machen. So viel Vertrauen muss sein. Und ich wär' auch nie auf die Idee gekommen. Was hätte ich denn in der Tasche suchen sollen? Ich habe ihn geliebt und ihm vertraut! Das können Sie mir ruhig glauben, auch wenn er nicht der Schwiegermutter Typ war!" Die beiden Kripobeamten grinsten. „Vielen Dank, Sie haben uns sehr geholfen. Und gute Besserung!"

„Also, wenn das nicht der Nachbar war, fress ich einen Besen", sagte der erste Kommissar. „Na mal sehen, wäre ja furchtbar, du und einen Besen fressen!", antwortete schmunzelnd der zweite.

Was für ein Zufall! Wie schon beim ersten Mal, öffnete der Nachbar gerade die Tür, schloss diese ab und wollte die Treppen hinunter laufen.„Ach, entschuldigen Sie, wir wollten gerade zu Ihnen, denn wir hätten da doch noch ein paar Fragen, dürfen wir reinkommen?" „Das passt mir gar nicht", sagte der junge Mann, der wenig geschlafen zu haben schien, „ich wollte ein paar Tage wegfahren!" „Wir halten Sie nicht lange auf, es wäre wirklich dringend. Sie könnten uns helfen!".„Also gut!", gab der Mann nach und schloss seine Wohnung wieder auf. Die drei gingen hinein und setzten sich. „Sie sagten, Sie hätten einen Schuss gehört und geglaubt, das sei eine Schreckschusspistole gewesen. Wir waren gerade im Krankenhaus bei ihrer gestürzten Nachbarin, die sich wieder erinnern kann, sie hat uns etwas anderes erzählt. Nämlich, dass Sie an die Tür gehämmert hätten, weil sie sich mit ihrem Freund mal wieder stritt, dass Sie sofort auf den Freund los sind, nachdem ihnen die Tür geöffnet wurde, woraufhin ihre Nachbarin sich zwischen sie warf!"", sagte der Hauptkommissar. „Sie haben ihre Nachbarin dann mit aller Wucht weggestoßen", fuhr sein Kollege fort, „ so dass sie sich schwer verletzte und das Bewusstsein verlor!" Der junge Mann biss sich auf die Lippen. „Ja", sagte er erregt, „es hat mich fürchterlich geärgert, was da durch die Wand drang. Ich wollte dem Kerl das Maul stopfen, der sollte doch seine Freundin in Ruhe lassen, wenn die nicht wollte!" „Was passierte, nachdem ihre Nachbarin bewusstlos wurde?" Der junge Mann ballte die Faust und erzählte: „Ja also dieser Wixer nannte mich „Softie", gebrauchte das schlimmste Wort überhaupt, nur weil ich um Milch gefragt hatte, statt sie im Supermarkt zu kaufen. Nimm das zurück, Hundesohn, sagte ich. Da bekam er einen Lachkrampf. Du Softie nennst mich Hundesohn! Da lachen ja die Hühner. Sag das noch einmal. Ich sagte es noch einmal, und eine Faust landete in meinem Gesicht. Wir schlugen uns so heftig wie es nur ging. Dazwischen immer wieder böse Beleidigungen. Vor allen Dingen „Softie" brachte mich in Rage, denn das hatte ich zur Genüge von meiner Exfreundin gehört, die mich sogar rauswarf, weil sie einen Macker kennen gelernt hatte, einen Chauvinisten, wie dieser Freund von der netten Nachbarin es war." „Die sie brutal weggestoßen haben, weshalb sie nun mit einer Gehirnerschütterung und schweren Armverletzungen im Krankenhaus liegt!" sagte der Kommissar. „Das tut mir wirklich leid! Das wollte ich nicht, das war im Eifer des Gefechts! Das müssen Sie mir glauben!" „Das glaub ich Ihnen", sagte der Kommissar, „trotzdem ist es so, dass sie jetzt im Krankenhaus liegt!" „Wie ging es mit Ihrer Ex weiter?", fragte der andere. „Ich ließ mich von meiner Exfreundin nicht so einfach rauswerfen, aber dann war eines Tages ihr neuer Macker in der Wohnung und ließ die Muskeln spielen. Auch er nannte mich „Softie". „Verstehst du nicht", sagte er, „dass deine Freundin keinen Bock mehr auf dich Softie hat?! Geht das nicht in deine Birne?! Sie leuchtet wohl zu schwach oder ist schon ganz kaputt! Ich bin jetzt hier der Boss. Verpiss dich, Softie!" Das waren seine letzten Worte, bevor er mich durch die Tür rausschob und sie verschloss. „Verpiss dich, Softie!" Es schien so, als wollte der junge Mann anfangen zu heulen. Er schluchzte: „Das kriege ich nie wieder aus meinem Kopf!" „Was passierte dann in der Wohnung ihrer Nachbarin? Sie prügelten und beschimpften sich mit dem Chauvi!", erinnerte ihn der Polizist. „Als ich mich mit dem Typen der Nachbarin schlug, stieg in mir eine alte Wut hoch, es war alles wieder da, die tiefe Demütigung, die ich durch meine Ex und ihren Macker erfahren hatte. Der Typ von meiner Nachbarin heizte meine Wut richtig an, indem er immer wieder „Softie!" rief, als wenn er hell gesehen hätte, dass es sich bei mir um eine Wunde handelte. Ich hätte ihm am liebsten die Kehle zugedrückt, aber da sah ich aus seiner Reisetasche, die bei dem Sturz der Nachbarin wohl umgestoßen wurde und offen war, einen Revolverlauf herausragen. Blitzschnell griff ich die Pistole und hielt sie an seinen Kopf. „Sag das nicht noch einmal, Junge!", rief ich, „sonst bist du tot!". Doch er nahm mich immer noch nicht ernst und brüllte in dieser lebensgefährlichen Lage für ihn: „Verpiss dich, Softie!" Da konnte ich mich nicht mehr zurückhalten und drückte ab".

Es gab eine Pause, alle waren betreten „Und was haben sie mit dem Revolver gemacht?" Der junge Mann stand auf und ging in die Küche. Die beiden Kripobeamten folgten ihm. Der Mann öffnete den Kühlschrank, entnahm eine Tupperdose und überreichte sie den beiden.

„Eine Tupperdose?!" entfuhr es beiden. Später, als der junge Mann von der Polizei abgeführt worden war, sagte der erste Kommissar grinsend: „Das kann doch nur einem Softie einfallen!" „Wieso?, fragte sein Kollege, „Meinst du etwa Tupperdosen sind Frauensache?" „Findest du das etwa nicht?",„Nö! Ich hab auch solche Dinger im Kühlschrank!"

Der hellblaue Ball

Mal sah sie den hellblauen Ball häufiger, mal seltener. Es sah aus, als sei er aus Schaumstoff, wirkte porös, luftig, seine Farbe war ungewöhnlich: Himmelblau, was dem Ball kein Gesicht der Festigkeit gab, sondern ihm etwas Schwebendes verlieh, weshalb sie ihn wohl manchmal sah und manchmal nicht. Wenn er entschwebte, empfand sie ihr Gesichtsfeld als leer, obwohl sie natürlich noch anderes sah. Sie fand den hellblauen Ball so außergewöhnlich, dass er ihr immer sofort auffiel, wenn er plötzlich da war und deswegen auch, wenn er plötzlich abtauchte. Sie gewöhnte sich an den Ball, an seine ominöse Gegenwart, die ihre ganze Aufmerksamkeit auf sich zog, wenngleich sie das Gefühl hatte, dass sie nicht expressis verbis besonders aufmerksam war, vielmehr geriet sie in jenen Momenten selbst ins Schweben, fühlte sich gewissermaßen eins mit dieser „schwebenden Wolke", dem kreisenden Ball. Eine Geborgenheit erfüllte sie, die darin bestand, dass sie sich beinahe komplett in ihm aufgehoben fühlte wie etwa in einer mit warmem Wasser gefüllten Badewanne, obwohl sie dort ihren Kopf nicht untertauchte, jedoch im himmelblauen Ball war auch er umgeben, später dachte sie an ein geborgenes Embryo in einer hellblauen Gebärmutter.

Sie wusste nicht, wann es angefangen hatte, es schien ihr, dass er schon immer da war, jedoch hatte sie ihn erst spät bemerkt, als ihre Kindheit schon vorbei war, in ihr hatte sie mit einem bunt gestreiften, großen Ball gespielt, ihn an die Wand geworfen, die Wand als ihr Gegenüber warf ihr den Ball zurück und immer so fort. Sie käme nicht auf die Idee, mit dem hellblauen Ball zu spielen, da er ihr unerreichbar schien, deshalb griff sie gar nicht erst in seine Richtung, um ihn zu fangen. Sie erinnerte sich auch an einen Ball in ihrer Pubertät, der in einem Gedicht Einlass fand, das sie in Versform verfasst hatte. Es war ein Ball, dem die Luft ausgegangen war. Dieses Bild hatte sie benutzt, weil er von den anderen hin- und her geschubst wurde. Natürlich war das für einen Ball kein ungewöhnliches Schicksal, aber normalerweise wurde er geworfen oder gerollt. Mit dem Ball in ihrem Gedicht wurde es zu doll getrieben. Ihn zum Rollen zu bringen, das war der Sinn der Sache, aber ihn ständig zu treten aus lauter Lust und Tollerei, um ihn zu quälen, das tat nicht not, deshalb nahm es nicht Wunder, dass diesem Ball die Luft ausging, er wurde plattgedrückt und in den Müll geworfen.

Hellblau und aus einem Stoff, der nicht greifbar war. Sie fand es absurd, einen derartigen Ball zu sehen, denn er hatte keine Funktion, vielmehr, sie fragte sich nach seiner Funktion. Bei allen anderen Bällen konnte sie darauf eine Antwort geben, aber hier war sie ratlos. Vielleicht war es gerade das, dass er keine Funktion hatte, was gut an ihm war. Mal endlich etwas ohne Funktion. Eigentlich war es schön, dass da etwas ohne vordefinierte Bedeutung war, denn es war ihr natürlich freigestellt, ihm eine beliebige Bedeutung zu geben. Sie stellte sich alle Menschen aus demselben luftigen, hellblauen Schaumstoff vor. Das wäre entsetzlich, alle gleichgeschaltet, doch die unterschiedlichen Stimmen wären noch da und könnten ihre unterschiedlichen Meinungen kundtun. Wenn aber selbst diese in dem hellblauen Schaumstoff erstickten, ja dann wäre es das Ende der Kommunikation. Es gäbe keine Gegenüber mehr, keine Vielfalt. Kam es ihr nicht vor, als wäre sie mit ihrem unantastbaren, nicht greifbaren, hellblauen Schaumstoffball ganz allein im Universum? Das war eine beunruhigende Vorstellung oder doch eher eine beruhigende? Denn so gab es eine Anwesenheit, auch wenn sie manchmal verschwunden war, nicht sichtbar, sie konnte aufgrund dessen glauben, sie sei nicht allein. Wäre es da nicht angebracht, an Gott zu denken? Gott, der auch nicht zu sehen war, nie, zu dem es schwer war, Kontakt zu knüpfen. Das gelang ihr nur selten und vielleicht war es eine Einbildung. Er war ein Phantom, beängstigend, weil er unsichtbar da war, keiner sollte sich ein Bild von ihm machen. Hatte sie sich jetzt ein Bild von ihm gemacht? Offenbarte er sich in dem Bild des himmelblauen Schaumstoffballs, in dem sie aufgehoben war? Hanebüchen war das, was sie zusammensponn, und doch meinte sie, dass es vielleicht so sein könnte. Wie wunderbar! Wie wunderbar? Gab es einen Zusammenhang zwischen dem hellblauen, schwebenden Ball, sie konnte sagen am Himmel schwebenden, hellblauen Ball und dem himmelblauen Stein, der sie anzog, der sich Chalcedon nannte? Darüber hatte sie nicht nachgedacht, sie hatte nur das unbedingte Gefühl gehabt, diesen Stein „haben" zu müssen und prompt ein schlechtes Gewissen gespürt, dass sie wieder auf das „haben" reingefallen war. Hatte sie jetzt den himmelblauen Ball vom Himmel geholt, indem sie den farbgleichen, hellblauen Chalcedon gekauft hatte? Vielleicht hoffte sie, sie würde jetzt Gott bei sich haben, aber Gott konnte sie doch nicht kaufen! Nicht einmal konnte sie annehmen, wenn sie den Stein in ihrer Hosentasche berührte, sie sei mit Gott verbunden, mit einer positiven Kraft, die durch die Berührung in sie überging. Sie blickte nach oben. Der hellblaue Schaumstoffball schwebte am Himmel über ihr. Sah es nicht aus, als lächelte er? Als lächelte er sie an wie ein lieber Vater? Sogar wie ihr eigener? Mit dem sie sich immer weniger verstanden hatte, doch er hatte sie manchmal angelächelt, obwohl er nicht an sie glaubte, obwohl sie seine Ansprüche nicht erfüllte und er sich enttäuscht von ihr abwandte, sie gar verachtete. Dennoch, es gab einmal dieses liebevolle Gesicht, auch wenn es weit, weit zurücklag und von allem anderen überlagert wurde. Von den Streitereien, von der Entzweiung, von seiner Enttäuschung, dass er sie gezeugt hatte und auf ihrer Seite, von der Enttäuschung, dass er sie allein gelassen hatte, dass er nicht mit ihr fühlen konnte, sondern an seinen Ansprüchen und Forderungen festhielt, so dass sie wie Fremde waren. Jetzt, wo der Vater lange tot war, konnte sie ihn sogar verstehen und vielleicht verzieh er ihr, denn warum lächelte er das liebevolle Lächeln aus ihrer Kindheit, als sie sich noch nicht fremd geworden waren und wie Feinde miteinander umgingen?

Gott war auch ein Vater, so hatte sie es in der Kirche gelernt, ein lieber Vater, dem man gehorchen musste und der ihr deshalb Angst einflößte, den sie deshalb ablehnte, dessen Macht sie ablehnte, die ihm angedichtet wurde und doch betete sie zu ihm, wenn sie hilflos war, nicht ein noch aus wusste. Aber im Grunde hielt sie alles für ein Märchen, das die Menschen erfunden hatten, damit sie nicht verzweifelten, sondern glaubten, da wäre eine Macht, die alle Fäden in der Hand hielt. Nein, sie glaubte weder an den lieben noch an den bösen Vater im Himmel, an den Weihnachtsmann und all dem. Ihr war nur Angst eingeflößt worden, immer wieder Angst, viel Angst von allen Seiten, bis zum Schwindelig werden, bis zu Ohnmachtsanfällen.

Ihr Vater war real, mit ihm musste sie sich auseinandersetzen. Aber die Auseinandersetzungen waren nicht ergiebig, weil keiner den anderen verstehen konnte, die andere Seite mitfühlen konnte. Inzwischen hatte sie erkannt, dass der Vater überfordert gewesen war. Sie hatte ihn mit ihrem aus seiner Sicht misslungenem Leben enttäuscht und wie ihre Mutter ihr sagte, unglücklich gemacht und dass sie sogar schuld an seinem Tod gewesen sei, weil sich der Vater wegen ihres erfolglosen Lebens gegrämt hätte. Als wenn er nie im Krieg gewesen wäre, als wenn er nie hätte fliehen müssen, seine Heimat verlassen müssen, seinen Bauernhof, seine Tiere, seine Äcker, seine Wälder. Als wenn er nicht durch die Flucht knapp dem Gefängnis entging, als wenn er nie von einer tiefen Angst verfolgt worden wäre, als wenn das alles keinen Ausschlag gegeben hätte, sondern nur sie mit ihrem verpfuschten Leben war schuld. Alle anderen Geschwister hatten reüssiert. Warum musste sie das ihrem Vater antun? Sie, die ihr Leben nicht auf die Reihe bekam, wurde gehasst. Nicht nur vom Vater, auch von der Mutter.

Aber jetzt sah sie ihn am Himmel, sein Lächeln im blauen Schaumstoffball schwebte über ihr wie wenn er sie beschützen wollte. Nein, da griff sie zu weit. Das konnte er nicht. Er konnte sie nicht beschützen, hatte es nie gekonnt, auch weil die Mutter die Erziehung der Kinder für sich allein beanspruchte, aber kläglich scheiterte, denn sie sah nur ihre Interessen. Ihr Schutz war so gestrickt, dass sie mit ihrer Strategie in erster Linie sich selbst schützen wollte. Es ging ihr darum, ihre eigenen Interessen durchzusetzen, der Tochter überzustülpen.

Sie war froh, dass sie den hellblauen Schaumstoffball sah, dass er über ihr schwebte, auch wenn er manchmal verschwand und sie nicht wusste, wann er abermals auftauchen würde. Auch wenn der Ball ohne Lächeln auftauchen würde, sie würde sich daran erinnern, jetzt wusste sie auch, warum sie von der letzten Männerbeziehung so wahnsinnig enttäuscht war, er hatte sie genauso lieb angelächelt wie früher ihr Vater, bevor er sie fallen ließ.

Sie vergegenwärtigte sich, dass es viele Lächeln in ihrem Leben gegeben hatte, flüchtige und sich wiederholende, aber es hatte sie gegeben und das war ausschlaggebend. Solange sie sich daran erinnern konnte, wäre sie mit einer positiven Kraft verbunden. Sie schenkte dem hellblauen Ball am Himmel ein Lächeln.

Der leere Platz

Sie konnte nicht sagen, was es für sie bedeutete, dass der Platz ihr gegenüber leer geblieben war. Sie fühlte sich wohl, vermisste niemanden, fühlte sich wohl, zumal es eine kleine Ecke war und sie daher nicht in den Großraumwagen hineinblicken musste, in alle Gesichter. Sie saß entgegen der Fahrtrichtung, konnte aus dem Fenster blicken oder auf den leeren Platz vor ihr oder auch nach links, wo andere Fahrgäste saßen. Genau genommen waren gegenüber beide Plätze leer geblieben und sogar auch der Platz links neben ihr. Vielleicht fühlte sie sich deshalb so befreit? Noch kurz zuvor stand sie in einem überfüllten Bus und hielt sich die Nase zu, weil der Mann, der sich neben sie gestellt hatte, nach Zigarettenrauch stank. Beim Wechsel vom Bus zur Bahn, das dauerte ein paar Minuten, traf sie auf einen Schauspieler, den sie aus dem Fernsehen kannte und den sie schon einmal hier getroffen hatte. Sie gingen aneinander vorüber, sie wunderte sich, dass er sie lächelnd angeblickt hatte, das war ihr im Gedächtnis geblieben, deshalb sagte sie jetzt: „Kann es sein, dass ich Sie aus dem Fernsehen kenne?" Er nickte und zeigte wieder sein Lächeln, das ihr so gefiel. Sie hätten gerade wieder zwei Staffeln gedreht. „Bleiben Sie dabei!" sagte sie und ging Richtung Bahnhof, sich wundernd, dass er „Herzlichen Dank" gesagt hatte, nachdem sie ihn erkannt hatte, denn sie hatte ja nicht gesagt, dass sie den Film gut fand, aber wahrscheinlich war das inbegriffen, als sie ihn ansprach, und es verstand sich von selbst, dass er nichts Negatives gesagt bekäme. Sie freute sich, dass sie ihn getroffen hatte, denn sie hatte ihn vermisst, sein Lächeln. Sie erinnerte sich, dass sie seinen Namen nach der ersten Begegnung gegoogelt hatte. Neben den beruflichen Infos gab es auch die privaten, er war verheiratet und hatte Kinder. Nein, sie konnte sich nicht vorstellen, dass er vor ihr auf dem leeren Platz saß, höchstens mit seinen beiden Kindern und seiner Frau zusammen. Aber das wäre ihr nun wahrlich zu viel des Guten. Ein Mann setzte sich auf den Platz nicht direkt ihr gegenüber, sondern daneben, um ihre ausgestreckten Füße zu respektieren, das machen nicht alle, er streckte dann seine auch aus. Zufriedenheit auf beiden Seiten. Ihre Wohligkeit war nicht dahin, nur weil er sich schräg gegenübergesetzt hatte, denn wie gesagt, er ließ ihr ihr Refugium. Es war auch für ihre Augen angenehm und friedlich, kein Gegenüber zu haben, das sie irritierte, vor dem sie sich schützen müsste, von dem sie taxiert würde, wie das vorhin im Bus passiert war, als sie von einer Frau beobachtet wurde. Manche Menschen waren so schamlos. Es fiel ihr komischerweise nicht ein, dass eine Bekannte, mit der sie verabredet gewesen war, vor einem leeren Platz gesessen hatte. Sie bekam am späten Nachmittag eine E-Mail, in der sie gefragt wurde, warum sie nicht gekommen sei, ob etwas passiert war. Sie konnte es kaum glauben, aber sie hatte bis zum Erhalt der email nicht einmal an die Verabredung gedacht. Und dass es überhaupt passiert war, konnte sie sich nicht erklären. Sie hoffte, dass es keine beginnende Demenz war, die ja in jeder Altersstufe auftreten konnte. Aber was sonst? Hatte sie sich so wohl gefühlt, dass sie keine innere Notwendigkeit spürte, jemanden zu treffen? Das traf nicht zu, sie empfand den Tag als zerfasert, sinnlos, leer und doch war ihr die Verabredung, eine willkommene Abwechslung, nicht eingefallen. Gewiss, sie war innerlich mit ihren Hortensien beschäftigt. Die weiße, nachdem sie alle ihre Blütenköpfe hatte hängen lassen, erholte sich wieder und damit auch sie selbst, denn es hatte sie schon sehr geknickt. Sie hatte sich sogar am Tag ihrer Verabredung eine rosa blühende Hortensie dazu gekauft und freute sich darüber, dass sie diese Investition getätigt hatte. Sie war ein bisschen berauscht von den Hortensien, das war sicher so, aber sie gönnte sich genau zu der Zeit der Verabredung einen Espresso macchiato in einem Café in der Nähe desjenigen, in dem sie verabredet war und immer noch nicht kam es ihr in den Sinn, dass anderswo eine Frau vor einem leeren Platz saß. Merkwürdig. Konnte es mit der Frau selbst zu tun haben? Hatte sie einen inneren Widerstand sie zu treffen? Lange Zeit hatten sie sich nicht gesehen. Sie erinnerte sich an eine ambivalente Beziehung. Daran, dass die Bekannte einmal eine Erscheinung in einem Zimmer ihrer Wohnung hatte. Sie war jung, es handelte sich um eine religiöse Erscheinung. Ob es ein Engel war oder gar Jesus selbst, das wusste sie nicht mehr. Sie erinnerte eine schwierige Ehe und einen abnormen Putzdrang, von dem sie erzählt hatte. Sie wollte eine perfekte Mutter und Ehefrau sein, natürlich auch eine perfekte Hausfrau. Aber all die Probleme aus ihrer Jugend und frühen Ehe hatte sie gelöst. Sie war geschieden und hatte sich zu einer selbstständigen, berufstätigen Frau entwickelt, die ihre Männerbeziehungen hatte und ihrer Religion treu geblieben war. Neuerdings war sie sogar in den Kirchenvorstand gewählt worden. Sie war in einer Partnerschaftsbeziehung mit einem pensionierten, kirchlichen Würdenträger, den sie über ein Inserat in einer Kirchenzeitung kennen lernte, sie hatte viele Freunde und war kommunikativ. Trotzdem hatte sie in ihrer Gegenwart ein gewisses Unbehagen. Vielleicht weil sie so tatkräftig war und ihr alles so gut gelang? Aber warum sollte das abschreckend sein? Oder war es ihre Anhängigkeit an ihren Gott. Sie war wohl in beständigem Kontakt mit ihm, suchte viele Wege, um ihn zu treffen. Sie selbst stand immer nur mit einem Fuß im Leben, den anderen hielt sie zurück, um gegebenenfalls auch den Fuß, den sie ins Leben gesetzt hatte, schnell zurückziehen zu können.

Der leere Platz erinnerte sie aber auch an den Film „Kirschblüten und rote Bohnen", an den Tod der alten, japanischen Dame, die noch mit 76 Jahren eine Anstellung bei einem jüngeren Mann gefunden hatte, der sie zunächst abwies. Aber dann brachte sie, die die Stelle unbedingt haben wollte, eine Probe ihres Könnens mit, eine rote Bohnenpaste, die zwischen zwei runde Plätzchen kam. Er hatte sich auch mit der Zubereitung der roten Bohnen als

Füllung beschäftigt, aber es war ihm nicht gelungen, eine schmackhafte Paste herzustellen. Es ging der Frau gar nicht um eine angemessene Bezahlung, sondern um die Kunst der liebevollen Herstellung der köstlichen, roten Bohnenpaste, um die Hochachtung für die Bohnen und der anderen Zutaten. In diesem Film von der Regisseurin Naomi Kawase wurde die Ehrfurcht der alten Dame vor der Natur gezeigt, sie bewunderte die bezaubernden Kirschblüten, und sie vermittelte dem jungen Mann die Ehrfurcht vor den roten Bohnen. Er hatte sie schließlich doch eingestellt, weil er begeistert war von ihrer Herstellung der roten Bohnenpaste, er selbst hatte diese aus Plastikeimern vom Großmarkt bezogen, weil ihm selbst die Zubereitung bei jedem Versuch misslungen war. Die alte Dame, aber auch der junge Mann blühten auf. Doch dann musste er sie wieder entlassen, denn Gäste beanstandeten, dass sie leprakranke Hände hätte. Diese Krankheit hatte sie zwar längst überwunden, aber es war ihren Händen noch anzusehen. Kurz vor Ende des Films besuchte er und ein junges Mädchen, mit dem er sich angefreundet hatte, die alte Dame im Altersheim, dort wurde ihnen mitgeteilt, dass sie vor drei Tagen gestorben sei. Die beiden waren sehr betrübt. Wenn die berührenden Gefühle der drei Figuren miterlebt werden, dann auch die

Gefühle der Trauer, die sie angesichts des leeren Platzes empfinden, ein Platz, den die alte Dame innehatte.

Der Schauspieler von heute Morgen fiel ihr ein. Sein Lächeln drückte etwas Herzliches aus, im Film wie im Leben, so wie er spontan „Herzlichen Dank" sagte. Andere hätten einfach nur „Danke" gesagt oder gar nichts, nur gelächelt. Könnte sie sich vielleicht doch vorstellen, dass er auf dem leeren Platz gegenübersäße und mitreiste? Mit ihr?

Weiße Flocken

Sie sah nur verschwommen. Sie wollte auch gar nicht, dass es sich klärte. Dass ihr Blick klar wurde. Getrübt war schon gut. Es erschien ihr wie weiße Flocken auf einer sandfarbenen Tischplatte, in der Kratzer waren, die die Fläche insgesamt kaum wahrnehmbar durchkreuzten, als wenn sie jemand mit dem Messer eingeritzt hätte.

In der Mitte all dessen erkannte sie jedoch ein Frauengesicht mit schlankem Hals, ihr Körper entschwand in den Flocken. Zu sehen waren noch ihre großen Augenhöhlen, denn an den Stellen war der sandfarbene Ton durchdringend, auch der Mund war erkennbar, jedoch immer noch verschwommen.

Als sie sich umblickte, saß dort ein Mann in der hintersten Ecke, der gerade aufschaute, ihr ins Gesicht. Diesen Mann sah sie relativ klar, wenn auch in einem Sessel eingesunken und ein kariertes Hemd tragend, was sie nicht mochte. Sie konnte nicht anders, als an einen klein karierten Geist denken. Sie tat ihm wahrscheinlich unrecht. Er hatte Pausbacken. Sie wusste nicht, ob das Wort noch in Gebrauch war. Sie hatte sich sofort wieder umgewendet, aber dann fiel ihr der Spiegel ein, der das ganze Zimmer umrandete und, würde sie ihren Blick in den Spiegel richten, würde sie auf jeden Fall auch den Mann in der Ecke in seinem Sofasessel entdecken. Sie konnte nicht widerstehen, dieses ganz flüchtig zu tun und nahm deshalb blitzartig wahr, dass er seinen Ellenbogen auf der Lehne abstützte, um so seinen Kopf in seine Hand ablegen zu können. Es war eindeutig, dass er sie beobachtete. Aber es störte sie nicht weiter, was nicht normal war, auch sein Räuspern, das sie jetzt hörte, ließ sie kalt, auch sein Hustenanfall, Hustenanfall war übertrieben, wenn er überhaupt von ihm kam und nicht von einem anderen im Raum. Sie war froh, dass sich jetzt zwei Männer an einem von ihrem entfernteren Tisch niederließen, denn sie lenkten auch den Mann ab, der, wie sie in Sekundenschnelle sah, nun sein linkes Bein über sein rechtes gelegt hatte, so wie sie es später im Sport tun würde, wenn sie auf dem Boden lägen. Dann müssten sie, auf dem Rücken liegend, die Beine aufgestellt, ein Fußgelenk über das Knie des anderen Beins legen, um so eine Dehnung zu erzeugen, eine Übung, die sie mit den Armen und Händen bewerkstelligten, die nämlich jetzt das Bein, das auf dem Boden abgestellt war, von eben diesem lösten und es an den Körper heranzogen. Es wurde eine angenehme Dehnung im Oberschenkel und Po spürbar. Der Mann blieb passiv, er hob sein Bein nicht vom Boden ab, zu sich heran, sondern er ließ das linke Fußgelenk einfach auf dem rechten Knie liegen, womit er maximal eine Hüftdehnung erreichte, was er aber sicherlich gar nicht beabsichtigte. Sie stand auf, weil es anstrengend war, den Mann, der sie beobachtete zu beobachten. Sie brachte ihre Kaffeetasse weg, das Abstellregal befand sich im zweiten Raum. Offenbar nahm er die Gelegenheit wahr, um auch aufzustehen und den Raum zu verlassen, weil sie sich im Durchgangsbereich vom ersten in den zweiten Raum begegnen würden. Sie sah ihn von der Seite, seinen dicklichen, fast haarlosen Kopf. Sie war froh, dass sie ihn nicht von vorne sah, aber dass er ein kariertes Hemd getragen hatte, fand sie schrecklich, sie hatte auch eine karierte Hemdbluse, aber nicht so kleinkariert, wie ein Gitter, hinter dem die Menschen kleinkariert gehalten wurden und sich in der Folge selbst klein kariert verhielten.

Dachte sie etwa, dieser Mann hätte sie umfahren können? Vermutete sie tatsächlich, dass er es gewesen sein könnte? Sie hatte sich eher eine Frau als Fahrerin vorgestellt, eine junge Frau, die in ihrem nicht allzu protzigen Fahrmobil saß und auf ihr Handy blickte, schnell etwas eintippte, bevor sie es zur Seite auf den Beifahrersitz legte, aufschaute und losfahren wollte. Hatte sie sie in diesem Moment gesehen? Es war natürlich nicht den Verkehrsregeln entsprechend, dass sie aus dem Park kommend, in eine schmale Parklücke zwischen zwei parkende Autos trat. Die Lücke war kaum breiter als ihre beiden nebeneinanderstehenden Beine, als sich der weiße Wagen plötzlich rückwärts auf ihre Beine zubewegte. Sie haute mit ihrer Hand auf den Wagen, um ihn zum Stoppen zu bringen, was er dann tatsächlich auch tat. Hatte die Frau sie plötzlich doch im Rückspiegel gesehen? Oder hatte sie sie sowieso gesehen und wollte ihr Angst machen, ihr bedeuten, dass sie nicht einfach zwischen zwei parkenden Autos auftauchen konnte, um die Straße zu überqueren, dafür waren doch schließlich die Ampelkreuzungen da. Wenn sie so dachte, war es der Autofahrerin entfallen, dass viele Todesfälle an eben diesen regulären Kreuzungen passierten und so gut wie immer durch AutofahrerInnen verursacht wurden. Sie wusste nicht, was der Frau in ihrem weißen Auto durch den Sinn ging, sie wollte es auch gar nicht wissen, denn sie fühlte sich schuldig. Sie überquerte die unbefahrene Straße und wurde gewahr, dass die Frau ihr Fenster nicht runterkurbelte, um sie zu beschimpfen. Vielleicht stellte sie sich eine Autofahrerin vor, weil ein Mann sie sofort zur Schnecke gemacht hätte, Schimpfwörter benutzt hätte, die sie auch nicht hätte hören mögen, die sie wie Steinwürfe erreicht hätten, andererseits konnten Frauen genauso hässlich sein.

Sie sah die verschwommene Frau auf der sandfarbenen, zerkratzten, weiß flockigen Tischplatte. Die Frau im Auto musste schon länger im Auto gesessen haben, denn wenn sie gerade eingestiegen wäre, das hätte sie ja gesehen. Also hatte sie schon eine Weile im Auto gesessen und telefoniert oder eine message in ihr Handy getippt. Sie war möglicherweise in einem benebelten Zustand, sah ihre Umwelt verschwommen, denn sie war auf ihr Handy fixiert, und auf alles andere um sie herum senkten sich weiße Flocken, um sie nicht von ihrem Handy abzulenken.

Sie hörte nicht, wie das Auto startete. Deshalb schaute sie sich nun doch vorsichtig um, als sie die andere Straßenseite erreicht hatte. Ihr stockte der Atem, was vielleicht übertrieben war, als sie sah, dass ein Handy aus dem herunter gelassenen Fenster geworfen wurde. Der Aufprall ließ sie leicht zittern, als wenn es ein Körper gewesen wäre, der hinausgeschleudert wurde. Vielleicht die Person, mit der er oder sie sich am Handy auseinandergesetzt hatte, sich dabei echauffiert hatte. Sie konnte diese Hand, diesen Unterarm nur einem Mann zuordnen, aber sie weigerte sich, ihn zu Gesicht zu bekommen, um nicht in Aufruhr zu geraten, schreiend davon zu laufen.

Sie schüttelte alles ab, sie schüttelte alles von sich. Sie sagte zu sich, während sie zur Bushaltestelle lief, dass sie sich beruhigen solle! Sie sei doch damals noch einmal davongekommen! Sie lebe doch noch. Sie habe zwar alles verloren. Aber sie habe noch ihr nacktes Leben. Sie war gerannt, sie hatte ihr nacktes Leben davongetragen und sollte sich glücklich schätzen.

Stimmen

Sie öffnete im Café das Fenster einen Spalt. Nur einen Spalt, um niemanden mit einer noch weiteren Öffnung zu brüskieren. Sie genoss den frischen Luftzug, den die anderen sicherlich gar nicht bemerkten, denn sie saßen nicht wie sie am Fenster, sondern in der Mitte des Raumes und waren auch zu sehr in ihre intensiven Gespräche involviert, als dass sie so eine Kleinigkeit, die sich verändert hatte, bemerkten. Die Stimmen lullten sie ein, im Gegensatz zu sonstigen Tagen, wo sie in sie eindrangen wie Messer, die Unheil in ihrem Inneren anrichteten. Sie war jedoch auf der Hut, denn alles konnte sich jeden Moment ändern, insbesondere dann, wenn eine Stimme sich gegen die anderen durchsetzte, sich über sie hinwegsetzte. Das war dann das Ende. An diesem Punkt musste sie zu ihrem Selbstschutz ihre Ohropax einstöpseln, um nicht von der durchdringenden Stimme verletzt zu werden. Ein Tag war nicht wie der andere, aber jeder verlangte ihre Aufmerksamkeit, damit sie einschreiten konnte. Sie war misstrauisch, der Stimmenpegel hielt sich. Immer noch komfortabel für sie. Luxus. Eine Situation, in der sie nichts störte, war Luxus. Der größte Luxus überhaupt, den sie mit keiner Yacht oder sonst einem äußeren Luxus tauschen wollte, nicht einmal mit einem Inselaufenthalt. Sie war mit dem inneren Luxus vollkommen zufrieden, der in dieser Situation einem inneren Frieden glich. Die anderen waren da, aber nicht aufdringlich, sie waren um sie herum, besprachen sich, aber nicht aufdringlich. Selbst das spielende Kleinkind, zu dem sich die Mutter und Großmutter auf den Boden setzten, schrie nicht, warf nicht mit Bauklötzen umher, es spielte ruhig vor sich hin. Das konnte nicht so bleiben. Sie war auf der Hut. Es hatte sich auch noch niemand über das spaltbreit geöffnete Fenster beklagt, wenngleich sie es mit einbezog, dass es passieren könnte. Die Menschen waren so, sie beschwerten sich gerne, um denjenigen oder diejenige zu erschrecken, bei dem bzw. der sie sich beschwerten. Manche würden sagen, sie hätte eine Sternstunde, ja, in der Tat, es war eine Sternstunde, denn alles war gut. Und wann war denn alles mal gut? Eigentlich niemals. Selten. Deshalb hatte sie immer ihre Ohropax dabei. Die Zeit schritt aber fort, der Uhrzeiger drehte sich, sie musste sich darüber im Klaren sein, dass sogleich, in jeder Sekunde, alles zusammenbrechen könnte, ihr ganzer Komfort von einer friedlichen Sternstunde könnte bald vergessen sein, wenn sich alles geändert hätte. Wenn etwas Durchdringendes Aufmerksamkeit forderte, eine unangenehme Stimme, Menschen, die sich zu nah an ihren Platz setzten, Menschen, die keine Rücksicht nehmen konnten, die nichts bedachten, was in ihrer Umgebung bestand und Rücksicht erhoffte.

Jetzt war es passiert. Selbst ihre eingestöpselten Ohropax konnten den Stimmen nur einen Dämpfer verleihen, nicht mehr, der Rest machte sie fertig, bahnte sich gewaltsam den Weg in ihr Ohr. In diesen Momenten packte sie oftmals ihre sieben Sachen zusammen, wenn sie merkte, dass die, die sich direkt hinter sie gesetzt hatten, nicht so schnell wieder aufstehen würden. Sie taten es nicht absichtlich, sie hatten nur den für sie besten Platz ausgesucht und das war in diesem Moment direkt hinter ihr, obwohl andere Plätze frei waren. Sie hatte aber die Idee, sich selbst ein Stück wegzurücken. So bekam sie wieder Luft zum Atmen. Zwar war der geöffnete Fensterspalt nun nicht mehr ihr zugewandt, aber trotzdem spürte sie noch den Luftzug. Das war eine Gnade.

Normalerweise saß auf diesem Platz, auf dem sie jetzt saß, ihr „Kollege", sie meinte damit denjenigen, der früh morgens auch schrieb, allerdings Programme für seine Softwarefirma.

Von „seinem Platz" aus sieht sie die Leute, die sich in die Sessel setzten, von „ihrem Platz" aus diejenigen, die auf Stühlen saßen oder auf der langen, mit Kunststoffleder bezogenen Bank. Zwischen den beiden Fraktionen „herrscht" ein langer Tisch, so lang wie der Raum selbst, an dem oft die Studenten saßen, aber auch manchmal Geschäftsleute, die ihre Videokonferenz schalteten, das war dann sehr unangenehm, da blieb ihr dann wirklich nichts anderes übrig, als zu gehen. Gestern aber nervte sie ein Vater, der sein Kind im Kinderwagen neben sich abstellte und aus vollen Kräften in sein Handy sprach, ein lautes live Gespräch, da musste sie dann auch gehen. Wie gesagt, die Leute nahmen kein Blatt mehr vor den Mund, es schien so zu sein, je lauter desto besser. Was sie an die familiäre Situation in früheren Zeiten erinnerte, es waren die weihnachtlichen Treffen, die derart aufgedreht waren, dass sie sich in die Küche flüchtete, sich dort einschloss und Rezepte abschrieb, die sie niemals kochen oder backen würde. Die über Politik schwatzenden Männer überboten sich mit ihrer Stimmlage, die Kinder überboten sich mit Hörspielen, Fernseh-Kinderfilmen, mit Musikkassetten und eigenen Stimmen. Niemand war überfordert, nur sie hielt sich die Ohren zu.

Jetzt überlegte sie, ob es ihr helfen würde, das Fenster noch etwas weiter zu öffnen, statt fünf Zentimeter vielleicht zehn. Aber sie ließ es bleiben, denn damit würde sie wahrscheinlich zu weit gehen. Sie hatte sich entschlossen, etwas zu essen. Ob das helfen würde, sich wieder zu beruhigen, sie wieder in die Komfortzone zurück zu bringen? Essen musste oftmals etwas wiedergutmachen, von dem sie nicht wusste, wie sie es anders bewerkstelligen konnte. Sie könnte auch eine Pause machen, etwas lesen. Sie hatte sich heute am Freitag Le Monde gekauft mit der Bücherbeilage, aber meistens schrieb Le Monde über Schriftsteller und nicht über Schriftstellerinnen, das ärgerte sie, dass sie nicht für ein Gleichgewicht sorgten, manchmal kam eine Alibifrau vor. Die Zeitung bevorzugte eindeutig Männer, das bestätigten sogar Männer. Sie hatte auch noch Le Monde von Mittwoch, da gab es einen Artikel „remonter le fil de l'amnésie traumatique" von Sophie Boutoul. Es ging darum, dass Frauen sich oft erst Jahrzehnte später an den sexuellen Missbrauch, der ihnen als Kind angetan wurde, Detail getreu erinnerten. Ein neues Gesetz sollte es berücksichtigen. Das konnte sie bestätigen. Sie erinnerte sich zwar Detail getreu an die Vergewaltigung, als sie 17 Jahre alt war und an das folgende Missbrauchsverhältnis, aber sie erinnerte sich nicht an den sexuellen Missbrauch, den sie als Kleinkind erfuhr. Auch die Flucht war unter einem schwarzen Tuch verschwunden. Sie spürte ihre Wurzeln nicht. Sie rief jedoch öfters mal ihre tote Mutter an, die gerne alles ableugnete. Sie rief sie in ihrem Totenreich an, nicht, um sie zur Rechenschaft zu ziehen, das hatte sie bereits zu ihren Lebzeiten vergeblich versucht. Nein, sie rief in ihr einfach die Mutter an, um ihre Stimme zu hören, die ihr nicht immer gnädig war, sogar misstrauisch ihr gegenüber – „was will sie denn jetzt wohl?" - . Sie hatte so manches Mal ein Ohr für sie gehabt, und auch wenn sie inhaltlich meistens auseinander gingen, so war es ihr doch hin und wieder wichtig gewesen, ihre Stimme zu hören, die sogar auch beruhigend sein konnte, obwohl ihre Stimme, je älter ihre Mutter wurde, mit viel Gebrösel daherkam, sich sogar in Gebrösel aufzulösen schien , zugleich auch rostig. Ihre Stimme war nicht frisch, nicht ohne Gerassel, sie schleppte ihr Gepäck mit. Alles, was geschehen war, ihre Stimme transportierte es.

Sie befand sich in einem kritischen Zustand. War es die Furcht, dass die Stimme der Mutter zudringlich wurde? Sie wechselte unaufhörlich den Platz. Sie fühlte sich von hinten, als auch von vorne beobachtet. Sie brauchte einen gewissen Abstand. Wenn der nicht gewährleistet war, konnte sie verrückt werden, lahmgelegt, alle Arbeiten standen still. Sie fühlte sich sogar von den Kindern beobachtet, sofern sie ihre Stimmen erhoben, und das taten sie, während sie mit ihrem Vater plauderten, der sie verwöhnt hatte und ihnen hier im Café jeden Wunsch erfüllte. Sie hoffte unentwegt auf Ruhe, um nicht von der sie verfolgenden Unruhe in den Abgrund gezogen zu werden.

Schrecklich, wenn der Backofen sich meldete, eine Glocke hier im Café, die ankündigte, dass ein Gebäck fertig war. Es war genau der Ton der Schulglocke aus ihrer Schulzeit, den sie hörte, die das Ende der Schulstunde ankündigte oder ihren Beginn oder eine Pause einläutete oder ihr Ende, ein Dreiklang, der sie überdies dem Abgrund entgegen trieb, denn auch die Schule war ein lärmender Ort mit grausamen Erfahrungen gewesen, und sie hatte bereits grausame Erfahrungen in sich.

Die Stimme der Mutter war unterbrochen worden, jetzt versuchte sie einen neuerlichen Anschluss. Die Mutter war eine fesche Frau, so hatte sie sich selbst beschrieben, so fesch, dass sie nicht einmal Angst vor den Russen hatte, die doch keine Frau von ihren Vergewaltigungen aussparten. Aber ihr, die nur zu sagen brauchte „Ruskie gut" ließen sie wohlwollend aus, denn sie war ja so eine fesche, selbstbewusste, sympathische Frau, weshalb die Russen nur die anderen Frauen zwangen. Sie wusste immer noch nicht, ob sie das ihrer patenten Mutter glauben sollte. Die anderen Frauen machten offenbar etwas falsch, was sie richtig machte. Sie war stolz, keine Angst zu haben, wovor denn, selbst die Ruskies waren nur Menschen. Und sollte die Schwiegermutter im Hause vergewaltigt worden sein, so war das nicht zu hören gewesen und hatte deshalb nicht stattgefunden. Sie wusste auch nicht, was die anderen hatten, die sollten sich nicht so anstellen und aus einer Mücke einen Elephanten machen. Sie konnte es auch nicht verstehen, dass später ihre eigene Tochter vergewaltigt wurde. Diese hätte es versäumt, das Zepter in die Hand zu nehmen, sich irgendetwas einfallen lassen müssen, sie selbst sein, sie hätte sich in keinem Moment verloren geben dürfen. Sie war eben nicht stark genug, hatte sich immer in ihrer Schwäche präsentiert, nur ihre Schwäche ausgelebt. Dem konnte sie nur mit einem Kopfschütteln begegnen. Sie hatte von ihrer Tochter nicht viel mitbekommen, besonders deren ersten zehn Lebensjahre nicht, es war wegen der Arbeit, aber sie hatte sie auch nicht sonderlich interessiert. Das war mit der ersten Tochter, die eben die Erste war, die „Erstgeborene", wie sie sie nannte, anders gewesen. Ihre zweite Tochter war ihr wie ein fremdes Wesen erschienen, aus der Art geschlagen, nicht selbstbewusst und stolz wie die erste. Sie stand nicht mit beiden Beinen auf dem Boden, sie war ohne Selbstbehauptung, sie hatte keine andere Idee, als sie fallen zu lassen. Sie konnte sich nicht um alles kümmern. Sie hatte einen festen Standpunkt. Selbst wenn sie vergewaltigt worden wäre von den Russen, sie hätte es niemals zugegeben, genauso wenig wie die Tatsache, dass sie jüdische MitbürgerInnen gekannt hatte. Sie sagte der jüngsten Tochter, die das Nachfragen nicht aufgab, sie sollte den Mund halten. Sie wüsste nicht, was das überhaupt sei ein Jude, ob das ein Mensch sei oder ein Ding oder was sei das überhaupt? Ihre Mutter wählte als Überlebenstaktik, keine Schuld und auch kein Mitleid zu empfinden. Die betroffenen Menschen hatten sich das selbst zuzurechnen, Jeder war selbst schuld an seinem Glück wie an seinem Unglück. Deshalb brauchte es kein Mitleiden. Sie bedauerte, dass der Krieg nicht gewonnen wurde, deshalb galt es jetzt aufzuräumen, aber keinesfalls, sich Schuld in die Schuhe schieben zu lassen oder Mitleid, mit wem auch immer, zu haben.

Sie hatte Angst vor der Stimme der Mutter einerseits, andererseits war es die Stimme, die sie kannte, die sie jetzt versuchte, aus dem Totenreich herbeizurufen, damit sie sie stärkte, trug, nur für die kurze Weile eines Telefonats. Sie wollte keine Gegenüberstellung, keine körperliche Berührung, nicht ihre körperliche Präsenz, das würde sie nicht ertragen. Sie wollte nur mal kurz zurück zur Mutter, sich ihrer Stimme vergewissern und dann gleich wieder loslassen. Wenn sie sie anherrschte, musste sie auflegen. Wenn sie ihre Stimme aus dem Totenreich erreichen würde, dann natürlich nicht übers Telefon, nein, sie würde sie aus ihrem Inneren hervorholen, wenn sie sich dazu entschied, wenn sie hoffte, sich dazu in der Lage zu fühlen. In Momenten jedoch, in denen sie schwach war, wartete die Mutter gar nicht erst ihre Entscheidung ab, sondern sagte: „Hallo, hier bin ich. Ich habe dir doch gesagt, deine Mutter ist immer bei dir, auf all deinen Wegen, du wirst sie nie los!" Wenn die Mutter übergriffig wurde, obwohl sie tot war, dann war sie nicht mehr in sich selbst zu Hause, dann floh sie, weil die Mutter den ganzen Platz forderte, sich diesen nahm wie zu ihren Lebzeiten. Sie meinte, sie hätte das Recht dazu, denn sie sei nichts als nur ihre Tochter und die gehöre nun einmal der Mutter. Die Mutter hatte recht, wenn sie sagte, dass sie ihr Leben lang an sie, die Mutter, denken müsste.

Die Caféhausmusik drang mit zwei Wörtern an ihr Ohr, „the ashes", sie konnte nicht formulieren, was diese Musik in ihr bewegte. Hier kamen Stimmen und Instrumente und Melodie zusammen, so, dass sie sich wieder hervorgeholt fühlte, dass sie wieder in ihrem Inneren Platz nahm, denn mit dieser Musik hatte sie die Mutter verscheucht, ersetzt. Sie hörte immer nur die beiden Wörter „the ashes", und dachte an die Mutter, die in Asche aufgelöst war und dass sie doch deshalb keine Angst mehr haben brauchte.

Das Lied trug sie doch nicht für lange. Es konnte ihre Mutter auf Dauer nicht verdrängen. Sie lief durch die Straßen um Abhilfe zu schaffen. Ihre Mutter, obwohl tot, lief sogar neben ihr her und brüskierte sie mit ihrer Anwesenheit, von der sie sich wie erdrückt fühlte. Sie war unsicher auf den Beinen, traute sich nicht, die Leute anzusehen, denn sie spürte, dass sie keinen sicheren Blick hatte, keinen sicheren Stand, keinen sicheren Gang. Immer wieder erwischte es sie in vollem Ausmaß. Der Boden unter ihren Füßen war wie weggezogen. Eine wie sie müsste sich eigentlich erhängen. Das hatte sie schon oft gedacht. Aber sie war sich nicht sicher, dass ihre Mutter sie nicht auch im Totenreich behelligen würde, plötzlich vor ihr stünde und sagte: „Hallo, hier bin ich. Ich muss dich mal wieder schrubben. Du weißt doch, ich kann das am besten. Mit neun Jahren bist du immer noch nicht groß genug. Und du weißt doch, zwischen den Beinen bist du am dreckigsten, komm, mach die Beine breit, du willst doch schön sauber sein, wenigstens für eine Woche. Dann treffen wir uns wieder. Du weißt noch nicht, was es heißt, sauber zu sein. Wenn du dich selbst wäschst, bist du immer noch dreckig. Ich bin die einzige, die den Dreck wegschrubben kann. Gleich ist es vorbei und du vergisst es." Sie hielt sich an der Fensterbank eines fremden Hauses fest, denn sie spürte eine Ohnmacht, den Verlust jeglichen Halts. Jemand bot ihr eine Wasserflasche an. Sie ergriff sie, doch dann löste sich ihr Griff um die Flasche, die zu Boden fiel wie auch sie, die sich nun auch nicht mehr an dem Fensterbrett festkrallen konnte. War es vorbei? Jemand rief den Krankenwagen. Sie wurde angeschnallt, bekam eine Spritze. Das alles wollte sie nicht. Während der Fahrt löste sie die Gurte und stand auf, um bei dem nächsten Halt, einen spaltbreit die Tür zu öffnen, so wie sie heute früh im Café einen spaltbreit das Fenster geöffnet hatte und die Luft, die ihr guttat, eingesogen hatte. Aber jetzt musste sie springen. Bei einer guten Gelegenheit, wenn ihre Inspektion grünes Licht gab, öffnete sie die Tür soweit, dass sie hinaussteigen konnte, sie musste gar nicht springen, es war nicht hoch. Sie lief schnell fort. In eine Seitenstraße. Sie ging bis zu der Bank, die sie in einiger Entfernung sah und ließ sich nieder. Warum musste es immer so schlimm kommen? Sie dachte an die Yoga Lehrerin, der sie neulich auf der Straße begegnete. Sie sagte, dass sie wegen ihres Kreislaufs Schwierigkeiten mit der Übung „Hund" hätte, dem Dreieck, bei dem der Kopf nach unten hing und sagte zugleich, dass sie es aber so hinnehme. Da sagte die Yoga Lehrerin: "Auch etwas hinzunehmen, will gelernt sein, auch das ist Yoga".

Kurz darauf begegnete ihr zum dritten Mal ein „spaltbreit geöffnetes Fenster", denn sie las über den Literaturkritiker Phillipe Lancon, der den Anschlag auf das Satireblatt „Charlie Hebdo" schwer verletzt überlebte und seine Erfahrung in einem Buch veröffentlichte, das den Titel „Le Lambeau" „Hautlappen" trägt. Es wird eine Textstelle zitiert, die sich darauf bezieht, dass er u. a. durch Literatur und Musik, den Kantaten von Bach, überlebte: „Es ist, als würde sich ein Fenster öffnen. Es kommt Licht und Luft hinein. Die Musik (die Bach Kantaten) öffnet etwas in mir."

Sie wusste, sie musste jetzt auch ein Fenster öffnen. Es durfte nicht bei dem Spalt bleiben. Das brachte ihr zu wenig Entlastung. Sie musste jetzt ganz großzügig sich selbst gegenüber werden und beide Fensterflügel weit öffnen, „hinausfliegen".

Der Kopf

Sie ging durch die erhitzte Straße und stellte sich vor, sie würde ihren vom Körper los gelösten Kopf auf einen Tisch ablegen. Sie konnte sich nicht selbst den Kopf abschlagen, dass musste jemand anderes vollbringen, entweder jemand, den sie darum bat, der es aus Liebe für sie tat oder jemand, der es aus Hass tat, der sie hasste. Das erste schien ihr wahrscheinlicher. Wenngleich sie noch niemanden getroffen hatte in ihrem Leben, der sie liebte. Aber es war denkbar. Es war zumindest denkbar, wenn auch unwahrscheinlich. Sie stotterte nicht vor Liebe, lief rot an. Derjenige, der sie enthaupten würde, der es ihr zuliebe tat, um sie danach umso mehr zu lieben, an sich zu drücken, an seine Brust, ihren kopflosen Körper, entlastete damit auch sich selbst. Sie hatte einen sehr schweren Kopf. Es war zu viel drinnen, sie packte ihn stets randvoll. Sie dachte, dass sie immer alles mitschleppen müsste. Aber jedes bisschen wog sein Gramm, deshalb hatte sie einen übergewichtigen Kopf, im Gegensatz zu ihrem Körper, sie wurde sogar zuweilen für magersüchtig gehalten. Diese Aussagen hatten aber nicht Hand und nicht Fuß. Im

Gegenteil, ihr Bauch war, immer wenn sie gegessen hatte, kugelrund. Er erinnerte sie dann an eine frühere Freundin, die noch im fünften Monat ihr Kind abgetrieben hatte, weil sie erst da feststellte, dass das Kind von ihr und ihrem Ex gezeugt worden sein musste. Ihr aktueller Freund und sie hatten sich bereits in Elternfreuden gewogen, als sie gemeinsam mit ihrer Frauenärztin zu der neuen Berechnung kam. Sie entwickelte die Vorstellung, dass das Kind von ihrem Ex einen riesigen Kopf hätte, und das war eine furchtbare Vorstellung.

Sie wollte mit ihrem Ex nichts mehr zu tun haben, aber auch die neue Beziehung überstand den Schock nicht. Als alles vorbei war, gewöhnte sie sich an, Fußball zu gucken. Nicht nur im Fernsehen, sondern sie ging sogar dorthin, wo Fußball gespielt wurde, denn der Ball erinnerte sie an den großen, ja riesig großen und schweren Kopf. Hier auf dem Fußballfeld wurde er geschossen, flog durch die Luft, landete im Tor oder auch außerhalb. Hier jubelte sie über die Leistung, die sie dem Ball wie dem Spieler zuschrieb. Durch die neu gewonnene Leidenschaft musste sie sich nicht endgültig von dem riesigen Kopf des Kindes in ihrem Bauch trennen. Deshalb jubelte sie und sprang auf wie die meisten, wenn ein Ball geglückt war.

Ihre Enthauptung erinnerte sie abermals an diese frühere Freundin, die ihr einmal einen ihrer Träume erzählte. In diesem war es nämlich so, dass jemand sie enthauptet hatte, ihren Kopf von ihrem Körper abgetrennt hatte. Seltsamerweise, wie sie sagte, habe sie das gar nicht erschrocken, es kam ihr sogar entgegen, sie fühlte sich entlastet. Der Kopf war ihr locker wieder aufgesetzt worden. Sie hatte nur die Hoffnung, dass niemand die rundlaufende Blutspur am Hals sähe, die sie so gut als möglich verdeckte. Es schien ihr, als würde jemand anderes jetzt die Zügel in der Hand halten, sie lenken und sich Gedanken machen, Entscheidungen treffen. Von all dem war sie jetzt befreit, damit fühlte sie sich wohl, besser als vorher, als ihr der Kopf weh tat, gedankenschwer war und Migräne sie plagte. Er, der Kopf, unterschied Wichtiges von Unwichtigem, das erforderte ihre Konzentration häufiger als ihr lieb war. Sie wurde mit der Zeit ein anderer Mensch. Sie hatte sich beruflich von den Geisteswissenschaften getrennt und widmete sich jetzt dem Computerservice und der Selbstoptimierung bei sich und denjenigen, die Karriere machen wollten wie ihr das selbst auch gelungen war. Jedenfalls war sie der Ansicht, dass sie Karriere gemacht hätte

Aber warum sie sich wie die damalige Freundin von ihrem Kopf trennen wollte, verstand sie nicht, jedoch schon, dass sie den Wunsch hatte, ihren Kopf auf den Tisch abzulegen. Es war die Sehnsucht nach Ruhe und Frieden im „Oberstübchen", wie der Kopf auch genannt wurde. Andererseits war es ein grauenhafter Gedanke, kopflos zu sein. Das wäre wie bewusstlos zu sein.

Sie blickte auf, sie hatte hier im Café eine Pause einlegen wollen. Die beiden Männer begannen zu lachen. Offensichtlich verbrachten sie hier ihre Mittagspause, denn sie trugen beide Anzüge aus dünnem Stoff, ihr Büro lag sicherlich in der Nähe. Sie fragte sich, ob sie etwas ahnten, ob sie in ihren Kopf blicken könnten und gesehen hatten, dass sie ihren vom Körper abgetrennten Kopf gerne ablegen würde. Das amüsierte sie wahrscheinlich, denn sie waren Männer und würden sich hüten, ihren Kopf abzulegen, so etwas Wertvolles, so ein wertvolles Instrument, darauf gründete sich ihre Berufsarbeit. Ohne ihn wären sie nichts, würden sie ihr Brot auf der Straße suchen müssen. Sie fütterten ihre Computer am Arbeitsplatz mit dem, was sie im Kopf hatten, und doch hatten sie nicht immer alle Tassen im Schrank. Auch ihr Kopf versagte zuweilen wie der der jungen Caféhausbedienung, die ihr ihren Espresso gemacht hatte, diesen dann aber in Gedanken wegschüttete. Wenn ihre Köpfe versagten, wurde ihnen schwindelig, und sie mussten ihre Mittagspause im Grünen verbringen, damit die Bäume ihnen wieder Kraft und Sauerstoff spendeten, die Innereien ihrer Köpfe sich erholten wie Blumen, die ihre Köpfe hängen ließen, weil sie nicht begossen worden waren. Sie dachte an ihre weiße Hortensie, die wie eine Trauerweide aussah, als sie jedoch kräftig begossen wurde, hob sie wieder ihren Kopf. Vielleicht sollte sie auch ausspannen, das würde ihren Kopf frei machen, er würde nicht mehr so schwer wiegen, und sie müsste sich nicht wünschen, geköpft zu werden. Lieber ging sie aber auf Nummer sicher und wollte sich den Kopf abschlagen lassen.

Sie kannte die Gewohnheit dieser beiden Männer bereits. Das Gelächter begann in jeder Mittagspause von neuem. Es war, als wenn sie alles drum herum vergaßen, wie Kinder herumalberten und wie diese ausgiebig lachten, fehlte nur noch, dass sie sich balgten und rauften. Vielleicht wollten sie auf diese Weise ihren Kopf befreien, der in ihrem Büro vollgestopft worden war und vielleicht sich auch noch des Krempels von zu Hause entledigen, vielleicht sogar von einer enttäuschten Liebesbeziehung…. Möglicherweise konnten und wollten sie gar keine Gedanken lesen und sehen, dass sie ihren Kopf gerne ablegen würde oder sie würden sich sagen, dass sie Ablegen mit Anlehnen verwechselte, sicherlich würde sie ihren Kopf gerne an eine Männer- oder Frauenschulter ablegen oder ihn dort anlehnen, vielleicht sogar anleinen lassen.

Ihr Blick schweifte abermals ab, sie sah eine junge Frau, die ihre Beine auf die Sitzfläche gehoben hatte und ihren Kopf auf ihre Knie ablegte, ihre Arme und Hände umschlangen ihre Schienbeine. Was hatte sie denn gerade für ein Problem mit ihrem Kopf? Auch ihr schien es, so wie es mit ihrem Kopf gerade war, nicht richtig. Es sah aus, als schütze sie ihn, als wolle sie ihn liebkosen, als habe sie eine gute Verbindung von Kopf und Körper und wolle auf ihn nicht verzichten, lieber ihn festhalten, schützen. Sie war gewiss Studentin und brauchte ihn unbedingt, wenn sie ihre Ziele erreichen wollte. Er müsste durchhalten und deshalb wollte sie ihn gut behandeln, wachsam sein und schützen.

Wollte sie sich etwa den Mann danach aussuchen, ob dieser bereit wäre, ihr den Kopf abzuschlagen und mit seinem Kopf zugleich auch für sie agierte, für sie handeln und denken würde? Wie schlimm musste es um sie bestellt sein, wenn sie solche Absichten hegte?

Jeder schien sich auf seine Weise mit seinem Kopf zu beschäftigen, um seinen ersehnten Frieden zu erlangen. Eine Bekannte erzählte ihr bei jedem Treffen, dass sie gerne einen schmalen Kopf hätte. Deshalb mache sie viele Fotos von sich, Selfies, und gehe dann daran, ihren Kopf mittels Fotoshop zu verschmälern. Es schien ihr so zu ergehen wie der damaligen Freundin mit dem Kind im Bauch, das einen riesengroßen Kopf ihrem Gefühl nach hatte, dessen sie sich unbedingt entledigen wollte. Die Bekannte schien vom Gefühl her einen Riesenkopf auf ihren Schultern zu tragen. Sie versuchte ihn zu schmälern, was ja auch ihren Wunsch ausdrückte, er möge geringeres Fassungsvermögen haben, denn, so sagte sie, sie beschäftige sich mit vielen unwichtigen Dingen gleichzeitig, sie würde gerne nur mit einer Sache beschäftigt sein, das würde ihren Kopf entlasten. Der Kopf sei wie ihr Handy, das sie nicht aus der Hand lege. Sie wünsche sich ein einfaches Handy, mit dem sie nicht so viele Dinge machen könne.

Eine andere Bekannte hat ein neues Profilbild auf Whats App eingestellt und ihren Kopf durch ein Chagall Bild, ein Liebespaar über den Häusern schwebend, ersetzt. Sie schreibt, es rege sie zum Träumen an. Sie möchte nicht immer nachdenken müssen.

Die nächtlichen Träume sind auch manchmal Albträume und weisen auf die Belastung hin, die der Kopf trägt. So hatte sie doch tatsächlich von ihrem frühen sexuellen Missbrauch im Kleinkindalter geträumt, weshalb sie wohl so deprimiert war und ihren Kopf abschlagen lassen wollte. Bisher hatte sie den Missbrauch nur gefühlt, aber nicht erinnert. Die Erinnerungsbilder aus dem Traum hatten sie schockiert, vielleicht wollte sie deswegen den Kopf auf den Tisch legen, damit er nicht solche Bilder produzierte.

Aber da sie den Kopf nicht einfach so auf dem Tisch liegen sah, sondern auf einem Teller, ging ihr Holofernes durch den Sinn, der assyrische Feldherr aus dem Alten Testament, den Judith geköpft hatte, um ihre Stadt zu retten und dessen Haupt sie auf einen Teller legen ließ.

Ohne Kopf kein Mensch. Der Kopf beherbergte, produzierte auch gefährliche Inhalte. Sie dachte an die Religionen, die Hass treibend sein konnten, alles wurde mit Gott gerechtfertigt, das Zölibat, der sexuelle Missbrauch, der nicht oder erst nach Jahrzehnten verfolgt wurde, das Verbot der Abtreibung, sagte doch gerade der Papst, es handle sich bei der Abtreibung um einen „Auftragsmord"! Der Körper gehört der Kirche und die Seelen nicht minder, welche Anmaßung. Es ging um Machtausübung auf politischem wie religiösem Gebiet. Ihr fielen auch die SchriftstellerInnen und Journalisten/-innen ein, deren Köpfe eingesperrt wurden und werden, weil sie nicht im Sinne der Machterhaltung der religiösen oder profanen Regime arbeiten wollen. Der Kopf ist wirklich sehr viel Wert. Je mehr ihr einfiel, umso größer war ihr

Erstaunen. Auch wenn der Kopf gemäß der buddhistischen Lehre leer werden sollte, um Glück zu empfinden, so war ja dieses Konstrukt selbst auch von einem Kopf erdacht. Das Leben ohne Kopf wäre wirklich animalisch. Beängstigende Köpfe oder solche, die einem im Weg stehen, wurden oftmals erhängt oder erwürgt, und auch nicht wenige Menschen nahmen das selbst an sich vor, weil sie ihren Kopf und seine Produktionen nicht mehr ertrugen. Sie schafften es nicht, ihren Kopf mit neuem Material zu versorgen, mit neuen kreativen Ideen, die sie wieder aus der „Enge" herausbringen würden.

Die Geburt eines Menschen vollzog sich mit dem Kopf zuerst, er wurde als erstes geboren, sichtbar, verließ als erstes die Gebärmutter und die Scheide, den Geburtskanal, der Hinterkopf wurde auch als erstes liebevoll gestreichelt.

Den Kopf aus dem Fenster stecken, frische Luft schnuppern und auch im übertragenen Sinn den Kopf aus dem Fenster stecken, bedeutete, mal was anderes sehen als immer nur das Vertraute und Übliche und Tägliche, mal verreisen oder einfach mal etwas anderes machen.

Natürlich, leider passierten auch traurige Sachen im Kopf, wie z.B. Tumorerkrankungen, die den Verlust von Sinnesorganen nach sich zogen oder sogar tödlich enden konnten.

Schließlich konnte das Gehirn, das vom Kopf beherbergt wurde unter einer Demenz leiden, einem Verlust der geistigen Lebenskraft.

Natürlich gab es auch noch andere Krankheiten des Geistes, dazu zählten auch die eingebildeten.

Ihr wurde immer wohler ums Herz. Die Kraft eines Kopfes, eben auch ihres, wurde ihr bewusst, sie empfand große Dankbarkeit vor seiner geistigen und emotionalen Schöpferkraft.

Sie hatte sogar schon viele Köpfe gemalt, beängstigende, Angst einflößende, Vertrauen erweckende, schöne, hässliche, also hatte sie doch Hochachtung vor einem Kopf. Früher hatte sie auch nach Modell Köpfe gemalt, von ihren Freundinnen, von Menschen, die ihr nahestanden. Sie hätte wohl Lust, den Kopf jener Bekannten zu malen, die ihn sich schmal wünschte. Eine Hochachtungsgeste vor ihr. Wie wäre es mal mit ihrem eigenen Kopf. Das hatte sie vernachlässigt, seitdem sie auf ihrem Körper unbewusst den Kopf der Mutter gemalt hatte. Darüber war sie so erschrocken, dass sie es fortan bleiben ließ. Aber jetzt spürte sie die Lust am eigenen Kopf, den eigenen Kopf auszudrücken, auf Leinwand zu malen, zu ermalen, gleichsam tastend ihn zu erspüren, seine Form, seine Rundung, seine Augen, Haare, Lippen, seine Nase und seine Ohren. Eine Hochachtungsgeste vor sich selbst, vor ihrem eigenen Kopf, der sie das Schöne wie auch das Hässliche begreifen ließ.

Das Fischernetz

Manche sagten, er sei schon immer da gewesen, andere behaupteten, er sei erst später eingewandert, und wieder andere meinten, dass er hier aufgewachsen wäre und wie sie selbst, immer Schuhe und Kleidung getragen hätte, auch, wie sie gesprochen hätte. Doch mit Sicherheit ließ sich keine Version als wahrheitsgültig einführen, denn niemand hatte Beweise, kannte seine Familienmitglieder oder seine Nachbarn und Nachbarinnen. Es erübrigte sich auch, denn alle hatten sich an ihn gewöhnt bis hin, dass sie ihn so gut wie gar nicht wahrnahmen, da er nichts Spektakuläres tat, im Gegenteil, er führte ein Alltagsleben nach immer demselben Muster wie wir auch, nur war der Inhalt etwas anders gelagert. Es gab herausragende Kennzeichen, zum Beispiel, dass er nicht sprach. Keiner erinnerte sich daran, dass er jemals gesprochen hätte bis auf einige, die es glaubten, jedoch nicht erinnerten. Es war nicht zu sagen, ob er seine Rede zurückhielt, sie einfach nicht äußerte oder ob es ein physisches Problem gab, das ihm das Sprechen verweigerte. Es hatte oft den Anschein, als sei er kurz davor auszusprechen, was er sagen wollte, was er geheim hielt. Es sah aus, als wenn sich die Wörter in seinem Mund sammelten, aber der Mund sich nicht öffnete. Welch eine Resignation musste ihn jedes Mal befallen. Wie jemand, der gehen wollte, Start bereit war, aber dessen Beine einfach nicht losgingen und er deshalb immer auf derselben Stelle stehen blieb. Er bereitete sich immer wieder innerlich vor, los zu gehen, aber die Beine wollten nicht. Er gewöhnte sich daran, auf der Stelle stehen zu bleiben, immerhin konnte er die Fersen heben und senken, was ihn natürlich nicht fortbrachte, aber doch ein Gefühl von Fortbewegung in ihm erzeugte. Einen ähnlichen Selbstbetrug konnte der Sprachlose nicht vollziehen. Aber niemand war sich dessen so sicher. Möglicherweise focht auch er mit sich einen Kampf aus zwischen einer Person, die sprechen, sich ausdrücken wollte und einer anderen, die es ihm verbat und offenbar gute Argumente hatte, die ihn unter Druck setzten, denn er gab ja immer wieder klein bei und schwieg. So gesehen lebte er nicht wirklich allein, wenngleich er alleine lebte, und die Leute beruhigten sich. Er hatte wahrscheinlich seinen Streitpartner gefunden, so wie sie alle miteinander stritten, wenn es mal wieder an der Zeit war, dem Ehepartner oder den Eltern, den Kindern, den Nachbarn, den Fremden die Meinung zu sagen und sich diese von ihnen sagen zu lassen. In gewisser Weise waren sie froh, dass es ihnen möglich war, mit den lebenden Personen um sie herum offen zu streiten und nicht wie der sprachlose, einsam lebende Mensch in sich gekehrt sein mussten, in ihrem Inneren den Streit nicht allein auszufechten hatten. Sie bedauerten ihn, dass er offenbar jeden inneren Kampf verlor, manchmal grollten sie ihm auch, denn es regte sie doch auch auf, dass er ein Verlierer war und tief unten in ihren unbewussten Gedanken fragten sie sich, ob sie ein ähnliches Schicksal treffen könnte.

Die zweite Sache, die ihn kennzeichnete, war sein Fischernetz, das er beständig mit sich herumtrug, er warf es um seine Schultern, und wenn er sich ganz schlecht fühlte, dann stülpte er es sich über seinen Kopf, setzte sich auf den Boden und verharrte dort unter dem Netz. Seltsame Allüren. Aber auch diese hatten sie akzeptiert wie schon seine Sprachlosigkeit. Sie nahmen es nicht mehr als Affront, dass er nicht mit ihnen kommunizieren wollte oder konnte, dass er sich nicht aufführte wie sie und mit ihnen stritt. Vielleicht befürchtete er, aus der Gemeinschaft ausgeschlossen zu werden, obwohl das niemand im Schilde führte. Aber sicherlich hätte er nicht gewusst, wie es sich offen stritt, doch wer wusste das schon. Auch alle anderen sprachen, wie ihnen der Schnabel gewachsen war, wenn sie mit ihren Aggressionen los legten, niemand wurde deswegen auf Dauer gemieden. Zuzugeben war jedoch, dass Streitereien nicht selten zu Zerwürfnissen führten, weshalb ganze Familien nicht mehr miteinander redeten, für eine Weile oder auch für lange Zeit, aber meistens blieb es bei der üblichen Vermeidungstaktik, sich aus dem Weg zu gehen. Vielleicht wollte er sich auf das vielleicht verminte Feld nicht begeben. Vielleicht suchte er Schutz in seiner Sprachlosigkeit und nahm lieber seine Einsamkeit in kauf als Mord und Totschlag, wenn es hart auf hart käme. Nein, da schwieg er lieber. Letztendlich wusste jedoch keiner, was er dachte, ob er überhaupt denken konnte, denn das monotone Leben, das er führte, war doch mehr als eigentümlich, sogar latent provozierend. Alle waren sich sicher, dass sie ihn bis zu einem gewissen Grad liebten, so wie sie alles, an das sie sich gewöhnt hatten, liebten. Jedoch war diese Liebe speziell, denn sie betraf etwas, das sie gerne in sich selbst lieben wollten, diese Eigenwilligkeit, diesen Schutzraum, diese Freiheit, diese Ungehemmtheit, mit der er alle Konventionen abzuschütteln schien. Dieser unterschwellige Neid wurde jedoch niemals offen und tragfähig, niemand tat ihm etwas zu leide.

Sie fragten sich manchmal, was es mit dem Netz auf sich hatte, denn es wurden hier ja seit langer Zeit keine Fische mehr gefangen, alle gingen anderen Arbeiten nach, die Fischer waren eine Spezie, die überall ausstarb. Gerade deshalb war sein Fischernetz ein Unikum, das er mit sich herumtrug wie eine Erinnerung an etwas, das es mal gegeben hatte, das Generationen Arbeit gegeben und sie ernährt hatte. Es war merkwürdig, dass er über das Fischernetz die Erinnerung an ihre Vorfahren wach hielt und so gesehen war er doch wieder ein Mitglied ihrer Gemeinschaft, und still schweigend zollten sie ihm sogar eine gewisse Hochachtung dafür, denn er verband sie mit ihren Ahnen, wodurch sie sich nicht losgelöst von jedweder Herkunft fühlten.

Andere dachten da manchmal an eine andere Vergangenheit, an die des Maschendrahtzauns, hinter dem ihre Urgroßeltern ghettoisiert wurden, weshalb sie doch hin und wieder genervt waren, wenn sie ihn und sein Fischernetz sahen. Sie hätten nie nicht gedacht, dass ein harmloses Fischernetz sie an den verteufelten Maschendrahtzaun erinnern konnte, hinten dem ihre Vorfahren ermordet wurden, dass sie die Hände sehen würden, die sich in den Maschen des Zauns festkrallten, die sich lösten, als die Menschen erschossen wurden und tot zu Boden sanken. Dieses Trauma flackerte jedes Mal neu auf, wenn sie ihn sahen, den Taubstummen und Verrückten, wie sie ihn bei sich nannten, was nicht verhinderte, dass ihr Trauma aktiviert wurde, im Grunde das Trauma ihrer ganzen Gemeinschaft, jedoch fühlten sich manche weniger und manche umso mehr betroffen. Sie verhielten sich widersprüchlich. Manchmal gingen sie dem Trottel, wie sie bei sich auch manchmal sagten, aus dem Weg, ein anderes Mal suchten sie unbewusst seine Nähe, um ihrem Schicksal nahe zu sein, mit ihm verbunden zu sein. In der Tiefe spürten sie deshalb ihm gegenüber Dankbarkeit.

Dann passierte plötzlich etwas. Eine Frau kam. Eine ungewöhnliche mit langen, schwarzen, glatten Haaren. Sie war augenscheinlich viel jünger als er, was heißt viel, viel war in diesem Fall relativ. Sie ging schnurstracks auf ihn zu, als wenn wir anderen sie gar nicht interessieren würden. Nun ja, vielleicht kannten sie sich, wenngleich wir das nie herausfinden würden. Auf jeden Fall waren wir erstaunt, dass er, nachdem sie ihn angeredet und angelächelt hatte, sein Fischernetz von seinen Schultern heruntergleiten ließ und sie ebenfalls anlächelte, aber nichts sagte. Wir verstanden ihre

Sprache nicht, die sie vehement einsetzte, dazu gestikulierte und zwischendrin lachte. Ob er ihre uns fremde Sprache verstand sei dahingestellt, das entzog sich unserer Kenntnis, aber lachen konnte er genauso gut wie sie, was uns immer wieder staunen ließ. Denn es blieb nicht bei der einen Begegnung, wir wohnten viele Male ihren Treffen bei. Natürlich versteckten wir unsere Neugierde hinter einer gespielten Beiläufigkeit und stellten fest, dass sie sich niemals bei ihm zu Hause trafen, wenn seine Hütte am Strand ein Zuhause zu nennen war. Wir selbst waren auch nie drinnen, denn er hatte uns nie eingeladen, und wir waren schließlich nicht aufdringlich. Wenn sie gegangen war, hängte er sich wieder sein Fischernetz um seine Schultern und nahm seine alt bekannte Pose ein, er kauerte am Boden und zog sich das Fischernetzt über den Kopf, wenn der Abschiedsschmerz ihn nicht loslassen wollte. Was konnte ihn derart und plötzlich verändern, wenn sie in Erscheinung trat? Es blieb uns ein Rätsel. Allerdings waren wir durch ihre Ursprünglichkeit, ihre Originalität ebenso in ihren Bann gezogen wie er, gaben es jedoch weder zu noch zeigten wir unsere Bewunderung. Sie wirkte so unbeschwert, sie war unbeschwert, fast wie ein Kind und gleichsam rücksichtsvoll wie eine Erwachsene, eine ganz sensible Seele. Nur das konnte ihn bewegen, volles Vertrauen an den Tag zu legen, sein Fischernetz abzuwerfen und seine bloße Haut zu zeigen, die von ihr nicht verletzt werden würde. Sie lachten so unglaublich naiv und herzergreifend, dass wir, obwohl in angemessener Entfernung, um nicht zu stören, aufpassen mussten, nicht angesteckt zu werden und ebenso nach Herzenslust zu lachen anfingen. Mitunter zog sie sich die roten Lippen nach, die anmutig wirkten und mit der Sanftheit ihrer Augen ein zartes Gesicht ergaben. Jeder und jede hatte sich ihr schon einmal genähert, wenn sie dorthin zurückkehrte, wo sie herkam. Aber nachgegangen ist ihr niemand, soviel Feingefühl hatten wir dann doch. Die Annäherung war auch nicht so dicht erfolgt, denn einen gehörigen Abstand wollten wir schon wahren. Auch wir gewöhnten uns an sie und freuten uns, wenn sie unser Dorf betrat. Sie war in der Tat ein Lichtschein, fanden uns aber damit ab, dass sie ihn mit dem Fischernetz auserkoren hatte, obwohl er keine gepflegte Erscheinung abgab, aber doch wohl sympathisch zu nennen war, weswegen wir ihn ja auch akzeptierten. Sie trafen sich immer zur selben Zeit am selben Tag, es ließ sich beobachten, dass er bereits eine Weile vorher schon in die Richtung schaute, aus der sie kommen würde. Auch er war ihr nie nachgegangen, vielleicht wusste er, dass er kein aufregender Typ war und begnügte sich mit dem, was und wie es zwischen ihnen geschah. Jedoch hatte er bald eine harte Zeit zu überstehen, denn sie blieb aus. Es sah sich die Augen wund, aber sie war nicht in Sicht. Da zog er sein Fischernetz über sich, und immer, wenn die Zeit um war, schaute er wieder daraus hervor, spähte in ihre Richtung, aus der sie jedoch nicht kam. Nicht das eine und nicht das andere Mal. Es waren unzählige Male, die sie nicht gekommen war. Ein ganzes Jahr, das er auf sie gewartet hatte, verging. Eines Morgens schwamm das Fischernetz auf dem Meer, da wussten wir, dass er sich ertränkt hatte. Auch wenn er kein naher Verwandter war, so waren wir doch bestürzt und hatten das Gefühl, jemand sei uns genommen, der uns an uns selbst erinnert hatte, an ein tieferes Wesen in uns und an unsere Vorfahren, ihre Leben und Traumata.

Amélie

Amélie verbrachte ihre Zeit in unterirdischen Bahnhöfen. Denn es war für den Moment die einzige Art und Weise zu überleben, sich zu beruhigen. Sie spürte die kühle Luft auf der Haut. Das Ankommen und Abfahren der Züge versicherte sie einer Regelhaftigkeit, einer Ordnung, in der sich das beständige Abfahren und Ankommen wie eine stellvertretende Sicherheit in ihr anfühlte. Deshalb lief sie zwischen den Wartenden hin und her, ohne dass diese wüssten, warum sie sich unter ihnen aufhielt. Es beruhigte sie, dass die anderen auf einen Zug warteten, in den sie einsteigen oder abfahren würden, dass andere aus den einlaufenden Zügen ausstiegen, zum Ausgang eilten und die Rolltreppen zum Oberirdischen benutzten. Ja, das alles war Gewohnheit, ein immer so, deshalb war die Gewohnheit so geschätzt, ein vertrauenswürdiger Prozess, in den sie sich eingliedert hatte, aber wie ein verirrtes Huhn herumlief, denn sie stieg weder ein, noch stieg sie aus einem Zug aus. Während sie durch die Menschenmenge kreuz und quer lief wie jemand, der nervös auf seinen Zug wartete und deshalb nicht auffiel, dachte sie unentwegt an diesen Typen, der sie so in Aufregung versetzt hatte. Er schrieb ihr, dass alles, was sie bisher zu ihm gesagt und ihm geschrieben hätte, „Scheiße" gewesen sei, ein ihn „nervender Scheiß". Dieser Mann hatte plötzlich ein zweites Gesicht gezeigt, war plötzlich explodiert, seine Schale, sein liebes Gesicht war zersprungen und hervor kam ein vulgäres, schreiendes, pöbelndes. Ein Grauen erfasste sie.

Der Anfang ihrer Geschichte unterlag einem Zauber, gerade so wie es der Dichter Hermann Hesse in seinem Gedicht „Stufen" ausdrückte: „…und jedem Anfang wohnt ein Zauber inne…"

Amélie hatte ein großes Bedürfnis nach Zärtlichkeit, nach Umarmung, nach Berührung, nach Gehalten werden, all das war ihr in der Kindheit versagt worden. Die Freunde, die sie hatte, waren lieblos und sexgeil, weshalb sie depressiv und lebensmüde wurde, insbesondere, seitdem sie auf diesen Scheißtypen getroffen war, der sie verheizt hatte.

Er war besonders zärtlich zu ihr, am Anfang versteht sich. Mehr als alle anderen Männer. Das heißt, am Anfang hatten sie nur geredet. So über ein Jahr bis anderthalb. Er suchte das Café immer vor der Arbeit auf. Amélie schrieb sich im Café damals ihren Kummer von der Seele. Wenn sie nebeneinander saßen auf den Hockern an der großen Schaufensterscheibe, plauderten sie über dieses und jenes, so wie es sich ergab und so, wie es sich das erste Mal ergeben hatte, wenn Stammgast neben Stammgästin sitzt. Amélie eröffnete das Gespräch mit ihrer Meinung zum TV Tatort, denn fern zu sehen war für sie neu, da sie bislang nur Radio gehört hatte, aber seit jede Wohnung Gebühren fürs Fernsehen bezahlen musste, schaute sie aus Trotz auf ihrem Laptop fern. Oder sie redeten über Politik, besonders als die Zeit der Wahlen war, es ging darum, wieso die AFD so zulegte. Auch Privates kam zur Sprache wie zum Beispiel ihr Zahnersatz aus China kommend, Probleme mit dem Zahnarzt, der sie in Entscheidungen nicht einbezog. Er erzählte von seiner Frau, die in der Schule Kunst und Sport unterrichtete und eine hervorragende Köchin war, wo sie wohnten und gewohnt hatten, dass sie seine zweite Frau sei und er aus erster Ehe einen Sohn hatte, wohin sie seit vielen Jahren in Urlaub fuhren und so fort. Aber diese privaten Dinge kamen erst um die Weihnachtszeit zur Sprache, weil sie ihn gefragt hatte wie er Weihnachten verbracht hätte. Vorher hatte sie ihn für einen Single gehalten, das war natürlich naiv. Jedenfalls hatte sie schon eine Vertrautheit entwickelt, erst recht, als er sie zum Konzert eingeladen und begonnen hatte, tagtäglich ihre Hand zu nehmen, während er sie dabei lieb anschaute. Plötzlich war ihm das nicht geheuer, denn er sprach nicht mehr mit ihr, er schnappte sich die Zeitung, die herum lag und setzte sich in eine andere Ecke, weit weg von ihr. Jedoch bevor er das Café verließ, kam er zu ihr, ergriff ihre Hand, drückte sie wortlos und schaute sie mit liebevollen Augen an. Damit kam sie nicht zurecht. Sie wollte nicht willkürlich angetatscht werden ohne

Zusammenhang ohne, dass er mit ihr redete, ohne dass seine Gesten in ihre Zweisamkeit eingebettet wären. Doch genau das schien ihm jetzt Angst zu machen, wenn er an seine Ehe dachte, die er nicht gefährden wollte. Wenn er das Reden herausnahm, sie nur anfasste, wurde sie jemand Beliebiges, ihre Beziehung wurde entpersonalisiert, sie wurde ein Niemand, auf ein Stück warmes Fleisch degradiert, auf ihren Körper reduziert, der keine Stimme mehr hatte. Sie als Person wurde nicht mehr gefragt, war nicht mehr gefragt. Da entzog sie ihm ihre Wärme und mailte ihm, dass er sie nicht mehr anfassen möge, weil seine Hände ihr ans Herz wachsen würden, auch wolle sie die Einladung zum Konzert zurückweisen. Das zog nach sich, dass es nun gar keinen Kontakt mehr gab, weder Gespräche noch Zärtlichkeiten. Das war sehr bitter, im Grunde vermisste sie die Zärtlichkeiten sehr, aber sie wollte nicht einfach nur benutzt werden, solche Geschichten kannte sie zu Genüge. Per mail drückte sie ihren Wunsch nach einem Gespräch aus, sie wollte damit erreichen, dass sie wieder miteinander sprachen. Aber es kam keine Antwort. Es kam niemals mehr eine Antwort, obwohl sie sich mehrmals bemüht hatte, ihm ausführlich alles zu erklären. Schon längst war sie nicht mehr ins Café gegangen, sie hatte sich eine neues gesucht, denn unter diesen Umständen war der Aufenthalt dort quälend gewesen. Es verging kein Tag, an dem sie nicht an ihn dachte. Das war ihr unerklärlich, aber es war so. Hin und wieder schickte sie ihm ein E-Mail, in der sie darauf hoffte, dass er sich äußern würde, denn ihr war auch nicht klar, ob er ihre Mails überhaupt las, was er davon hielt, ob er sie gerne las oder nicht, mit jeder mail hoffte sie, dass er eines Tages sprechen würde. Damit hatte sie auch recht, aber es war fatal, Donner und Blitz fuhren urplötzlich auf sie nieder und zerstörten sie fast, rissen sie auseinander. So jedenfalls empfand sie seine E-Mail, in der er sie siezte, in der er ihr bestätigte, dass sie eine Null in Kommunikation sei, damit hatte er aufgegriffen, was sie selbst einmal gesagt hatte, allerdings hatte sie das ironisch gemeint. Er bezeichnete alles, was sie jemals gesagt hatte als ein ihn „nervender Scheiß". Es war ein Rundumschlag, ein Kahlschlag, der sie blitzartig niederstreckte. Damit nicht genug, er hatte die E-Mail nicht nur an sie adressiert, sondern auch an eine ihr unbekannte Frau, deren E-Mail-Adresse er oben bei den Empfängern veröffentlicht hatte. In der E-Mail schrieb er: „Das findest du doch auch, Carmen, nicht wahr." Ein Fragezeichen gab es nicht. Das wäre ja eine Frage gewesen, auf die besagte Carmen mit Nein hätte antworten können. So aber war es eine Suggestion. Wie auch immer, sie, Amélie fühlte sich schwer beschädigt.

So vulgär und destruktiv hatte ihr noch kein Mann geschrieben oder sich mündlich geäußert.

Amélie tat mir wirklich leid, das hatte sie, die Aufrichtige, wirklich nicht verdient. Insbesondere erschütterte sie seine infame Art, da sie doch seit langem Märchen schrieb und dort immer an einem glücklichen Ende interessiert war. Ich fürchtete, das war hier ebenso. Sie verwechselte die bitterböse Realität, wie Männer mit Frauen umgingen, mit ihren Märchen und bastelte deshalb an einem glücklichen Ende mit ihrem Caféhauspartner. Sie wollte partout ein harmonisches Ende, einen Umgang finden, der reell war, von Respekt getragen wie zu Anfang ihrer Beziehung.

Ich bangte um ihr Leben, denn Amélie nahm sich alles sehr zu Herzen, sie hatte schon einmal in einer ähnlich schlimmen Lage zu Schlaftabletten gegriffen. Unter einem Vorwand besuchte ich sie deshalb und inspizierte heimlich das Bad und ihr Schlafzimmer. Ich fand aber keine Tabletten. Natürlich fühlte ich mich schäbig, das darf frau nicht machen. Ich empfahl ihr, ihm eine gepfefferte Antwort zu mailen. Erstaunlicherweise tat sie es, nachdem sie sich zufällig auf der Straße gesehen hatten. Sie erzählte mir, dass sie noch niemals einem Mann gegenüber, obwohl sie schon schmerzliche Erfahrungen gemacht hätte,

Verachtung empfunden hätte. Aber plötzlich, angesichts seines unverschämten Verhaltens, spürte sie dieses Gefühl in sich. Sie sagte, es war, als wäre frische Luft in ihre Lungen geströmt, als wenn ihre Brust sich geweitet und ihr Herz sich geöffnet hätte. Das war ein solch eindringliches Erlebnis, dass es sie bewog, nun ihrerseits ihre Wut in einer mail abzulassen.

In diesem Moment bewunderte ich sie, denn sie trat auf einmal so selbstsicher auf. Sie gab mir die E-Mail zu lesen, und ich muss sagen, dass ich sie als einen genialen Wurf empfand. Sie hatte ihn tatsächlich genauso entwertet wie er sie. Sie hatte ihm alles zurückgegeben, seine ganze Schande und Scheiße. Es tat ihr gut, so gehandelt zu haben.

Am nächsten Tag, nachdem sie am Vorabend ihre E-Mail, in der sie sich gegen ihn empört hatte, abgeschickt hatte, auf „allen antworten" klickte, womit auch die unbekannte Frau ihre mail erhalten haben musste, traf sie ihn erneut. Sie saß auf einer Bank, er ging auf der anderen Straßenseite in ihre Richtung. Als er sie gesehen hatte, wechselte er auf ihre Seite, um dicht an ihr vorbei zu gehen oder stehen zu bleiben. Sie verstand nicht, warum er das beabsichtigte, vielleicht um zu überprüfen, ob sie tatsächlich dazu fähig wäre, ihm böse zu sein, ob sie wirklich nicht mehr das liebe Häschen war, so unterwürfig, dass er alles mit ihr machen konnte, das gefährlichste Spiel aller Spiele mit ihr spielen. Jedenfalls hob sie ihren Blick, als er auf ihrer Höhe war. Er hatte die Dreistigkeit, sie anzusehen, sie sah ihn auch an, sie waren face to face, sie legte in ihren Blick so viel Verachtung wie möglich, Ablehnung und Ekel, schüttelte leicht mit dem Kopf, was bedeuten sollte, dass sie sein Verhalten, das er mit seiner E-Mail kundtat, unmöglich gefunden hatte, dann löffelte sie weiter ihren Jogurt. Sie wusste nicht, was sein Gesichtsausdruck besagte. War es Neugierde an der Person, die sich erdreistet hatte, ihm so eine freche Antwort zu schreiben. War es eine Provokation, so dicht an sie heranzukommen, dass sie Angst bekam, er könnte zuschlagen? Denn jetzt konnte sie ihm alles zutrauen, sogar, dass er ein Schläger war. Aber sie wusste es nicht, vielleicht hatte ihn auch die unbekannte Frau auf ihre Antwort angesprochen. Wollte er sich mit ihr versöhnen? Das glaubte sie eher nicht. Denn warum sollte er so eine Kehrtwendung vollziehen, sie erst in den Dreck ziehen und sie dann wieder hofieren? Vielleicht um vor der unbekannten Frau, Carmen, rehabilitiert dazustehen? Das konnte sie sich nicht vorstellen. Er hatte ja auch gar nichts gesagt, er erwartete wahrscheinlich, dass sie etwas sagte. Er war ein erwachsener Mann und der Sprache mächtig, aber offensichtlich ließ das sein eingebildeter Überlegenheitsstatus nicht zu, dass er sie zuerst ansprach.

Da wir viel darüber gesprochen hatten, war es in Amélie wieder hochgekocht, sie schrieb ihm, ob seine Annäherung eine Provokation gewesen sei oder ob er ein Anliegen gehabt hätte? Nun, er antwortete nicht. Ihr war es jetzt auch egal geworden. Sie sagte, sie würde ihm fortan aus dem Wege gehen, sollten sie sich nochmals zufällig begegnen. Sie seien quitt miteinander. Aber sie hätte niemals gedacht, dass ihre Geschichte, dem doch anfangs der Zauber innewohnte, wie es in Hermann Hesses Gedicht formuliert war, so schrecklich enden könnte.

Da ihr wieder das Gedicht „Stufen" von Hesse einfiel, fragte ich sie, ob nun die letzte Zeile des Gedichts für sie gelte. Wir rezitierten sie beide gleichzeitig:

„des Lebens Ruf an uns wird niemals enden,
wohlan denn Herz, nimm Abschied und gesunde!"

Amélie seufzte und sagte: „Wenn das so einfach wäre! Im Prinzip ist es einfach. Ich könnte mir meinen Rucksack schnappen und verreisen. Aber ich fürchte, es wird noch eine Weile dabeibleiben, dass ich zwischen den abfahrenden und ankommenden Menschen und Zügen auf dem

Bahnhof herumlaufe. Ich weiß, dass ich mit meiner Antwortmail Stärke bewiesen habe und auch ganz konkret in der Begegnung, in der ich ihm meine Verachtung gezeigt habe, aber es gibt immer noch das Innere, das hinterherhinkt, in alte Muster fällt. Es braucht noch seine Zeit, bis ich in den abfahrenden Zug einsteige und verreise."

„Natürlich", sagte ich und nahm sie in die Arme, denn ich sah wie Träne um Träne aus ihren Augen rann. Ich musste dabei unwillkürlich an ihre schwere Kindheit denken, in der sie den Missbrauch erlitt. Sie war von Anfang an gezeichnet und traf immer wieder auf Typen, die sie missbrauchen wollten, die nur das Sexualobjekt in ihr sahen. Ich konnte verstehen, dass sie das verzweifeln ließ. Sie hatte viel an sich gearbeitet, aber auslöschen konnte sie die Vergangenheit nicht. Was in ihrer Kindheit und Jugend passiert war, behelligte sie manchmal urplötzlich und raubte ihr jede Vorstellung von einem Lebenssinn. Weil sie immer wieder auf dieselben Typen traf, fühlte sie sich als Versagerin und gab sich selbst die Schuld. Aber ich fand, dass sie diesmal zur rechten Zeit die Reißleine gezogen hatte. Sie hatte auf sich gehört, als sie bemerkte, dass er sie anfasste, aber nicht mehr mit ihr sprach, um sie ihrer Person zu entleeren, sie zu entwürdigen, damit er ihren Körper, ungehindert missbrauchen konnte. Es war gut, dass sie sich nicht tiefergehend auf ihn eingelassen hatte, denn wenn sie das gemacht hätte, wäre es noch viel schlimmer gekommen. Sie konnte stolz auf sich sein, das sagte ich ihr. Im Laufe meiner Auslassungen beruhigte sie sich und tupfte ihre letzten Tränen ab. Sie lächelte.

Das war das letzte Bild, das ich von Amélie in meinem Herzen bewahrte. Es war das letzte Mal, dass ich sie sah. Sie hatte den Brief, den ich am nächsten Tag erhielt, offenbar gleich geschrieben und eingeworfen, nachdem ich gegangen war:

„Clarisse", schrieb sie, „entschuldige, dass ich deine Ansprüche nicht erfüllen kann. Ich habe ihn sehr gemocht. Obwohl er mich weggeworfen hat, mag ich ihn immer noch, denn seine Berührungen sind mir unter die Haut gegangen und das bleibt. Er hat mein Herz erobert ohne dass ihm das wahrscheinlich klar geworden ist. Er wollte nur sein Abenteuer und sich dann weiter von seiner Frau bekochen lassen. Ich wäre gerne seine Frau geworden. Natürlich wäre mir das jetzt nicht mehr möglich. Mein Vertrauen ist endgültig zerstört. Er hat mich wie ein Stück Dreck weggeworfen, obwohl ich ihm all meine Liebe entgegenbrachte. Ich glaube, du kannst das nicht verstehen, denn deine Erfahrungen sind ganz andere – Gott sei Dank. Deine Amélie

Bestürzt ließ ich alles stehen und liegen und fuhr sofort zu ihr. Es öffnete niemand. Daher telefonierte ich mit der Polizei, die schnell vor Ort war und die Tür aufbrach. Amélie hatte sich tatsächlich umgebracht und nicht, wie ich bis zuletzt gehofft hatte, das Weite gesucht. Sie lag tot in ihrem Bett, auf ihrem Nachttisch mehrere leere Packungen Schlaftabletten. Ich setzte mich weinend an den Rand ihres Bettes, unter Schluchzen wiederholte ich immer wieder ihren Namen, als wenn ich sie damit ins Leben zurückholen können würde und hielt ihre Hand bis sie abgeholt wurde.

Farben

Weiß war gefährlich, konnte es sein. Es erinnerte sie sowohl an Krankheit als auch an Reinheit, an Tod wie an Auferstehung, an Hochzeit wie an Begräbnis, je nach Kultur, an Trauer und an unschuldige Freude, an Jungfräulichkeit, Unbeflecktheit. Wenn sie aus dem geöffneten

Fenster sah, blickte sie auf ein angeschlossenes, weißes Damenfahrrad, sogar der Sattel war weiß und auch die Griffe. Der Raum, in dem sie saß, lag zu ebener Erde, das geöffnete Fenster ging auf die Terrasse des Cafés hinaus, an die sich der Bürgersteig anschloss mit einigen Büschen und Fahrradständern und ausgerecht, da sie heute ganz in weiß gekleidet war, hatte jemand dort sein weißes Fahrrad angeschlossen, als wenn sie damit wegfahren sollte, wenn sie den Schlüssel besäße. Es war sogar sie selbst, die das Fenster geöffnet hatte, ohne zu ahnen, dass sie bald ein weißes Fahrrad erblicken würde, wenn sie von ihrem Laptop aufsah. Denn manchmal lehnte sie ihren Rücken, nachdem sie einen langen Satz oder eine lange Passage geschrieben hatte, an die Rückenlehne der gepolsterten Bank, auf der sie saß und schaute dann dem Treiben auf der Terrasse zu. Diese war noch leer, denn es war erst 8.30 Uhr. Sie schaute den Vorbeieilenden auf dem Bürgersteig zu, den Autos auf der daneben liegenden Straße, auf der auch Fahrrad FahrerInnen fahren durften. Sie verfolgte die Bewegungen in den Fenstern des gegenüberliegenden Hauses, das gerade von der Sonne angestrahlt wurde. Noch hatte sie hier ihre Ruhe, aber das könnte bald vorbei sein. Es kam immer darauf an, welche Gäste sich einstellten, wenn es schlimm kam, müsste sie ihre Sachen packen und gehen. Sie müsste sich woanders einen Platz suchen, von dem sie eventuell wieder „vertrieben" würde bzw. von selber gehen würde, wenn sie für sich nicht herstellen konnte, was sie zu einem flüssigen Schreiben brauchte, ja es brauchte da eine Umgebung, die sie nicht störte…

Gestern Abend schon hatte sie die Idee, sich heute in Weiß zu kleiden. wie wenn sie damit ein Verbot überschritt, es war immer ihr Traum gewesen, einmal in weiß auf die Straße zu treten. Als wenn sie damit die anderen provozieren würde. Weiß fand sie im Allgemeinen unheimlich, es verbarg etwas, die anderen Farben. Die Menschen, denen sie begegnen würde, dächten sich ihr Teil, sie würde es aushalten. Es hatte sich angebahnt. Zunächst hatte sie eine weiße Hose im Ausverkauf gefunden, die an den Seiten einen senkrechten, dunkelblauen, fast schwarzen Streifen hatte, dunkelblau und schwarz waren manchmal schwer unterscheidbar, sie trug sie mit farbigen Oberteilen. Dann fiel ihr eine alte, weiße Jeans ein ohne Seitenstreifen, die trug sie am nächsten Tag mit einer schwarzen Bluse, die weiße Punkte hatte. Schließlich fand sie den weißen Viskosepullover und beschloss, einmal ganz in weiß aufzutreten, wie sie es sich immer gewünscht hatte. Sie hatte im Ausverkauf auch nach einem weißen Kleid Ausschau gehalten, es gab jedoch kein unauffälliges. Sie zog sogar weiße Socken an, weiße Turnschuhe und nahm ihre weiße Schultertasche, auch die hatte sie jüngst im Ausverkauf erstanden. Ausgerechnet, bevor sie sich morgens ganz in weiß kleiden wollte, hatte sie einen merkwürdigen Traum. Sie war nicht mehr im Tiefschlaf, sondern es musste schon gegen 5.00 Uhr morgens gewesen sein, als sich ihr ein Bild aufdrängte. Sie wollte es zunächst abwehren, aber es hatte sich schon seinen Weg gebahnt. Jemand hielt sie mit einem Seil umspannt fest, während sie auf Stufen stand, die hinabführten in die Dunkelheit, gar Finsternis. Sobald sie jedoch eine Stufe tiefer trat, wurde sie zurückgezogen, denn sie schrie offenbar, dass sie da nicht hinuntergehen wolle. So ging es ein paar Mal, bevor sie losgelassen wurde und die Stufen nun doch bis zum Ende hinunterstieg. Ein bestialischer Gestank ließ sie beinahe ohnmächtig werden, hinter Bretterverschlägen lagen viele Leichen und Leichenteile in ihrer Scheiße. Der grinsende, wilde Hüne, vor dem sie zitterte, sagte ihr, dass er sie alle verhungern ließe, einfach so, nur das junge Frischfleisch würde er fressen. Er geleitete sie weiter in eine Zone, in der nackte Kinder, Jungen wie Mädchen, ihm dienten. Es war abscheulich. Sie hatte keine Worte für dieses Unheil. Was bewog den Hünen dazu? Sie konnte sich nur eine extreme Einsamkeit vorstellen. Sie wusste nicht, wie sie da rausgekommen war, vermutlich weil sie gänzlich erwachte und dadurch der Albtraum zunächst wie fortgefegt war.

Im Café blätterte sie kurz im Feuilleton der FAZ und sah das Videobild, auf dem ein in Handschellen gefangener Häftling mit Gummiknüppeln verprügelt wurde. Sie dachte an Me., der einmal gesagt hatte, das alles noch viel schlimmer sei, als wir glauben oder wissen.

Musste sie sich von ihrer inneren „Scheiße" befreien, um zu wissen, warum sie heute weiß trug? Sie hatte das Gefühl, auf Grund gestoßen zu sein, indem sie alle Stufen hinunter gegangen war, sich das angesehen hatte.

Plötzlich fühlte sie in ihrer Hosentasche einen Schlüssel, sie zog ihn heraus, es war ein Fahrradschlüssel. Sie sah zu dem weißen Fahrrad, das immer noch dort angeschlossen stand, der Lenker, das fiel ihr jetzt auf, etwas verdreht. Wahrscheinlich stand es schon länger oder sogar schon lange dort. Ihr fiel ein, dass sie über längere Zeit ihr Fahrrad gesucht hatte, weil sie nicht mehr wusste, wo sie es abgestellt hatte. Es war weiß gewesen. Sie hatte immer schon ein Faible für weiß gehabt.

Sie klappte ihren Laptop zu. Packte ihre sieben Sachen zusammen und ging raus. Sie steckte den

Schlüssel ins Schloss. Er passte. Es war ihr vermisstes Fahrrad, etwas verdreckt und verstaubt, aber intakt. Mit allen Papiertaschentüchern, die sie dabeihatte, säuberte sie es, verstaute ihre Sachen im Körbchen, das sogar noch wohlbehalten dran war. Sie wunderte sich, denn es waren ihr schon mehrere Fahrräder geklaut worden, lebte sie doch in einer Großstadt, wo das gang und gebe war. Sie schwang sich auf und fuhr los. Es war ungewohnt, denn sie war in der letzten Zeit ja immer mit Bus und Bahn gefahren. Aber wie schön, ein Freiheitsgefühl gab ihr das Fahrradfahren, nur die Abgase, die sie einatmen musste, störten sie. Vielleicht hatte sie deshalb vergessen, wo sie das Fahrrad angeschlossen hatte. Das könnte ihr sogar wieder passieren, so sehr wurden alle von den Auto FahrerInnen vergiftet. Die PolitikerInnen und die AutofahrerInnen sahen das anders und meinten, die FußgängerInnen und Fahrrad FahrerInnen könnten doch ruhig tagtäglich ein bisschen Gift einatmen.

Sie war froh, als sie bei ihrer Freundin ankam. Sie schloss ihr Fahrrad an und sagte spaßeshalber zu ihm: „Dich vergesse ich nicht mehr!".

Ihre Freundin, die sie von unterwegs aus angerufen hatte, hatte schon Tee aufgesetzt. „Erzähl", sagte diese. Und schon beschrieb sie das Bild, dass sie am frühen Morgen vor Augen hatte. „Und", sagte die Freundin, „hast du es interpretiert?" „Ich denke", sagte sie, „es handelt sich bei den verhungerten Leichen um meine verhungerten, vielfältigen Bedürfnisse, denn ich habe mir in meinem Leben bisher nur wenige erfüllt. In den dienenden Kindern sehe ich die Unterbindung des Spieltriebs und die Abrichtung auf Gehorsam, die Anpassung an die Erwachsenenstandards". „Das klingt plausibel", sagte die Freundin und fragte sie, wie ihr weißes Outfit dazu passen würde, ob sie darüber auch nachgedacht hätte? Ihr jedenfalls würde sie so ganz in weiß etwas fremd vorkommen. „Tja", sagte sie, „es erinnert mich auch an meine Malerei, die ich vernachlässigt habe, musste, ich habe die Farben sozusagen verhungern lassen. Meine weiße Kleidung kommt mir vor wie meine weiße Leinwand, die darauf wartet, bekleckst zu werden, beschmiert, bepinselt, verspachtelt.". „Das finde ich einleuchtend", sagte die Freundin, „deine Farben, deine Kinder, müssen sich unbedingt wieder austoben, auf der Wiese spielen, herumspringen, Tunnel bauen, mit Wasser spritzen, sich verstecken und machen, was ihnen alles noch so einfällt". „Wie gut du das ausdrückst!", sagte sie lachend und erzählte ihr dann von der Ausstellung, die sie kürzlich gesehen hatte und die ihr nahe gegangen war. „Lass mich raten", sagte die Freundin, „ich habe nämlich auch eine beindruckende Ausstellung gesehen: „Charline von Heyl". „Genau", sagte sie, „ich war hin und weg. Lange nicht mehr so etwas Strukturiertes einerseits und frei Herumlaufendes andererseits gesehen. Es hat mich befreit, ihre Bilder zu sehen". Sie stand auf und sagte, während sie zum Fenster ging und aus dem dritten Stock hinuntersah, um zu prüfen, ob ihr Fahrrad noch dort stand: "Ich mach mich auf den Weg. Habe dieser Tage schon den Arbeitsplatz vorbereitet und jetzt geht's los. Versprochen". „Nein", erwiderte die Freundin, „lieber nichts versprechen, ihr Künstlerinnen seid doch unberechenbar, aber mich würd's freuen!" Sie zwinkerte während sie ihre Freundin in die Arme schloss und dann zur Tür begleitete. Als die Tür ins Schloss gefallen war, ging sie zum Fenster, sie sah wie ihre Freundin das Fahrrad aufschloss, nochmals zu ihr hochschaute und ihr einen Kuss zuwarf. Sie erwiderte den Gruß und schaute ihr nach wie sie davonradelte. Ganz schönes Tempo jetzt hat sie's eilig. Gut so.

Zu Hause angekommen, ging ihr sofort die Leere der Wohnung aufs Gemüt. Wie einsam sie doch war! Als sie morgens den schrecklichen Traum hatte, stellte sie sich vor, dass dieser verwahrloste Typ extrem einsam sein musste, um so abzudriften und um die furchtbaren Dinge zu tun, die er tat.

Aber auch, wenn ihre Einsamkeit nicht da wäre, auch wenn sie sich die intensivste Liebe vorstellte, so hatte sie doch das Gefühl, ihr würde etwas fehlen, das war der Kontakt zu sich selbst. Das schien ihr am wichtigsten, diesen herzustellen, da kam sie wieder auf ihre Malerei zurück, genauer gesagt, auf die Farben. Malerei konnte ja auf vielfältige Weise geschehen, sie konnte sogar farblos sein. Bei ihr war das schlechterdings nicht möglich. Sie suchte einen Kontakt zu sich selbst über die Farben. Wenn sie da eintauchte, war das eine Befreiung und Befriedigung für sie. Natürlich musste sie einige Male bis sehr oft die Farben übermalen, um den Ton zu bekommen, den sie brauchte, notwendig brauchte, seelisch brauchte, wie eine Dürstende, die dringend trinken musste.

Sie sah die weiße Leinwand auf der Staffelei. Langsam ging sie darauf zu, griff zu Farbe und Pinsel.

Doch dann überfiel sie eine tiefe Müdigkeit. Sie ließ Farbe und Pinsel fallen, um sich aufs Bett zu legen. Sie träumte, dass sie in der Küche Essen zubereitete. Hinter ihr stand Me., der unmerklich mit seinen Händen ihre Hüften berührte und sagte, dass sie doch zusammen für ein Wochenende wegfahren könnten. Sie sah sich nicht um, und sie sahen sich nicht an. Sie war völlig überrascht und ein angenehmes Gefühl durchströmte ihren Körper. Sie sagte, immer noch ohne sich umzusehen, dass sie Dienstag fliegen würde, mit einer Freundin zusammen einen Urlaub gebucht hätte. Aber ohne es auszusprechen überlegte sie, ob es sich trotzdem einrichten ließe. In einem weiteren Traumbild betrat sie ein Schlafzimmer, es strahlte eine große Ruhe und Ordnung aus, es war ganz in Weiß gehalten. Auf dem Bett befand sich eine weiße Überdecke und daneben stand unter dem Fenster eine gläserne Bodenvase mit langstieligen weißen, aufgeblühten Rosen. Sie wachte auf, verstand das alles nicht, denn sie hatte doch in ihrem Traum am frühen Morgen ein mörderisches Chaos erlebt. Wieder spielte Weiß eine beruhigende, ordnende Rolle und dann Me., sie hatte am Vorabend noch erleichtert gedacht, dass endlich alles vorbei war, sie hatte ihre Entspannung gefühlt, als sie bemerkte, dass sie keine Gefühle mehr für ihn spürte, nun brachte der Traum doch wieder anderes hervor.

Sie stand auf. Die Leinwand war immer noch weiß. Was würde jetzt passieren? Was würde sie jetzt machen? Würde sie überhaupt etwas machen oder wieder davonlaufen, vielleicht in die Küche gehen und Essen vorbereiten und hoffen, dass Me. wie im Traum hinter ihr stünde und seine Hände auf ihre Hüften legte…

Das Baby

Sie suchte einen Mörder, denjenigen, der ihr Baby getötet hatte. Sie hatte es in einem Gebüsch entdeckt, in der Nähe eines Teichs, der schillernd bei Halbmond in der Dunkelheit leuchtete. Es schien ihr, als würde die Babyleiche sie anlächeln, sogar, als greife das tote Baby nach ihr, geradeso wie es lebendige Babys taten. Sie nahm das Baby an sich, wickelte es in ein Tuch und lief nach Hause. Dann ging alles sehr schnell. Wie im Rausch besorgte sie alles Nötige, als wenn es gerade zur Welt gekommen wäre. Als sie im Drogeriemarkt Windeln kaufte, stutzten die Nachbarinnen und Nachbarn, die auch an der Kasse warteten. Aber niemand sprach sie darauf an, denn alle wussten, dass sie eine Psychiatriepatientin war und stellten sich vor, dass sie einen Spleen auslebte. Aber es gab auch diejenigen, die sich erinnerten, dass sie ein Baby verloren hatte. Es wurde nie aufgeklärt, ob ihr das Kind gestohlen wurde, ob es entführt wurde, ja sogar, ob es ermordet wurde.

Natürlich war es ihr Fehler gewesen, dass sie einen Moment unachtsam war. Sie war stehen geblieben und hatte sich umgedreht, um ihre Post zu lesen, einen Brief vom Vermieter, der sie wegen Eigenbedarf aus der Wohnung, in der sie schon lange wohnte, rausklagen wollte. Klammheimlich musste sich jemand angeschlichen haben, während sie den Brief las und alles um sich herum vergaß. Der Entführer oder die Entführerin hob das schlafende Baby aus dem Kinderwagen auf und stieg mit ihm in das parkende Auto, in dessen Nähe sie mit ihrem Kinderwagen stehen geblieben war.

Sie war verzweifelt, als sie den leeren Kinderwagen sah. Sie schrie laut auf, nicht nur einmal, sie schrie so herzzerreißend laut und lang bis eine Menschenmenge zusammenlief und die Polizei rief. Sie wurde in der Psychiatrie behandelt, denn es war ein entsetzliches Trauma, das sie erlebt hatte und weil die Polizei nicht aufklären konnte, was geschehen war, war es umso schlimmer. Erst recht, als die Polizei die Ermittlungen ganz und gar einstellte.

Vielen war bekannt, dass sie auf eigene Faust ihr Kind suchte, manche fürchteten sich sogar, wenn sie sahen, dass sie in ihren Kinderwagen blickte und ihr Baby längere Zeit anschaute. Sie fürchteten, dass sie es stahl. Aber das war nicht so. Es war nur ihre Trauer, die in diesen Momenten in ihr aufstieg.

Sie hatte sich gefragt, wo ihr Kind sein könnte, ob es ihm gut ginge? Sie mochte nicht daran denken, dass es tot sein konnte. Warum sollte man ihr das Kind entführt haben, um es umzubringen? Sie sah darin keinen Sinn. Aber dann entdeckte sie an dem toten Baby Verstümmelungen im Genitalbereich, furchtbare Folterspuren. Jetzt erklärte sie sich den Tod. Es wäre nicht das erste Baby, das sexuellen Missbrauch erlitten hätte und anschließend umgebracht worden wäre.

Aber wer hatte das getan? Sie begann im Internet zu recherchieren. Sie suchte verurteilte TäterInnen in ihrer Umgebung. Denn es war nicht ausgeschlossen, dass einer, eine von ihnen auch ihr Baby entführt, misshandelt und getötet hatte. Mit einer DNA Analyse war es vielleicht möglich, den Täter zu überführen, denn nun war das Baby da, und es gab Spuren. Sie wusste wie gewagt ihr Weg zur Polizei war, denn sie hatte gemeinhin ein unsicheres Auftreten. Deshalb schien es ihr besser, sich an eine Anwältin zu wenden. So nahmen die Dinge ihren Lauf, bis es nach langwierigen, neuen Ermittlungen eine Spur zum Täter gab, der bereits wegen anderer Missbrauchsfälle verurteilt worden war.

Sie war froh, dass dieser Horror nun ein Ende hatte und sie wieder ein normales Leben führen konnte. Das Baby bekam ein Grab, das sie regelmäßig und liebevoll pflegte, sie stellte sogar frühere Fotos auf, die sie gemacht hatte, als das Baby noch bei ihr und ihrem Mann zu Hause war.

Ihr Mann hatte sie verlassen, weil er mit dem, was passiert war, nicht klarkam. Er hatte ihr die Schuld gegeben, weil sie durch das sich Vertiefen in den Brief abgelenkt war. Das hätte nicht passieren dürfen, sagte er und packte seine Koffer, denn seiner Meinung nach habe nur eine Rabenmutter sich so verhalten können, eine Mutter, die nicht auf ihr Kind aufgepasst hatte, es nicht geschützt hatte.

Jetzt erhielt sie von ihm einen Brief, denn er hatte in der Zeitung gelesen, dass der Fall neu aufgerollt worden war. Er entschuldigte sich halbherzig dafür, dass er ihr die Schuld gegeben hatte. Aber sie spürte zwischen den Zeilen, dass er ihr im Grunde immer noch die Schuld an dem Tod des Kindes gab.

Sie saß eine Weile still, den Brief in den Händen haltend, dann begann sie, ihn langsam in kleine Stücke zu reißen. Er hatte sie fallen gelassen, sich nie mehr gemeldet. Nein, sie wollte ihn nicht treffen.

Die Bank in der Grünanlage

Hatha Yoga bei Olaf war heute nicht der Hit, aber trotzdem war sie zufrieden. Danach in der Grünanlage auf einer Bank etwas Mitgebrachtes gegessen, als zwei Jugendliche neben ihr Gras rauchten und sie sie bat, sich weiter wegzusetzen, weil ihr von dem Geruch übel würde. Sie sind dann auch weg, kamen aber wieder und setzten sich wieder mit einer Bank zwischen ihnen und ihr. Sie fragten sie nach der Uhrzeit, sie hätten kein Handy. Das fand sie schwer zu glauben, aber sagte die Uhrzeit, es war halb vier. Als sie zu Ende gegessen hatte, stand sie auf, ging zu ihnen und fragte, warum sie dieses Zeug rauchten. Der dunkelhäutige Jugendliche sagte, um abzuschalten von Sachen, die vorgefallen seien. Sie löcherte ihn ein bisschen. Beide gingen auf die St. Pauli Gesamtschule in die elfte und zwölfte Klasse. Sie fragte ihn, was ihn so sehr umtreibe, dass er es mit Gras wegrauchen müsse? Er habe etwas Schlimmes gemacht. Ob er jemanden umgebracht habe? Er schüttelte den Kopf. Sie sagte: „Auch wenn ich dir nicht helfen kann, spuck's aus, das befreit!". Er sagte, er habe einen Raubüberfall auf einen Kiosk verübt mit einer Waffe, aus der er auch einen Schuss abgegeben habe. Es sei nichts passiert und er sei abgehauen. Der ermittelnde LKA Beamte, Herr St., habe ihn ausfindig gemacht. Der sei sympathisch, aber es daure sehr lange bis zum Prozessbeginn, das zermürbe ihn. Ob sie zum Prozess kommen wolle? Er könne sich ihre Telefonnummer aufschreiben und sie anrufen, wenn es so weit sei. Sie sagte, dass es noch zu lange hin sei. Er hätte es gerne gehabt, wenn sie gekommen wäre, denn seine Augen leuchteten hoffnungsvoll auf, als er ihr die Frage stellte, vermutlich, weil sie Interesse und Mitgefühl gezeigt hatte. Sollte sie ihn wiedersehen, würde sie ihm vielleicht ihre Telefonnummer geben, obwohl sie das nicht gerne tat. Er wollte das erbeutete Geld, er hoffte auf 2.000 Euro, investieren. Derjenige, bei dem er das Geld investieren wollte, ein Krimineller, wusste davon, wie er das Geld beschaffen wollte. Er hat das selbstverständlich gefunden, denn in der kriminellen Szene beschaffe man sich auf diese Weise das Geld. Er findet nicht, dass er von ihm befeuert wurde, die Tat zu begehen. Er meint, da muss man schon selbst diesen Willen haben. Der Polizei habe er von diesem Mann nichts erzählt. Es handle sich um ein Geschäft mit der Unterwelt, aber darüber wolle er nicht sprechen, jetzt nicht.

Seine Mutter, mit der er alleine wohne, sei erschüttert, seinen Vater sehe er selten.

Ich erzählte ihm von Yoga und von Sport Spass und dass er eine Probestunde nehmen könnte, z.B. morgen um 11.00 Uhr Poweryoga. Er hat die Absicht zu kommen. Aber das wäre wirklich kaum zu glauben, wenn er käme. Er wohnt in der Nähe des Sportcenters.

Er fragte nochmal nach der Uhrzeit, denn die beiden wollten in sein Studio, um dort seine Rap Songs aufzunehmen. Ein Produzent wolle kommen. Sein Freund hatte zugehört und sagte, dass man seinem Freund nicht helfen könne zurzeit. Sie meinte noch, dass er versuchen sollte, in der Schule gut zu sein, ein gutes Abitur hinzulegen, damit sich seine Mutter freuen könnte und er dadurch wieder bei ihr gewinne. Wenn sie das richtig verstanden hatte, machte er das schon.

Gestern wieder auf der Bank in der Grünanlage. Wieder rauchende Jugendliche. Sie sagte lächelnd im Vorbeigehen: „Rauchen ist tödlich!" und setzte sich auf die Bank nebenan. Einer schaute auf, lächelte sie an und sagte: „Aber es hilft!".

Sie war wieder beim Yoga gewesen und nahm auf der Bank ihre mitgebrachte Mahlzeit ein. Als die Jugendlichen aufstanden und gehen wollten, fragte sie, wie er das meine: „Das hilft"? Sie kamen zu ihr und derjenige sagte, dass es gegen Trauer helfe. Seine Eltern würden sich streiten. Sie hätten sich getrennt. Seien im Iran. Er wohne mit anderen Flüchtlingen in einer Wohngruppe in Stellingen, darunter zwei Mädchen, die ihn ablehnten. Der zweite Flüchtling war schon 18 und lebte deshalb im Camp in der Gegend vom Altonaer Krankenhaus. Er suche aber eine Wohnung. Der dritte lebte bei seiner Familie. Sie sagte, dass es immer Streit gäbe, egal ob unter Deutschen oder zwischen Deutschen und Ausländern. „Das ist das Leben!", sagte der traurige Iraner. Sie meinte, ob er nicht einen Kuchen für die beiden Mädchen backen könne, um sie zu beeindrucken? Im Supermarkt gäbe es für 2 Euro fertige Backmischungen Eventuell würden sie freundlicher ihm gegenüber gestimmt sein. Er meinte, dass das eine gute Idee sei. Sie redeten noch weiter über Probleme, aber dann war sie geschafft und verabschiedete sich.

Wieder saß auf der Bank ein Problemkind. Als sie sich auf die Nebenbank setzte, sah sie an den Gesichtern der beiden jugendlichen Frauen, dass sie bedrückt waren. Eine hatte den Unterarm verbunden, vermutlich war es ein Unfall und die andere tröstete sie. Aber es war anders, die eine hatte Liebeskummer und die andere, die sich von ihr getrennt hatte, versuchte, sie zu trösten. Das war eine harte Geschichte. Sie meinte etwas hilflos, dass, wenn eine Tür zuginge, so gehe auch eine andere auf. „Danke“, sagte die betroffene junge Frau. Sie meinte dann noch, dass Liebeskummer das Schlimmste sei, was einem passieren könne, woraufhin beide zustimmend nickten, denn sie erfuhren es ja gerade selbst. Sie sagte, um auch von sich etwas preis zu geben, dass sie auch gerade von einem Mann nicht loskomme in Gedanken, obwohl er sich schäbig verhalten hätte. Die betroffene Frau meinte, dass, wenn das Herz beteiligt gewesen sei, dann würde man sein Leben lang jeden Tag daran denken müssen.

Bevor sie mit den beiden gesprochen hatte und auf ihrer Bank ihr Essen futterte, das sie sich am Vortag zubereitet hatte, schaute sie ab und zu vor sich auf die Wiese. Dort lag jemand und obwohl die Tragetasche rosa war wie auch die Schuhe, hatte sie zunächst das Gefühl, da läge derjenige, dem sie aus dem Wege ging, den sie dennoch in Gedanken einfach nicht loswurde. Sie fantasierte, dass er von zu Hause geflüchtet sei oder sogar von seiner Frau rausgeschmissen wurde und hier vagabundierte mit Alkohol in der Tasche, denn die liegende Person auf der Wiese holte, wie sie sah, eine kleine Flasche heraus und trank. Sie konnte die Person nicht in Gänze sehen, denn sie war teilweise von einem Gebüsch verdeckt. Es waren die langen Haare, die sie an ihn erinnerten, diese hatte sie zuerst gesehen, der Kopf setzte sich der prallen Sonne aus, während er auf der Tasche lag.

Sie überlegte, ob sie therapeutische Hilfe bräuchte, denn sie projizierte auf ihn alle Schandtaten eines Schlägers, Gewalttäters, Mörders, Alkoholikers, eines Verwahrlosten und Obdachlosen, einen völligen Kontrollverlust. Sie konnte sich nur vorstellen, dass das mit ihrem entgegengesetzten Verhalten einer mehr oder minder strengen Selbstkontrolle zu tun hatte, weder trank sie, noch rauchte sie, noch feierte sie, noch zog sie sich Kerle rein oder gab sich der Verwahrlosung hin. Aber obwohl ihr das klar war, das da womöglich ein Zusammenhang bestand, belasteten sie diese Phantasien, die ungehindert in sie einströmten. Sie zeigten ihr auch, wie anstrengend die permanente Selbstkontrolle war.

Stutzig machte sie auch die unangenehme Tatsache, dass sie sofort an ihn dachte, wann immer sie sogenannte Schnulzen oder ähnliche Musik im Radio hörte, die auf niedere Instinkte abzielten. Es war normalerweise so, dass sie umschaltete, wenn sie Musik hörte, die auf Emotionen abzielte, denn sie glaubte all den Schmarren längst nicht mehr. Gemeinhin hörte sie Jazz, der sie durchaus auch emotional erreichen konnte, aber doch abstrakt blieb. Aber sie stellte oft wegen des Wetterberichts den Stadtsender ein, dieser Sender bediente die Sehnsüchte der Menschen mit ebendiesen Schlagern, Schnulzen und Popsongs. Es handelte sich nach ihrem Dafürhalten um Illusionen und Täuschungen, die aus dem Radio mittels dieser Songs in die Welt hinaus gingen und auch sie damals erreicht hatten wie früher der Lug und Betrug, der von einer kirchlichen Kanzel gepredigt wurde. Jetzt glaubte sie nicht mehr an all die religiösen und weltlichen Märchen, trotzdem hatte dieser sie verfolgende Mann ein „verschwundenes" Fass geöffnet, aus dem all die alten Geister wieder herauskrochen, wahrscheinlich, weil ihre Sehnsüchte in ihrem Unterbewusstsein hausten, wohin sie sie verdrängt hatte.

Würde sie denn überhaupt nicht klüger? Sie dachte, diese alten, betrügerischen wie verführerischen Märchen wären in ihr gelöscht, aber wie sie jetzt erlebte, war das ein Trugschluss, sie musste es akzeptieren, dass die Wünsche nach erfüllter Liebe, nach Nähe und Verständnis immer da sein würden, das gehörte zur menschlichen Natur und war vielleicht auch der, wenn auch unbewusste Antrieb, weiterzuleben. Vor allem aber hatten tiefe Verletzungen sie ein für allemal dazu bewogen, Liebe keinen Glauben mehr zu schenken, denn letztlich würde doch immer wieder Verrat in vielen

Gestalten herauskommen. Das hatte sich doch gerade wieder bestätigt. Er war verheiratet und hatte geglaubt, er könnte sie einfach mal vernaschen. Das war perfide, denn sie hatte sich emotional an ihn gebunden. Sie gestattete es sich nicht, mit ihm, dem verheirateten Mann, zu schlafen und doch verbarg sich in ihr der Wunsch.

Sie dachte an die letzte Yogastunde, in der sie auf dem Bauch lagen. Es überkam sie bei einer selbst herbei geführten, subtilen und gleichzeitig vehementen Bewegung das Gefühl, mit ihm Geschlechtsverkehr auszuüben, was fürchterlich lustvoll war. Sie unterdrückte ihr Lachen, denn sie dachte, es fehle nur noch, dass sie anfing zu stöhnen.

Vor zwei Tagen hatte sie in einem Straßencafé die Vision, dass er sich am Nebentisch niedergelassen hätte, nachdem er sie entdeckt hatte. Als er saß, drehte er sich zu ihr und lächelte sie an. Sie erwiderte sein Lächeln und sagte: „Und jetzt nochmal von vorne? Alles auf Anfang?"

Sie stand amüsiert über sich selbst von der Bank auf und ging kopfschüttelnd davon.

Sie blickte sich nochmals um und sah jetzt ihn auf der Bank sitzen. Sie hörte sogar, was er sagte. Er sagte: „Was für ein Scheiß!" „Kann die Frau nicht endlich Ruhe geben!" „Ich bin doch ein Mann und ein Mann versucht es eben immer wieder, egal ob verheiratet oder Single! Ich muss mich doch als Mann beweisen! Mir Bestätigung holen. Meine Frau ist mir sicher. Die kann mir keine Bestätigung mehr geben, da ist alles in trockenen Tüchern und gerade deswegen ist es über die Jahre langweilig und öde. Scheißfrau! Hat mir meinen Spaß verdorben! Spielverderberin!"

Sie stopfte sich Ohropax in ihre Ohren und ging weiter. Bevor sie sich dem Ausgang näherte, schaute sie sich nochmals um und fand die Bank verlassen. Aber es beschlich sie das Gefühl, dass er ihr nachgegangen sein könnte. Sie sah aber niemanden, es war nur so ein Gefühl. Es könnte wohl passieren, was wollte, sie würde es nicht schaffen, sein Präsenz in sich abzutöten.

Ein trauriges Ergebnis. Es lag wohl an ihrer Einsamkeit, dass sie ihn nicht loslassen konnte.

Sie ging nochmal zurück zu den drei Bänken, zwei davon waren leer, aber sie setzte sich, entgegen ihrer Gepflogenheiten, auf die Bank, auf der sich schon eine junge Frau niedergelassen hatte. Wollte sie so ihrer Einsamkeit entfliehen? Die junge Frau, Anfang 20, hatte in den Ohren, an der Nase, sogar an den Lippen Piercings und tätowierte Arme. Sie sah sie sehr freundlich an, lächelte und da sie zurück lächelte, kamen sie ins Gespräch, das heißt, sie erzählte von sich, dass sie Konditorin gelernt hätte. Sie sei nicht gut im Lernen und hätte die schriftliche Prüfung „verkackt", sogar zweimal, aber da sie im Praktischen ein As sei und auch im Mündlichen reüssierte, bekam sie ihr Zertifikat. Auf der ersten Lehrstelle wurde sie bös ausgenutzt mit vielen unbezahlten Überstunden und sowieso Unterbezahlung, der Meister brachte ihr kaum etwas bei. Die Torten fabrizierte seine Frau hinter verschlossener Tür. Auf der zweiten Ausbildungsstelle war es besser, ihr wurde etwas beigebracht, aber die letzten drei Monate gar nichts mehr, weil Personal fehlte. Jetzt arbeite sie im Service einer Konditorei, und einmal in der Woche dürfe sie in die Backstube der Konditorei und dort als Konditorin arbeiten. Sie interessiere sich aber auch für vieles andere, vielleicht sogar dafür, gar nicht zu arbeiten. Aber das seien so Flausen. Sie komme aus einem schwierigen Elternhaus wie auch ihr Freund, den sie vor einem Monat kennen gelernt hatte. Er war vier Jahre obdachlos, sie habe ihn mit zu sich genommen, nachdem sie ihm auf der Straße in seinen Bettelbecher Erdbeeren geworfen hatte, die sie zuvor gerade gekauft hatte. Er saß mit zwei Kumpels auf der Überdachung von Fahrradständern, sie ließen eine Angel herunterbaumeln, an der der Becher befestigt war.

Einer fragte sie, ob sie nicht mit ihnen chillen wolle. Warum nicht, sie hatte den Arbeitstag hinter sich. Es wurde ein langer Abend, an dem sie zuletzt mit dem, der die Erdbeeren bekommen hatte, bis in die Nacht hinein chillte und schließlich noch bei ihr zuhause, seitdem hätten sie sich nicht mehr getrennt. Er sei mit fünfzehn auf die Straße, denn seine Mutter, mit der er alleine wohnte, hätte schlimme Sachen mit ihm gemacht. Sie würde ihren Freund auch gleich erwarten und sagte: „Dahinten kommt er!" Sie zeigte in die Richtung, in der sie eine dunkle, große Gestalt wahrnahm. Sie stand auf und sagte: "Da möchte ich jetzt aber nicht weiter stören!". Die junge Frau sagte: „Ich hoffe wir sehen uns wieder!" Sie lachte und sagte: „Bestimmt!"

Jetzt trieb es sie endgültig dem Ausgang entgegen. Sie nahm in der Grünanlage den Weg am Gefängnis entlang, weil ihr dieser ruhiger schien, als der an der Straße. Herbstliche Sonnenstrahlen fielen auf das Grün und auf das Gefängnisgebäude, sie schaute zu den Gefängnisfenstern hinauf und fragte sich, ob wohl auch andere Lösungen denkbar wären, als die, die Straftäter jahrelang eingeschlossen zu halten?
Sie blieb an drei Emaille Tafeln stehen, die an der Gefängnismauer angebracht waren und las auf der ersten Tafel:

„Während der nationalsozialistischen Herrschaft 1933 - 1945 wurden im Hof des Untersuchungsgefängnisses Holsten Glacis 3 fast 500 Menschen enthauptet.

Frauen und Männer, die sich am europäischen Widerstand gegen die deutsche Okkupation und Kriegsführung beteiligt hatten, fanden hier den Tod durch das Fallbeil."

Auf der zweiten Tafel las sie die Namen France Bloch-Sérazin und Suzanne Masson, sogar ihre Portraits waren zu sehen. Sie las: „Diese beiden französischen Frauen wurden wegen ihres Widerstandes gegen die nationalsozialistische Gewaltherrschaft im besetzten Frankreich in diesem Gefängnis mit dem Fallbeil 1943 enthauptet."

Auf der dritten Tafel standen die Namen der fünf ermordeten Geistlichen.

Sie sah die frischen Blümchen, die jemand hinter die Tafeln gesteckt hatte. Jemand war hier sehr aufmerksam gewesen. Sie selbst klemmte je einen Tannenzweig hinter die Tafeln, denn sie mochte nicht in die Beete treten, um die Blumen zu pflücken, die Tanne stand am Weg, sie hatte ein saftiges Dunkelgrün und würde sich eine Weile halten.

Im Erdloch

Als sie am Morgen gegen 5.00 Uhr erwachte, fühlte sie sich zu Tode erschrocken, denn sie war in einem tiefen Erdloch gefangen und wusste nicht, wie sie da herauskommen könnte. Sie sah das Licht, aber um sie herum waren die Wände aus Erde. Wie sollte sie da hochklettern? Sie schien gar keine Kräfte zu haben. Erde begann von den Wänden in das Loch zu rieseln und sie drohte, zugeschüttet zu werden, zu ersticken. Sie hatte Angst, dass, wenn sie klettern würde, sie abrutschen würde.

Wenn es nicht die Erde von den Seitenwänden war, die herabrieselte und sie begrub, so war es plötzlich steigendes Wasser, in dem sie ertrinken würde. Immer drohte hier unten der Tod. Bei allen Visionen der Rettungsmöglichkeiten, tauchte jedes Mal ein ihr Leben bedrohendes Hindernis auf, das unweigerlich in den Tod führte.

Sie war verzweifelt.

Wieso war sie in dem Loch? War es als Schutz gedacht. Ein Schutz, der ihr zur Falle wurde?

Sie sagte, dass sie immer die Helligkeit sehe, wenn sie nach oben blicke, den blauen Himmel.

Kreisrund war der Ausblick, den sie von unten, in einem Erdloch gefangen, wahrnahm. Er, der Besucher, hätte sie hineingestoßen. Wieso nannte sie ihn den „Besucher"?

Ich fragte sie, ob sie sich da vielleicht aus eigenem Willen, aus Eigennutz in eine ausweglose Lage hineinmanövriert hätte?

Sie war empört. Nun ja, meinte ich, es ist ja nur eine Möglichkeit, eine Erklärung. Zumal sie nicht wüsste, wer sie in diese missliche, gar lebensbedrohliche Lage gebracht hatte.

Trotzdem, sagte sie abermals empört, es sei eine Anmaßung von mir, denn sie würde sich doch niemals von selbst in ein tiefes Erdloch fallen lassen, aus dem sie nicht mehr hinausgelangen könnte.

Ich verteidigte meine mögliche Version und fragte sie, ob sie sich vielleicht bedroht gefühlt hätte und deshalb diesen gefährlichen wie schützenden Ort aufgesucht hätte?

Sie schrie, dass ER es war, der sie hineingeschubst hätte, auch wenn sie ihn nicht erkannt hätte, aber es sei ER gewesen, das schwöre sie.

Hatte sie seine Stimme gehört? Wieso hatte er sich ihr plötzlich genähert? Was wollte er von ihr? Sie einfach so ohne Grund in ein Erdloch schubsen? Es musste doch ein Grund vorgelegen haben!

„Manche Leute sind so", sagte sie, „die tun etwas ohne Grund, einfach um ihren Spaß zu haben."

„Er müsste das Erdloch wenigstens zugeschüttet haben, wenn er dich töten wollte."

„Wollte er vielleicht gar nicht, er wollte mich quälen, mich furchtbaren Todesängsten aussetzen. Manche mögen zur eigenen Befriedigung quälen."

„Dazu gehört man auch selbst!"

„Wie bitte!?"

„Aber ja man kann auch selbst eine Befriedigung dabei empfinden, wenn man sich selbst quält!"

„Das ist ein gemeiner Vorwurf! Ich quäle mich doch nicht selbst!"

„Was sagte denn der Besucher?"

„Kein Wort hat er mit mir gesprochen."

Dann frage ich mal anders: „Fühlst du dich wohl da unten?"

„Solange es oben nicht besser ist!"

„Wie könnte es oben denn besser sein?"

„Da gibt es viele Dinge, die mich stören."

„So?"

„Ja, da bleibt einem die Luft zum Atmen weg!"

„Das müssen ja schlimme Dinge sein, die passiert sind."

„Natürlich, warum sitze ich sonst hier unten?!

„Aber es gibt einen Ausblick, du siehst doch ein Stück vom blauen Himmel."

„Das Licht ist sehr schön, sehr hell, sehr blau, es ist mein Lieblingslicht."

„Wie früher in deiner Malerei?"

„Allerdings und rosa."

„Rosa ist ja der Abendhimmel."

„Das stimmt und andere Farben sehe ich!"

„Aber du willst sie nicht malen?"

„Ich bin kraftlos, richtig kraftlos, ich kann mir gar nicht vorstellen, einen Pinsel halten zu können, eine Öl Tube aufzuschrauben."

„Schützt du dich vor dem Kraftaufwand, den es benötigt, die Arbeit wieder in Angriff zu nehmen?"

„Es ist so verdammt anstrengend."

„Aber du liebst doch die Helligkeit, die dir nur die Malerei zeigen kann! Darauf willst du fortan verzichten?"

„Muss ich doch!"

„Hast du dich deswegen schubsen lassen?"

„Wenn du so willst."

„Hast du ihn deshalb auf den Plan gerufen?"

„Ich höre dir nicht mehr mit voller Aufmerksamkeit zu, denn ich denke an die schönen hellen Farben!"

„Das sehe ich, denn du lächelst ganz verzückt."

„Das ist das Schönste, was existiert: die Helligkeit, die Brillanz der Helligkeit."

„Die besonders bei deinen Ölfarben gegeben ist, nicht wahr?"

„So ist es. Aber das ist nun Vergangenheit."

„Du willst wirklich ab jetzt da unten in dem Erdloch schmoren, deine Zukunft dort unten verbringen?"

„Warum denn nicht. Das Leben ist mir nichts mehr wert."

„Das ist aber ein schlimmer Satz, der tut ja richtig weh."

„So wie er mir weh getan hat."

„Wer?"

„Na ER!"

„Schon wieder traktiert dich der ER. Er scheint für alles verantwortlich zu sein?!"

„Ist er auch. Ein Verbrecher ist das. Der schlimmste Verbrecher überhaupt!"

„Dem möchtest du es mal gehörig zeigen!"

„Und wie!"

„Da unten sind dir Arme und Beine gebunden. Von da unten aus kannst du ihm nichts tun."

„Will ich auch gar nicht. Ich will niemandem etwas tun."

„Du könntest ihn doch zurückweisen, wann immer er auftritt und Forderungen stellt."

„Kann ich mal drüber nachdenken. Aber ich mag nicht aggressiv sein."

„Du spielst lieber das brave Mädchen und lässt dich lieber in ein Erdloch schubsen, wo du nichts mehr verwirklichen kannst, was dir am Herzen liegt?!"

„Mir liegt nichts mehr am Herzen!"

„Die Farben aber schon?!"

„Die schon! Aber ich habe keine Kraft mehr zum Malen, das sagte ich doch schon."

„Ja, das sagtest du schon. Vielleicht ist es nur ein Gefühl?!"

„Es ist nicht nur ein Gefühl, ich bin wirklich kraftlos. So sehr, dass ich nicht einmal eine Strickleiter hochklettern könnte; wenn du sie herunter lassen würdest."

„Wollen wir das mal ausprobieren?"

„Ich weiß nicht, das ist vergebliche Liebesmüh."

„Mir macht es nichts aus, wenn der Versuch scheitert."

„Dir nicht, aber mir. Ich will nicht scheitern. Wenn ich etwas mache, will ich, dass es mir gelingt. Ich will gewinnen."

„Was willst du denn gewinnen?"

„Das will doch jeder und jede. Du etwa nicht?"

„Nö, nicht unbedingt. Das wäre mir zu anstrengend, immer gewinnen zu müssen, bei allem was ich tue." „Entspannte Einstellung. Die können sich aber nicht alle leisten so eine entspannte Einstellung."

„Ich glaube schon."

„Da bin ich anderer Meinung."

„Die sehr anstrengend ist."

„Du meinst, auch Meinungen können anstrengend sein?"

„O ja, wenn sie einen unter Druck setzen."

„Du meinst also, Meinungen können einen unter Druck setzen?"

„Genau. Besonders, wenn es sehr starre Meinungen sind, sogenannte Überzeugungen."

„Das klingt zu schön um wahr zu sein!"

„Findest du?"

„Da müsste ich mich ja von meinen eigenen Überzeugungen entrümpeln!"

„Wenn sie dich unter Druck setzen, dann auf jeden Fall!"

„Du bist mir eine. Du bringst mich auf Gedanken. Auf neue will ich sagen."

„Sehr gut."

„Her mit der Strickleiter. Jetzt will ich ausprobieren, ob ich wirklich keine Kraft habe!"

„Alles dabei. Ich lasse sie jetzt herab. Hast du sie?"

„Ja, ich beginne mit dem Aufstieg. Du musst Geduld haben!"

„Hab ich!"

„Juchhu, Du hast es geschafft! Glückwunsch! Sieh dir den wunderbaren Himmel an!"

„Ja, wunderbar, ein wunderbares Rosa. Diesen Abendhimmel muss ich malen!"

Sie schrieb in ihr Tagebuch:

Der rosa Abendhimmel ist es nicht geworden. Aber am absoluten Tiefpunkt mit der Malerei geht es bergauf. Denn gestern habe ich einen Teil der neuen Bilder übermalt, es war eine Befreiung. Was jetzt entstanden ist, erinnert mich an Gerhard Richters Bilder, an einige. Ich hatte noch versucht, in meiner alten Manier die Fetzen fliegen zu lassen, aber das kam nicht mehr gut an bei mir, es war mir letztlich zu eintönig, obwohl alles herumflog. Aus irgendeinem Grund habe ich dann alles einkassiert, die Ölfarbe verstrichen so dass fast eine homogene Fläche entstand, darauf habe ich dann eine Schicht Weiß aufgetragen, die die untere Schicht hier und da aufblitzen ließ. Aber auch das war eintönig. Also benutzte ich dunkelblaue Ölfarbe und strich diese mit einem Spachtel von oben nach unten, Spachtelbreite von ca. 5 cm, wodurch teilweise die darunter liegenden Farbschichten sichtbar wurden. Das gefiel mir, und deshalb wiederholte ich diesen Zug noch zweimal an anderer Stelle, ich bin höchst zufrieden, dass ich wieder in der Abstraktion gelandet bin, die Freiheit überhaupt. Alles andere zwängt ein, ich möchte einfach nur die Freiheit auf dem Gipfel der Abstraktion erklimmen.

Unter Pseudonym

Sie umkreisen sich. Er sie und sie ihn. Sie hatte ihn zuerst gesichtet, aber er antwortete, obwohl er sechs Jahre jünger war. Ob sie auch von der „nigerian connection" belästigt würde wie seine Bekannte, die sogar Geld an diese Leute überwiesen hatte? Nein, war sie nicht. Sie löschte Mails dieser Art schnell. Es war nicht ihr Ding, auf diesem Niveau mit Mitleid zu reagieren, obwohl sie auch schon mal reingefallen war, als sie am Kölner Hauptbahnhof angesprochen wurde, ob sie eine Fahrkarte von zwanzig Euro bezahlen könnte, und wenn sie ihre Kontonummer gäbe, würde es ihr zurück überwiesen. Das passierte natürlich nicht. Sie war naiv gewesen, gutgläubig. „Wenigstens hat man virtuell noch ein bisschen Kontakt!", sagte „Garterbelt", von dem sie eine Weile nicht wusste, was hinter seinem Pseudonym steckte, erst nachdem sie die Vokabel gegoogelt hatte, war sie schlauer. „Bei ebay werden Garterbelts für sage und schreibe 500 Euro verkauft!" rief er in den Hörer. Sie hatte diese Hüfthalter lange nicht mehr getragen, zuletzt in ihrer Jugend, und das war eine Ewigkeit her. Als die Strumpfhosen aufkamen, hörte es mit den Hüfthaltern auf. Er fühlte sich bereits von einem verstärkten Seidenstrumpfrand erregt. Sie sah die bestrumpften Beine vor sich, Seidenstrümpfe, die in der oberen Hälfte des Oberschenkels einen verstärkten Rand besaßen, dann wurde das Fleisch, das bloße, das nackte sichtbar. Heute konnten Frauen Strümpfe ohne Strumpfbandhalter tragen, aber damals baumelten von den Strippen dieser für manche offenbar erotischen Gürtel, mindestens vier Strippen herunter, je ein Stoffstreifen mit einem Knopf und darüber eine Halterung aus Draht. Über den Knopf wurde der Strumpfrand gelegt und dann das Drahtgestell darüber gezogen, so dass Strumpf und Hüfthalter verbunden waren und der Strumpf nicht runterrutschen konnte. Als Jugendliche hatte sie sich nichts dabei gedacht, es war ein Gebrauchsgegenstand. So wie er davon erzählte, scheinen sie heute den Markt zu überschwemmen. Er hat sie in den Kaufhäusern gefunden und ganz bestimmt mit Erregung betrachtet. Warum sollte er nicht diesem Genuss frönen? Er bummelte in der Stadt herum und betrachtete Garterbelts wie andere Spielzeug Eisenbahnen. Sie waren alle Rentner und vertrieben sich die Zeit, hingen ihren frühen Spieltrieben und Trieben nach, alten Geschichten, die sich eingeprägt hatten und insbesondere auch die, die sich mit ihrer erwachenden Sexualität verbanden und sie nie mehr verließen. Sie waren so deutlich in ihnen geblieben wie tragische Ereignisse in ihrer Familie. Bei ihm erwachte die Sehnsucht nach dem anderen Geschlecht, als er in dem Mietshaus, in dem er wohnte und in dem die Wohnungen noch nicht mit Waschmaschinen ausgestattet waren, sondern das Mietshaus im Keller über ein Waschhaus für alle verfügte, eine Frau, mit einem Kittel bekleidet, beobachtete, die ihre Wäsche in das Waschhaus trug. Als sie sich bückte, sah er die verstärkten Strumpfränder an ihren Oberschenkeln und ihre Befestigung in einem Garterbelt. Ihm stockte der Atem, so sehr erregte ihn die Szene. Ihm wurde bewusst, dass er etwas gesehen hatte, was eigentlich unter dem Kittel hätte bleiben müssen. Er wusste jetzt fast schon, wie es unter den Röcken der Frauen aussah. Der winzige Ausschnitt ließ seinen Puls höherschlagen, mehr wollte er gar nicht, erstmal war er zufrieden und freute sich an seinem Geheimnis.

Sie wusste noch nicht, wie sich sein erster sexueller Kontakt gestaltete, aber sie umkreisten sich ja. Die Kreise würden mit der Zeit immer enger gezogen, sie wusste nicht, ob sie eines Tages vielleicht ihm zuliebe, obwohl er das schon abgelehnt hatte, einen Garterbelt tragen würde. Könnte sie sich vorstellen, dass es ihr für sich gefallen könnte, diesen Garterbelt zu tragen? Zumindest war sie bereits, wenn auch durch Zufall in einen Dessous Laden in der Innenstadt gegangen, der plötzlich neben ihr auftauchte, den sie zuvor nie wahrgenommen hatte. Wie sie ihm in ihrem ersten Telefonat sagte, habe sie dort keinen einzigen gesehen. Aber sie wusste schon, was er dann sagte, dass sie in anderen Dessous Läden und Kaufhäusern zu Hauf zu finden waren.

Sie wusste nur von einem Mann wie der erste sexuelle Kontakt verlaufen war. Dieser hatte ihr erzählt, dass es ein Londoner Puff war, in dem er seine erste Ejakulation, auf einer Prostituierten liegend, hatte. Er war so erregt, dass er bereits kam, bevor er überhaupt in ihr war. Er war damals in jugendlichem Alter und mit einem Verwandten unterwegs. Dass es ein Puff war, wo es passierte, hatte ihn nachhaltig geprägt, denn er sah später in einer Frau immer wieder die Prostituierte.

Was würde Garterbelt erzählen? Würde sie ihm ihr erstes Erlebnis erzählen, das von Gewalt geprägt war? Das wusste sie nicht, das wusste sie wirklich noch nicht.

Sie sah ihn vor sich, obwohl sie sich ja noch nicht begegnet waren, wie er unter der Dusche nach seinem Tennissport stand. Er hatte erzählt, dass das Duschen nach dem Sport ganz anders sei, als das morgendliche Duschen nach dem Aufstehen. Nach dem Sport, wenn er sich vorher verausgabt hatte und schwitzte, erfüllte ihn ein Glücksgefühl, er vereinigte sich mit dem auf ihn herabrauschenden Wasser, das seinen ganzen Körper berührte.

Sie wollte heute am Qi Gong teilnehmen, sagte sogar dem Trainer Bescheid, aber dann war die Stunde vorher, eine Mischung aus Tai Shi und Qi Gong so ergiebig, dass sie auf die nachfolgende Stunde verzichtete. Sie war wie in Trance. Sie wäre nicht verwundert, wenn sogar ihre Schulterprobleme aufgelöst würden, denn die Schultern wurden viel gekreist, fallengelassen und mit Schwung in alle Richtungen gelenkt, fallenlassen, aufrichten, ohn Unterlass, schütteln ohn Unterlass. Sie öffnete das Fenster, hielt sich fest, um nicht umzufallen. Als sie erschöpft, wie auch die anderen, am Boden lag, wunderte es sie nicht, dass sie die Beine einer Frau, die auf der Seite lag, mit Strümpfen sah, die an Garterbelts befestigt waren. Natürlich, ihr Augenmerk fiel auf die verstärkten Strumpfränder in der Mitte der Oberschenkel. Ihre Augen wanderten weiter zu ihrem bloß liegenden Gesäß. Da sie auf der Seite lag mit versetzten angezogenen Beinen, blickte sie direkt in die Pofalte und fühlte sich elektrisiert. Sie verscheuchte das Bild, denn sie war doch in einer harmlosen Sportstunde. Sie erinnerte sich an solche Posen aus ihrer Zeit, in der sie Akte zeichnete, aber damals behielt sie einen kühlen Kopf, war ganz eingegraben in den Linien, die ein Körper bot, und brachte sie zu Papier. Sie zeichnete mit Tusche, mit Kohle, mit Bleistift, mit Rötel, aber sie radierte auch, mit der Kaltnadel ritzte sie die Körperlinien der meist weiblichen Modelle in die nackte Zinkplatte. Sie war von Anfang an gut, obwohl sie keine Ausbildung besaß, und der Maler M. B., dem sie eine ihrer ersten Radierungen in Plexiglas zeigte, sagte, dass viele Studenten und Studentinnen dafür jahrelang üben würden, um solch ein Ergebnis zu erzielen. Dieser Tage erhielt sie eine Einladung, denn er hatte wieder eine Ausstellung, auf der Einladungskarte waren seine bevorzugten Farben Schwarz, Weiß, Rot und ein winziger Blau- und Gelbton. Sie mochte ihn damals, aber das war unbemerkt geblieben. Alles das war so lange her. Sie hatte sich dann aus dem Aktzeichnen heraus zur Malerei hin entwickelt, zu den Farben, die Farben ersetzten alles. Bei den Aktzeichnungen waren die Linien wichtig, in ihrer Malerei waren es Farben und Strukturen oder auch Strukturlosigkeit. Hier war sie ständig auf Suche. Als wenn sie nach einem Halt suchte, Struktur genannt, aber das war schwer, eine Orientierung zu kreieren. Ihr letztes Bild hatte einen blautönigen Hintergrund aus dick aufgetragener Ölfarbe, darauf hatte sie eine rote Linie in der Form einer Schale gelegt, eine gelbe Line darunter in derselben Form, nur die grüne Linie verlief anders. Aber doch auch Linien wie sie jetzt feststellte, wie schon beim Aktzeichnen. Linien waren auch in der Welt wichtig, unwillkürlich dachte sie an Straßenbahnlinien, an Verkehrslinien, Wasserlinien, usw.. Mit jedem Bild führte sie eine Auseinandersetzung, fing von vorne an mit ihrer Suche. Vielleicht „stümperte" sie herum. Das Wort war gefallen, sie hatte es im Telefonat mit Garterbelt. über seine Musik eingebracht. Denn er hatte große Vorbilder in der Musik und kam sich im Vergleich wie ein Stümper vor, weshalb er es aufgab, besser zu werden, sondern wie er sagte dauerhaft „mittelmäßig" spielte. Aber was ist dagegen zu sagen, mittelmäßig zu spielen? Hinsichtlich ihrer Malerei sagte er, es reicht doch, sich auszudrücken, das sei es doch. Aber das gilt doch auch für ihn. Das kommt sicherlich nochmal zur Sprache. Sich ausdrücken. Warum ist es so wichtig, sich auszudrücken? Seinen Ausdruck zu finden, einen authentischen Ausdruck? Das galt auch auf erotischem Gebiet. Er hatte unter anderem für sich die Garterbelts gefunden und gesagt, er halte nichts davon, wenn sich die Frau dem Mann zuliebe seinen Wünschen unterordne, sich diesen anpasse. Sie wusste überhaupt gar nicht, was sie für Wünsche hatte, damit hatte sie sich noch nie beschäftigt. Schon H. nervte sie damals mit seinen Fragen nach ihren sexuellen Phantasien. Sie war immer ohne Phantasien ausgekommen, aber inzwischen erreichten sie sie auch, jedoch fand sie sie allesamt eintönig, lächerlich, langweilig. Das musste doch anstrengend sein, sich immer etwas einfallen zu lassen. Es ging bei ihr ohne und das war ihr lieber. Aber wie das mit Garterbelt, wenn es dazu kommen sollte, war, wusste sie natürlich nicht, das stand in den Sternen.

Es war erst 15.07 Uhr. Das war noch gar nicht spät und doch spürte sie schon die Dunkelheit, die um 17.00 herabfallen und alles bedecken würde. Sie liebte die frühe Dunkelheit. Es war noch früh und doch war schon alles dunkel, so eingehüllt fühlte sie sich geborgen. Es war eine andere Dunkelheit als die um 22.00 Uhr, das Gefühl war anders. Wenn es früh dunkel wurde, war sie im Inneren noch wach. Wenn es um 22.00 Uhr dunkel wurde, war sie schon der Müdigkeit zugeneigt.

Sie erinnerte sich an eine Aktzeichnung, die ihre Mutter repräsentierte, an die Linienführung. Es waren sehr viele dunkle Bleistiftlinien, die zielsicher alle nach unten führten, dicht an dicht. Es kam ihr vor, als würde das den Charakter der Mutter wiedergeben, den sie als sehr kräftig empfand, eine Frau, die sich die Butter nicht vom

Brot nehmen ließ. Ein stolzer, gerader Oberkörper türmte sich auf. Sie warf ein bisschen den Kopf zurück: „Was willst du denn?!", sagte sie vorwurfsvoll und herausfordernd.

Es war wohl auch Stimmungssache, wie die Zeichnungen ausfielen und wie sie die Mutter empfand, aber sie hatte ihre Mutter nie geknickt portraitiert oder Akt gezeichnet, denn sie hatte sie nie geknickt erlebt. Sie blieb im Leben und auf ihren Bildern immer stolz und aufrecht, in ihrem Gehäuse sicher verweilend und es behauptend.

Der Charakter ihres Sohnes musste doch wohl anders sein, denn sie erinnerte eine Ätzradierung, sie zeigte seinen Kopf, seinen Hals, seine Schultern, alles in allem zarte verschlungene Linien, eher kreisend, gerade Linien kamen nicht vor. Es war ein emotionales Bild. Es traf zu, er hatte etwas Geheimnisvolles. Aus ihm quollen immer neue Seiten hervor, ein kreativer und liebevoller Kopf.

Da gab es noch eine andere Linie in ihrer Erinnerung, die charakterisierte sie selbst, sie war zerfallen. Eines Tages begannen die Linien, mit denen sie das Aktmodell umfing, in Stücke zu zerfallen, ein kontinuierlicher Prozess. Zunächst mit wenig Zwischenraum, aber deutlich sichtbar, dann wurde der Zwischenraum größer. Es war, wie wenn man eine Linie in Stücke schnitt, in kleine, in größere. Der Körper verlor seine Kontur, seine Außengrenze, war nicht mehr geschützt. Dieser kontinuierliche Zerfall der nach außen hin schützenden Körperlinien tat ihr sehr weh.

Als die Linie ganz zerfallen war, tauchte die Malerei auf. Es kam die Fläche, die Ausbreitung in der Fläche, wenngleich sie auch hier Stückwerk beobachtete. Konnte sie kein Ganzes hervorbringen? Statt eines Kopfes zum Beispiel kamen gleich dreißig auf die Leinwand. Wenn es keine Köpfe waren, so unzählige Farbflecken, die die Leinwand besiedelten. Durch Überdecken, Überschichten versuchte sie manchmal ein Ganzes herzustellen, eine einzige Farbe bedeckte alle anderen, damit wollte sie sich beruhigen, die Vielzahl vergessen machen, in eine Ruhezone eintreten, obwohl sie oftmals noch untere Schichten durchblicken ließ.

Sie dachte an sein Faible für Garterbelts. Ihr fiel nicht von ungefähr ein Hüne von Mann ein, dessen Frau, wie er gesagt hatte, 17 Selbstmordversuche unternommen hatte. Er war Portier in einer Bank, in der sie wegen einer Ausstellung nachgefragt hatte. Dieser Mann hatte ihre ersten beiden Bücher gelesen und meinte, dass er sich bei manchen Texten wie in einer Peepshow gefühlt hätte.

Sie erinnerte auch ihren Vater, der einmal die verletzende, demütigende Aussage machte, auf das Foto einer Puffmutter in der Boulevardpresse zeigend, dass könnte sie doch sein! Sie hatte nichts erwidert, aber natürlich war das an ihr hängen geblieben. Inzwischen glaubte sie, dass er sie bewusst verletzten, demütigen wollte. Sie wurde bitterlich alleine gelassen in der elterlichen Wohnung, in der der Missbrauch von statten ging und die Mutter auf einen Vorteil hoffte, der dabei für sie heraussprang.

Sie blickte ins Nichts, jedoch waren da viele Bauarbeiter zugange, ein Kran beförderte schweres Baumaterial an andere Orte. Neun Menschen waren in Italien ums Leben gekommen, zwei junge Paare mit ihren Kindern, die in ihrem Haus am Fluss feierten, bis dass der Fluss urplötzlich über die Ufer trat, in rasantem Tempo stieg und sie verschlang.

Sie hatte noch genau zwei Stunden bis sie ihn treffen würde. Den Mann, der die Garterbelts unter den Röcken der Frauen blitzen sah, den Gitarrenfreak, der Jazz mochte, der Sprachwitz liebte und sich in dem ersten und vielleicht letzten Telefongespräch bildlich ausdrückte. Das war wie eine neue Sprache für sie. Er schrieb in seinem persönlichen Statement „...um die Häuser ziehen". Vielleicht hatte sie das Bild nie gebraucht, weil sie es selbst nicht so hielt, aber sie zog manchmal von Café zu Café, schrieb morgens eine Session und nachmittags nochmals in einem anderen Café. Aber einst saß eine ältere Frau im Bus neben ihr, die eine Flüchtlingsfrau aus dem Land Brandenburg war, „Sie wissen schon", sagte sie, „das Land, das wie ein Adler aussieht, der eine Flügel ist nach dem 2. Weltkrieg polnisch geworden". Sie kam mit einem Flüchtlingstransport nach Schleswig-Holstein, schlief in einer Scheune und sei mit den anderen geflohenen Mädels „um die Häuser gezogen". Dabei habe sie ihren Mann kennen gelernt.

Bildlich sprach er auch über seine beiden eingestellten Fotos, sie seien „aus der Hüfte" gemacht. „Dreher" nannte er seinen Schallplattenapparat. Allein schon wegen dieser für sie neuen Bildersprache war sie neugierig auf ihn, denn neue Wörter, neue bildliche Ausdrücke öffneten neue Räume.

Aber da waren gar keine neuen Bildräume. Er sprach ohne Bilder. Garterbelts kamen nicht zur Sprache, um es gleich zu sagen. Das ist ihm am Telefon wohl leichter gefallen. Er sagte, dass er ein Nachtmensch sei. Hatte sie seinetwegen heute Nacht nicht geschlafen? Obwohl früh ins Bett gegangen, schlief sie erst gegen fünf Uhr morgens für zwei Stunden ein.

Er kam ihr vor wie ein Schattengewächs, wie ein Schattenmensch, schattig. Vielleicht hatte ihn das Nachtleben dazu gemacht. Oder aber er hatte sich wegen seines schattigen Daseins die Nacht als Lebensort ausgesucht. Vor 2.00 Uhr kam er nicht nach Hause oder ging vor 2.00 Uhr nicht ins Bett. Wenn sie das richtig behalten hatte, lief bei ihm non stopp der Fernseher. Er schaute auf Arte oder 3sat Konzerte und naturwissenschaftliche Dokus. Das feature über Francoise Hardy hatten sie beide gesehen, er kannte Francoise Hardy nicht, fand, dass sie düstere Songs geschrieben und gesungen hätte, die untertitelt in der Sendung auftauchten. Das war ihr gar nicht so besonders aufgefallen, wenn sie an das Welt bekannte Chanson dachte « tous les garcons et les filles de mon âge se promènent dans la rue deux par deux…. oui, mais moi, je vais seule par les rues, l'âme en peine, oui, mais moi je vais seule par les rues, car personne ne m'aime…. ! ». Das war doch wie alle empfanden, die anderen haben jemanden und ich bin alleine. Natürlich hat sie es berührend gesungen und es war ja auch ein Erfolgsschlager, ein Chanson, das um die Welt ging. Sie erinnerte sich, dass sie sich gewundert hatte, dass Francoise Hardy so intime Gefühle aussprach. Aber das war in der Musik ja generell üblich wie überhaupt in der Kunst. In der Sendung frappierte sie, dass sie als alte Dame so selbstbewusst war, so hatte sie sie als junge Sängerin nicht wahrgenommen. Wahrscheinlich wusste sie aber schon damals, was sie wollte und war „frank und frei", so wie das Lokal hieß, in dem sie sich mit Gaterbelt getroffen hatte. Er fand auch, dass sie interessante Männer hatte. War er interessant? Diese Schattigkeit, die sie ihm aufbürdete, war schon anziehend. Auch seine Lippen, deren Form sie sehr schön fand und seine weißen, schmalen Hände, die weich und weiß wie die einer Frau oder eines jungen Menschen wirkten. Sie wusste nicht, wie es ihm mit ihr erging. Beim Abschied sagte er „Das war ja recht kurzweilig! Wir telefonieren!" und schwupp die wupp war er im Sternschanzenbahnhof mit seinem Fahrrad verschwunden. Sie kannte sonst niemanden, der keinen Führerschein hatte. Er fuhr viel Fahrrad. Es war zwanzig Jahre alt und damals eine Anschaffung gewesen. Das große Geld schien er nicht zu haben, aber gut ausreichend, als Industriekaufmann hatte er gut verdient.

Sie ging zur Bushaltestelle gegenüber, aber da ihr Bus gerade weg war, spazierte sie gemächlich durch den Sternschanzenpark und betrat dann den Künstlerbedarfsladen, in dem sie seit Jahrzehnten einkaufte. Sie wollte vier Leinwände, je 40 x 40, zusammentackern, aber würde vielleicht doch eher eine einzige große Leinwand kaufen. Als sie inmitten der Leinwände und Staffeleien stand, überkam sie die Trauer darüber, dass sie ihre massive, dreißig Jahre alte Staffelei verschenkt hatte, die doch die Spuren ihrer Malerei trug. Aber es war passiert. Der Ersatz, den sie sich schließlich gekauft hatte, war nicht so stabil, konnte ihre schweren Leinwände nicht tragen. Aber so groß wollte sie auch nicht mehr malen, doch so um 1 Meter herum brauchte sie schon, um nicht auf der Stelle zu treten bzw. zu malen, sondern auch größere Bewegungen vollführen zu können.

Vom Schlump aus nahm sie den Bus, der eine Umleitung fuhr. Sie dachte daran, dass er jetzt beim Arzt war. Er hatte gesagt, er habe einen „unruhigen Rücken" - eine schöne Beschreibung wie sie fand - der Arzt habe ihm eine Bestrahlung vorgeschlagen, die vier Wochen lang dauern sollte. Schläuche würden auf ihn herabgelassen wie bei einer Dusche und bestrahlten ihn. Er konnte jedoch nicht so richtig beschreiben, was er mit „unruhigem Rücken" meinte, keinesfalls, dass er seinen Rücken ständig bewegen musste. Irgendetwas schien ihn nicht in Ruhe zu lassen. Aber was konnte das sein?

Er hatte schöne, braune Augen, die noch leuchteten. Manche hatten Augen, die schon erloschen waren. Seine Haare schienen gefärbt, aber mit Sicherheit konnte sie das nicht behaupten. Er sagte, dass er nicht mehr so gut höre, weil er sich durch das exzessive Musikhören sein Gehör verdorben hätte. Musik war seine große Leidenschaft, gestern Abend besuchte er das Konzert eines Freundes. Sie gab ihm einen Flyer vom Kino 3001, das wie das ‚frank und frei‘ in der Schanzenstraße lag. Zu Hause angekommen und als sie später nicht schlafen konnte, lud sie ihn ins Kino 3001 ein, denn sie habe eine Zehnerkarte. Das erinnerte sie am nächsten Tag an Me., der zu ihr gesagt hatte, „such dir ein Konzert aus, ich lade dich ein“. Nur war da das Problem, dass sie festgestellt hatte, dass er verheiratet war und sie hatte partout keine Lust auf verheiratete Männer.

Sie wusste nicht zu sagen, ob sich etwas Erotisches zwischen ihnen abspielte während sie redeten und redeten, etwa zwei Stunden lang. Sie dachte ja, besonders am Anfang, aber dann schien der Stern am Himmel zu verblassen, es wurde nüchtern. Sie hatte von ihrem Sohn erzählt, von ihrem Werdegang, er tat es auch. Seine Eltern waren wie ihre tot. Er hatte einen Halbbruder, der 9 Jahre älter war. Als er auf die Welt kam, wäre da ein neunjähriger Junge aus der ersten Ehe seiner Mutter gewesen, der ihn, als er noch ein Baby war, mit Kissen beworfen hätte. Sie hatten zusammen ein Zimmer. Heute lebe er in einer Genossenschaftswohnung in einem Stadtteil, mit dem er nichts gemein habe, ihn zöge es in die Schanze, ins Karoviertel, nach Altona-Ottensen. Mit seinem Bruder verbinde ihm nichts, der sei und lebe eher sehr bürgerlich, seit fünfzig Jahren war er verheiratet. Wie ihre Schwester, die auch schon so lange mit ihrem Mann zusammen war, den sie in jungen Jahren heiratete, als das Kind unterwegs war. Die Tochter seines Bruders, seine 14-jährige Nichte, mache ein Auslandsjahr in den USA, das sei für ihn ein Ausdruck des Bildungsbürgertums.

Nun hatte sie es schwarz auf weiß. Er hatte sie schon abgeschrieben. Er mailte, dass er sich melden würde, wenn er im Kino einen guten Film fände und ansonsten wünschte er ihr ein schönes Wochenende mit lieben Grüßen „zurück". Er ließ die Frage nach seiner Telefonnummer offen, welche von beiden es sei, denn auf ihrem Display waren zwei Nummern. Er benutzte auch nicht ihre private E-Mail-Adresse, sondern schrieb ihr über das Portal. Und auch die Frage ob die Bestrahlung seinem Rücken gutgetan hätte, beantwortete er nicht. Also da war nichts.

Vielleicht hatte sie es geahnt und konnte deshalb nicht schlafen, erst gegen morgen zwei Stunden.

Der Hüfthalter namens Garterbelt kam also nicht zum Einsatz, wäre er vielleicht auch sowieso nicht, denn dafür fühlte sie sich nicht nur zu alt, sondern sie fand es alles in allem auch affig. Sie wusste nicht, was für eine Frau er suchte, er hatte gesagt, dass er in seinem persönlichen Statement „nichts Essentielles" geschrieben hätte. Was das war, darüber sprach er nicht, und sie fragte ihn nicht.

War er ein zutiefst schüchterner Mensch? Vorsichtig? Der nicht aus der Deckung kam? Wollte er nicht verletzt werden? Oder war es einfach nur so, dass es zwischen ihnen nicht funkte?

Er hatte schon mehrere Frauen getroffen und kürzlich eine Frau, die wohl wenig Positives über sein Äußeres verlauten ließ. Ihr antwortete er, dass sie nicht „frech" werden sollte, sie sollte doch mal selbst in den Spiegel gucken. Tja solche Begegnungen gab es wohl auch.

Sollte sie sich wieder abmelden?

Während sie durch die Straßen St. Georgs lief, um zu ihrem Schreib-Café zu gelangen, dachte sie an ihn, dass ihr an ihm etwas gefehlt hatte. Was konnte das gewesen sein? Sie glaubte, dass es die Sprache war. Er war sehr redselig, das ja und doch hatte sie das Gefühl, dass ihm die Sprache fehlte, oder sollte sie sagen, eine Sprache, die sie ansprach? Vielleicht hatte sie das Gefühl gehabt, dass seine Redseligkeit doch eher an einen Stammtisch gehörte, denn es kam ihr so vor, wie das Herauslassen von Klischees über das Leben. Es rutschte immer ein wenig ins Negative, wenn nicht gar ins Resignative, was allerdings nicht zum Stammtisch passte. Er schien ihr ein sensibler Charakter zu sein, vielleicht sogar ein einsamer Wolf, der nachts durch die Straßen und Kneipen schlich, sich da etwas holte und sich dann zuhause mit Musik und TV wohlfühlte oder es zumindest versuchte.

Nachts versuchte sie, sich sein Gesicht nochmals vorzustellen. Aber es gelang ihr nicht. Dagegen konnte sie die beiden Fotos, die er eingestellt hatte, in ihrem Gedächtnis abrufen, sah klar sein Gesicht. Aber das Gesicht, welches sie zwei Stunden lang vor Ort, persönlich betrachten konnte, blieb fragmentarisch, „zerstört". Sie sah Einzelteile, seine gefärbten Haare, seine dunklen, vielleicht auch gefärbten Augenbrauen, seine braunen Augen, seine Nase mit der ein klein wenig länglichen Vertiefung auf dem Nasenrücken, seine etwas eingefallenen Wangen, aber seinen formschönen Mund, der sie so beeindruckt hatte, sah sie nicht, jedenfalls nicht deutlich. Sie brachte kein Ganzes zusammen, kein ganzes Gesicht, nur Fragmente, ein dunkles Gesicht, ein schattiges Gesicht, ein

Gesicht, das aus der Dunkelheit kam, aber selbst auch dunkel blieb. Vielleicht lag es daran, dass er sehr viel sprach und sie deswegen den beruhigenden Mund vom Beginn ihrer Unterhaltung, als diese erst langsam in die Gänge kam, nicht wiederfand, sondern nur einen beliebigen, sich bewegenden Mund. Insgesamt lag sein Gesicht eher zurück, als dass es nach vorne drängte wie auch sein Körper, der etwas nach vorne gebeugt war und so vielleicht sein Herz schützte.

Sie blieb noch auf dem Portal und konnte sehen, dass er zweimal sein Pseudonym veränderte, ein anderes Profilbild einstellte und sich um 6 Jahre jünger ausgab. Jetzt suchte er Frauen, die 12 Jahre jünger waren als er. Sie verfolgte sein Profil nicht weiter, jedoch war ihr in Erinnerung geblieben, dass er in seinem neuen Statement für sie seltsam Anmutendes geschrieben hatte, nämlich er suche eine Frau, die auch nach dem 2. Weltkrieg geboren sei.

Kam jetzt das andere Extrem? Ein gleichaltriger Mann hatte ihr unter dem Pseudonym „Poem" geantwortet, er mochte Ringelnatz und Robert Gernhardt und der Ungekannte griff auch mal selbst zur Feder. Er beschrieb sich als Kunst-, Kultur- und Politik interessiert und als verspielt.

In seinem persönlichen Statement konnte sie das Gedicht „Mein Herbst" von Hermann Hesse lesen, das ihr etwas schwülstig und altmodisch daherkam:

Ich wollt ich wär eine Blume
Du kämest still gegangen
Nähmst mich zum Eigentum
In deiner Hand gefangen

Auch wär ich gern ein roter Wein
Und flösse süß durch deinen Mund
Und ganz und gar in dich hinein
Und machte dich und mich gesund

Sie telefonierte zeitnah mit ihm, es überraschte sie seine angenehme Stimme und Jugendlichkeit. Er war früher für die Grünen tätig. Da hätte er mehr getan als sie, sagte sie, die stets nur die Grünen gewählt hatte, wenngleich sie auch anfangs mal zu ihren Sitzungen ging.

Gruppenscheu war er wahrlich nicht, er hatte vor 20 Jahren einen Boule Club gegründet, der immer noch existierte, war in einer Fahrradgruppe, mischte immer noch bei den Grünen mit und war letztendlich noch als Betreuer berufstätig mit eigenem Büro, wenn auch nur noch für zwei Tage in der Woche. Er betreute zwar noch Fälle, aber, wie er sagte, trug er jetzt die „Früchte" seiner Arbeit davon, denn er betreute diese Leute schon sehr lange, die „Aufbauarbeit" war bereits geleistet. Demnächst würde eine Kollegin in sein Büro ziehen. Wenn er unterwegs war, zog er gern seinen Zeichenblock aus der Tasche und fabrizierte Bilder seines Örtchens. Vor seiner Tätigkeit als Betreuer hatte er in Heimen für Kinder und Jugendliche gearbeitet und war auch Dozent gewesen, studiert hatte er Sozialwissenschaften. Auf dem Gebiet der Liebe schien er durchaus Erfolg gehabt zu haben, Kinder hatte er allerdings sehr spät bekommen, hatte sich dazu durchgerungen, weil er damals eine wesentlich jüngere Freundin hatte.

Sie selbst erzählte auch munter drauf los, erfuhr aber einen Schrecken, als er sagte, dass er Betreuer sei, denn damit wurde sie an eine ehemalige Freundin, die auch als Betreuerin arbeitete, erinnert, die eben doch keine -Freundin war, die sich vor ihr aufbäumte, aufrichtete und streng mit zusammen gekniffenem Mund sagte: „Das will ich aber nicht!" Sie hatte das Ereignis zwischen ihnen als schrecklich erlebt. Als wenn er so wäre wie ihre frühere Freundin, die von Haus aus Psychologin war, aber wegen des Geldes als Betreuerin arbeitete. Sie erinnerte sich daran, wie sie mit „Untergebenen", „Abhängigen" umging. Sie hatte miterlebt, wie sie eine Klientin eiskalt zurechtwies, denn diese sollte warten bis sie die Tür öffnen und sie sie hereinbitten würde. Ihre freundschaftliche

Beziehung beschränkte sich auf Zeiten, in denen ihr Freund nicht zu Hause war, sie sahen sich ungefähr einmal im Monat im Café, in den langen Urlaubswochen im Sommer und Herbst, in denen sie mit ihrem Freund verreist war, gar nicht.

Sie waren im Café, das unweit von der Wohnung der Freundin entfernt lag, verabredet. Sie war mit einem ziemlich schweren Ölbild von 50 x 50 gekommen, das sie sich ausgesucht hatte und das sie ihr schenken wollte an diesem Tag, so war es verabredet. Doch sie kam nicht. Deshalb ging sie bei ihr vorbei und klingelte. Sie öffnete die Tür und war der Meinung, dass sie erst am Folgetag verabredet wären. Sie bat sie, in ihrem Computer nachzusehen, was sie tat und stellte fest, dass sie tatsächlich verabredet waren. Ist ja auch nicht weiter schlimm, meinte sie zu ihr, ob sie denn nicht jetzt einen Kaffee trinken könnten? Sie stand mit ihrem Bild immer noch vor der Tür, denn sie hatte sie nicht hereingebeten. Nein, sagte sie, sie habe vor, mit ihrem Freund zusammen online Überweisungen zu tätigen. Ob sie das nicht um eine Stunde verschieben könne? Da wurde sie richtig böse, machte sich steif und sehr gerade und giftete sie an: „Das will ich aber nicht!" „Dann tut es mir leid, I., antwortete sie ihr und ging mit dem Bild die Treppen wieder hinunter und hinaus.

Plötzlich war dieses Erlebnis wieder präsent, als er sagte, er sei Betreuer, sie spürte ihre Ablehnung, sie übertrug offenbar ihre negativen Gefühle auf ihn. Wie merkwürdig, dass Menschen, die man neu kennenlernte, sich mit alten Erlebnissen und den darin enthaltenen Gefühlen vermischten, das war ihr mit Garterbelt genauso gegangen.

Nichtsdestotrotz traf sie mit ihm eine Verabredung, er wollte sich gerne vor Ikea mit ihr treffen, weil er dort einen sicheren und kostenfreien Parkplatz hatte.

Wenn sie an Garterbelt dachte, so hatte sie das Gefühl, sie griff ins Leere, dachte sie an Poem, so hatte sie bei ihm das Gefühl, sie griff ins Volle, wohl wegen der vielen Menschen, mit denen er sich umgab und mit denen er zu tun hatte, im Austausch war. Aber warum hatte er dann nicht unter diesen eine Freundin gefunden. Vielleicht wurde das mit dem Alter schwieriger.

Möglicherweise käme da noch jemand, der dazwischen lag, denn ein Maler und Bildhauer hatte ihr geantwortet, der in seinem Pseudonym seinen Eigennamen verwendete. Vielleicht wäre es aber auch erst der fünfte Mann, den sie treffen würde, so war es bei einem Bekannten, der mit der fünften Frau, die er traf, eine Beziehung einging, sie verliebten sich sofort, zogen zusammen und leben wie im Märchen immer noch zusammen. „Und wenn sie nicht gestorben sind, dann leben sie noch heute!"

Sie hatte Poem getroffen. Er kam kleiner daher als gedacht. Ein freundlicher, kleiner Mann. Er erinnerte sie sofort an K. seine Mimik und Körpergestik. Kurz flammte auch die Erinnerung an die Betreuerin auf, mit der ihr Kontakt so unschön zu einem Ende kam. Aber K. setzte sich durch. Poem war geschieden und hatte mit seinen Kindern eine Leidensphase durch gemacht. Sein Sohn, der seine Mutter hasste, war wegen Depressionen in einer psychosomatischen Einrichtung, zwar erst seit drei Wochen, aber im Telefonat - der Sohn hatte ihn angerufen - empfand er ihn bereits gelöst. Sie hätten eine Stunde lang telefoniert, was sonst nicht vorgekommen sei. Es war gut, dass sie mit ihm darüber reden konnte, menschliche Seelenlandschaften, Seelenabgründe und Nöte interessierten sie, sie fühlte sich angesprochen. Er zeigte ihr auch seine mit Aquarell kolorierten Federzeichnungen von Italien und anderen Orten, auch seinen beeindruckenden Holzschnitt und zwei Bilder mit Pastellkreide gemalt, die seinen Sohn zeigten, als dieser noch klein war, ein stilles Bild, auf dem die Verlassenheit des Kindes spürbar war. Kürzlich war er auf einer Ostseeinsel und hatte dort mit der Feder gezeichnet und aquarelliert.

Wiedersehen wollten sie sich. Jedoch er war auch noch in Kontakt mit einer anderen Frau, die er schon mehrmals getroffen hatte, die in Kur war, aber am Wochenende wiederkäme.

Könnte sie mit ihm die Gespräche führen, die k. ihr durch seine herablassende, leicht verächtliche Art „verweigert" hatte? Sie kam an k. nicht wirklich ran, und er wollte an sie nicht wirklich rankommen, sondern sie nur herabwürdigen, wo er nur konnte, es sei denn, es sprang etwas für ihn heraus, solange spielte er den Gutmütigen und Interessierten

Der dritte im Bunde, „Artus" , ein Maler und Bildhauer schrieb, dass er in Kürze abfliege, bis März, April nächsten Jahres bei seiner Familie in der Karibik sei und sich deshalb nicht mit ihr treffen könne, um mit ihr in seine Ausstellung bei einem Optiker in einem Vorort von Hamburg zu gehen. Schade, denn die Bilder. die sie im Internet sah, waren ansprechend. Ganz aufgelöst. Mit verschiedenen Materialien, die aber nicht im Vordergrund standen, auch die Skulpturen fand sie gut, jedoch nicht die Diva ohne Kopf, das hatte sie ihm gemailt und vielleicht hatte ihm das nicht gefallen.

Dann passierte es, dass sie plötzlich das Gesicht von Garterbelt in seiner Gänze sehen konnte. Nach dem treffen war es in Einzelteile zerfallen, die sie nicht zusammenbringen konnte. Jetzt war es auf einmal wieder da, das Gesicht, wie sie es neben sich in der Kneipe „frank und frei" wahrgenommen hatte. Vielleicht hatte sie sich gegen die ihm eigene Schönheit gewehrt? Wollte sie ihn doch wiedersehen? Er war Gitarrenliebhaber, sie selbst hatte seit kurzem eine Vorliebe für die Jazz Trompete, bisher hatte ihre Vorliebe dem Saxophon gegolten. Nach dem israelischen Trompeter Borokov hatte sie den polnischen Trompeter Tomasz Stanko entdeckt, sein Album „lontano".

Tja und dann wurde sie, als sie sich abends schlafen legte von starken, sexuellen Gefühlen überrascht, denen sie sich hingab, sie galten Garterbelt, seinem Gesicht mit dem einmalig schönen Mund, seinen braunen Augen und auch seinem schlank gebliebenen Körper, vielleicht auch seiner Zurückhaltung, obwohl seine Stimme bei ihr (noch) nicht verfangen hatte.

Niemand von den drei Kandidaten meldete sich je wieder. Poem hatte sie am Vortag ihres 70. Geburtstages getroffen und unter anderem hatte sie auch davon erzählt wie sie ihn verbringen würde.

Sie erhielt jedoch keine Glückwünsche von ihm per mail oder per Anruf. Er war für das Treffen nach Hamburg gekommen, und sie hatte ihm geschrieben, dass sie ja das nächste Mal in seine Stadt kommen könnte. Aber die Antwort blieb aus.

Heute noch wollte sie die Ausstellung von M. B. besuchen.

Nachts hatte sie abermals die Idee, mit der sie früher schon gespielt hatte, drei große Leinwände von 140 x 160 zu übermalen. Sie waren schon ein paar Jahre alt, aber auf Öl ließ sich immer wieder malen. Sie freute sich darauf. Gestand sich ein, dass die Bilder nicht zu Ende gedacht waren. Zwei würde sie übermalen, das dritte jedoch wahrscheinlich zerschneiden und entsorgen, denn da war schon zu viel Öl drauf. Sie hätte es nicht für möglich gehalten, dass sie es nochmal wagte, in die Größe zu gehen, so groß zu malen, was jedoch immer ihr Ding gewesen war, aber sie hatte in allen Bereichen zu früh Abschied genommen, doch das kleine Format lag ihr nicht, sie war noch zu jung geblieben, obwohl sie gerade ihren 70. hatte. Sie freute sich irrsinnig, dass die Lust für die großen Formate sie wieder gepackt hatte.

Und als sie des nachts an Garterbelt dachte, noch eine andere Lust….

Und was sollte sie dem 65-jährigen, Supervisor auf einer Bohrinsel schreiben, der sie auf dem Foto farbenfroh und nett anlächelte, aber nur „Hello" schrieb, entsprechend seinem Pseudonym „Hello" und unter Kinderwunsch angab „irgendwann eines"?

Ihre frühere Kollegin erzählte von einem positiven Erlebnis auf einem anderen Portal, es entwickelte sich mit dem Mann immerhin eine Freundschaft, ein Theater Abend war geplant, aber sie erzählte auch davon, dass nicht wenig Männer im Grunde eine Betreuerin suchten. Als sie einem, der sie fragte, ob sie auf ihre Aktivitäten verzichten könnte etc. und sie freundlich abschrieb, zeigte er sein wahres Gesicht und schrieb: „Euch Weiber sollte man alle in einen Sack stecken und in der Elbe versenken!"

Ein Kaffeetrinken mit dem „Reptil", einem gleichaltrigen Mann stand noch aus. Er, der sein Lieblingstier, ein Schuppenkriechtier, als Pseudonym gewählt hatte, flog jedoch erst einmal nach Afrika. Kein Urlaub! wie er schrieb, sondern eine Studienreise. Es gefiel ihr Vieles in seinem Statement und an seinen Antworten auf die 100 Fragen, aber auch er, das Reptil, suchte eine jüngere Frau. Es war abzuwarten, ob er sich überhaupt zurückmelden würde, er hatte vor seiner

Reise geschrieben, dass sie gerne mal einen Kaffee zusammen trinken könnten.

Dass Rascheln

Plötzlich hörte sie ein Rascheln. Sie hatte zuvor nichts und niemanden bemerkt, sie überwies gerade ihre Spende an die SOS-Kinderdörfer, die ihr eine Weihnachtskarte geschickt hatten, wenngleich es erst Oktober war. Um sie herum standen zwei Geldautomaten und drei Automaten für Überweisungen und Kontoauszüge. Sie benutzte zunächst einen Geldautomaten, den eine Frau gerade verlassen hatte. Danach ging sie zum Automaten, in dem sie ihre Überweisungsdaten eintippte. Das Geräusch kam just, als sie auf dem touch screen „beenden" berührte. Sie blickte in die Richtung des Geräuschs, das sie glaubte, vernommen zu haben und erschrak, denn hinter dem Geldautomaten, dem größeren der beiden, hatte sich ein Mensch verkrochen. Er lag auf der Seite, die Knie angezogen. Sie sah nur den Unterkörper, den er gerade befummelte. Aber sie war sich sicher, dass es kein Exhibitionist war. Es hatte ihn vermutlich irgendetwas gepikst, und er hatte bei der Beseitigung der Störung ein Geräusch verursacht, das an ihr Ohr gedrungen war. Der Unterkörper der Person schien ihr sehr dünn zu sein. Ein Gehwagen der einfachsten Art stand bei ihr. Wie blind war sie doch in den Raum hinein gegangen. Allerdings, wenn sie den großen Geldautomaten gewählt hätte, so hätte sie ihn wahrgenommen, aber sie hatte den kleineren bevorzugt. Jetzt sah sie auch das Behältnis, das neben dem Geldautomaten auf dem Boden abgestellt war, in das bereits mehrere kleine und große Münzen hineingefallen waren. Sie legte etwas dazu. Jedoch hielt der Schreck sie noch gefangen, so dass sie nicht um die Ecke des Automaten sah, um die frierende, arme Person in Gänze zu sehen, sondern sie verließ den Raum. Draußen war es kalt, sie hatte zum ersten Mal ihren langen Mantel angezogen. Sie war verwirrt. Zwar sah sie immer häufiger bettelnde Menschen an Häuserwände gelehnt, vor Kaufhäusern, vor Sparkassen, vor Lebensmittelläden usw., die alle ihr Schälchen hingestellt hatten und hofften, die Passanten würden etwas hineinwerfen. Sie gab meistens etwas, es war jedoch nicht viel, deshalb war sie erst kürzlich von einer Frau böse angegangen worden, die sie verwünschte, weil es ihr nicht zum Essen gereichte, was sie gegeben hatte. Geben war ihr nicht in die Wiege gelegt worden. Die Eltern hielten das Geld zusammen, beriefen sich darauf, dass sie hart für ihr Geld arbeiten müssten. Sogar Geben schien ein sozialisiertes Verhalten zu sein. Sie musste sich losreißen aus der eingefleischten Haltung, dass sie nichts hätte, was schon die Eltern ins Feld geführt hatten. Es konnte jedem passieren, auf der Straße zu landen. Wenn die Menschen alt und schwach wurden, keine sozialen Bindungen mehr hatten, die Wohnungsmiete nicht mehr bezahlen konnten, dann wurde es gefährlich, lebensgefährlich.

Der Schreck war da, auch über die zwei blinden Frauen aus dem Irak, die mit Kopftuch und Blindenstock vor ihr gingen und sich auf eine Holzbank niederließen. Sie setzte sich zu ihnen. Es waren Esra und Nuru, 30 und 46 Jahre alt. Sie seien keine Flüchtlinge, betonten sie, weil sie dauernd gefragt würden, ob sie Flüchtlinge seien. Ihr Bruder war vor 20 Jahren nach Deutschland gekommen. Sie nahmen an einem Integrationskurs teil von dienstags bis freitags, jeden Tag zwei Stunden. Esra war seit drei Jahren hier, Nuru seit einem Jahr. Zwei Schwestern, von denen sie das Gefühl hatte, dass nichts sie schied, als wären sie zusammengewachsen, zwischen denen es nie Streit gab, die sich liebten. Aber das schien ihr eine Projektion. Es war der Gleichklang, der sie angezogen hatte. Im Blindsein dicht beieinander.

Vielleicht kam es auch durch ihre Blindenstöcke, die sich im Gleichklang bewegten, die gleiche Körpergröße, die beiden in Kopftücher eingehüllten Köpfe. Vielleicht war es nur das, dass äußerlich alles gleich war.

Dieser Gleichklang erinnerte sie an die sexuelle Annäherung im Grundschulalter an die Schwester. Sie waren Kinder, dennoch stellten sich Schuldgefühle ein, wenn sie daran dachte, denn ihre Schwester, die etwas älter war, hatte sie damals zurückgewiesen. Sie wollte nicht da unten gestreichelt werden. Sie konnte sich nicht erinnern wie sie darauf gekommen war. Waren es die jahrelangen, regelmäßigen Waschungen, die ihre Mutter zwischen ihren Beinen vornahm, die zwischen ihren Schamlippen hin und her rubbelte, damit sie sauber würde? War es der regelmäßige Missbrauch, den sie als Kind durch einen älteren Arbeiter im eigenen Betrieb erlebte. Nachdem ihre Schwester abgelehnt hatte, kroch sie wieder zurück ins eigene Bett, ins eigene Selbst, zwischen ihren Betten lag nur der Gang. Darüber gesprochen hatten sie nicht. Manchmal fragte sie sich, ob ihre Schwester sich daran erinnerte.

Kein Wunder, dass die erbärmliche Kreatur neben dem Geldautomaten sie tief erschreckte. Sie hatte in diesem Moment einen blitzartigen Längsschnitt durch ihr Leben gefühlt, an dessen Ende sie sich dort liegen sah. Deshalb blickte sie nicht um die Ecke, um sein Gesicht zu sehen oder ihr Gesicht, falls es eine Frau gewesen sein sollte, sondern entschuldete sich, indem sie der Person ein paar Münzen in das Gefäß warf. Sie hatte Angst in ihr eigenes Gesicht, in ihr eigenes Schicksal, in ihr eigenes soziales Elend zu blicken.

Draußen empfing sie rauer Herbstwind und ein fürchterlicher Schrei, der ihr durch Mark und Bein ging. Sie sah eine gestikulierende Frau, die gegen die herabfallenden und um sie herum tosenden Blätter zu kämpfen schien. Aber nein. Sie kämpfte gegen einen imaginären Mann, denn sie schrie: „Hör auf, du alter Sack! Lass mich los! Vergewaltiger! Ich trete dir in die Eier!" In der Tat trat sie dem imaginären Mann in die Eier. Die Passanten um sie herum gingen weiter, denn sie nahmen sie nicht ernst, weil sie wie eine obdachlose, verwahrloste Frau wirkte. Aber jemand musste die Polizei gerufen haben, denn neben ihr stoppte ein Polizeiauto. „Lasst mich los!!" rief sie den Polizisten zu, die sie hart anpackten und zu ihrem Auto führten. „Er hat mich vergewaltigt! Hört Ihr denn nicht?! Ihr müsst IHN festnehmen!" Die Tür wurde zugeschlagen. Sie würden sie in die Psychiatrie bringen und für verrückt erklären, eine obdachlose, randalierende Frau, die niemand ernst nahm.

Der Schrei der Frau hallte in voller Lautstärke in ihr nach, bis ihr schwindelig wurde und sie in Ohnmacht fiel. Als die gerufene Notärztin eintraf, war sie schon wieder bei Sinnen. „Mir fehlt nichts! sagte sie, ich brauche jetzt nur einen Kaffee!" Mit diesen Worten ging sie von dannen. Sie fragte sich, ob die in ihren Augen verstoßene Frau das wohl wirklich getan hatte, ob es einen Kampf gegeben hatte damals, als sie vergewaltigt wurde. Vielleicht war es aber nur ein Wunschdenken der Frau, um mit der inneren Verwüstung, Zerstörung klar zu kommen. Wahrscheinlich wiederholte sich der Albtraum immer wieder und sie war deshalb verwahrlost, weil sie ohne Hilfe geblieben war, ihr Leben lang von diesem Albtraum verfolgt wurde, von ihrem Trauma, in das sie immer wieder zurückkehrte, in dem sie gefangen war wie in dem Kerker, in den sie verschleppt worden war.

Alkohol

Er stand ratlos mit seiner Reisetasche auf dem Bürgersteig und blickte sich mit suchenden Augen um. Es war ihm anzusehen, dass er geduscht hatte, sein Gesicht wirkte frisch, aber die Alkoholspuren waren mit der Dusche nicht fortgespült. Im Gegenteil, mit jedem Alkoholexzess gruben sich seine Falten tiefer in sein Gesicht, vornehmlich um seine Augen herum. Es war nicht überraschend, denn die Lebenshaltung hinterließ ihre Abdrücke. Er stand hilflos in der aufglimmenden Morgensonne, frisch geduscht mit seiner Tasche in der Hand im geöffneten Mantel und fragte sich, wie es jetzt wohl weitergehen sollte. Nicht das erste Mal warf eine Frau ihn raus. Er hatte sich nicht bessern können, sonst hätte er zurückgekonnt. Das wurde ihm immer gesagt, denn er war nicht gewalttätig geworden, dann hätte er nicht zurückgekonnt in das warme Bett einer Frau, die ihm gewogen war. Dass er keine Gewalt ausübte war sein großes Plus, aber dass er dem Alkohol nicht entkam, sein großes Manko. Das zerstörte alles, seine Beziehungen, seine Kontakte, seine Arbeitswilligkeit, seine Sesshaftigkeit. Er sank nochmals tiefer als er schon gesunken war. Ihm blieben nur noch seine obdachlosen Saufkumpanen. Er schämte sich, obwohl er sie schätzte, die letzten Verbindungen, die ihm blieben.

Er stand immer noch auf demselben Fleck und sah sich nach einer Bank um oder nach einer Telefonzelle, vielleicht hatte eine Frau ja doch Mitleid mit ihm. Immer aufs Neue die ihn entwürdigende Tour, aber sein Selbstbild war ja sowieso im Eimer, da war nichts mehr zu retten. Soviel Scheiße auf einmal. Und doch zwinkerte er einer vorbeieilenden Frau, die ihren Bus nicht verpassen wollte, zu. Er drehte sich sogar um und schaute ihr hinterher, denn sie war wirklich nett, die Kleine, aber „die Kleine" drehte sich nicht nach ihm um. Vielleicht sollte er hier warten bis sie abends wieder aus dem Bus stieg. Aber er wusste nicht, wann das sein würde, könnte sie verpassen. Und wenn er bis dahin getrunken hätte, könnte er sie mit seiner Fahne auf keinen Fall ansprechen. Wenn, dann müsste es in der ersten Morgendämmerung geschehen, in der weder er noch sie vollkommen wach war. Vielleicht morgen. Er stellte seine Reisetasche ab. Und wischte mit der Hand um seinen Mund herum. Er war erstaunt, dass er gar keine Stoppeln fühlte. Er hatte schon vergessen, dass er sich rasiert hatte, denn er kam aus der Obdachlosenunterkunft. Er war gar nicht bei einer Frau, schön wäre es gewesen. Er hatte sich mal wieder betrogen. Es war schon lange her, dass er in einem warmen Bett neben einer schönen Frau gelegen hatte. Schön musste sie nicht mehr sein, dass hatte er sich schon abgeschminkt, Hauptsache, sie hätte Mitleid mit ihm und ließ ihn in ihre Wohnung zum Essen, zum Duschen, zum Glotze gucken und na ja das andere, wenn das noch funktionierte und sie nicht zu anspruchsvoll war. Aber die Frauen waren heutzutage nicht mehr so mitleidig wie früher, als er sie noch bezirzen konnte. Er musste jedoch zugeben, da war er selbst noch ansehnlich. Das war eindeutig vorbei, wenn er ehrlich war. Nicht zuletzt trug sein schütteres Haar dazu bei. Aber noch stand er im Saft wie gesagt wurde. Wenngleich er müde war, elendig müde, keinen Auftrieb und keinen Antrieb spürte. Vielleicht käme ja eine von diesen Heilsschwestern vorbei und würde ihm etwas Gutes tun. Sie hatten ja ihrem Herrn hoch und heilig gelobt, mitleidig und barmherzig zu sein. Aber diese Gegend war öde. Eine Kirche jedoch musste es hier geben, denn er hörte die Kirchenglocken. An und für sich fürchtete er sie, sie gingen ihm auf die Nerven, andererseits hatte er schon manches Mal einem Pastor, einer Pastorin oder einem Diakon, einer Diakonin ein Taschengeld für den Tag abgeschwatzt, sie waren zum Mitleid verpflichtet, aber zunehmend weniger hielten sie sich an ihr

Gelöbnis und wiesen ihn allen Ernstes ab. Sie hatten seiner Meinung nach ihre Gottesfürchtigkeit verloren. Sie bekamen ein sattes Gehalt aus Steuergeldern. Die Kollekte, mit der unter anderem auch für Obdachlose gesammelt wurde, bestritt die Gemeinde, denn sie wurde im Gottesdienst unter subtilen Druck gesetzt

Er schüttelte sich vor sich selbst. Konnte er denn nicht wie ein normaler Mensch auftreten? Mit Würde und Rechte ausgestattet. Sein Alkohol ließ das nicht zu. Es war kein Entkommen, kein Entrinnen. Wenn er sich nicht änderte, würden sich die anderen auch nicht ändern. Das wusste er. Und deshalb öffnete er jetzt seine Reisetasche und holte einen Flachmann heraus, denn nein, er konnte sich nicht ändern. Er hatte keine Motivation sich zu ändern. Für was? Wozu? Jeder blieb in seinem Schuh und seiner Schublade stecken. Da müsste schon eine Hübsche vorbeikommen ……..